JN304539

文庫

長編時代小説

東雲《しののめ》の途《みち》

あさのあつこ

KOBUNSHA

光　文　社

目次

東雲の途

しののめのみち

第一章　薄明の川

まだ、夜は明けきっていない。

東天の端が濃紺から藍に、藍から青に刻々と変じていく。

夜蕎麦売りの風鈴の音が途絶えた。まもなく豆腐屋の売り声が響こうかという時刻になる。夜と朝の狭間、人の声も物音も絶えた静寂の中を、一陣の乾いた風が吹き通って行った。

その風が川面《かわも》に微かな小波《さざなみ》を産む。

小波は橋の脚にあたり、ぴちゃぴちゃとか細い音をたてた。

波も風も束の間に静まる。

橋の下にはまだ闇が重く重なっている。

岸辺近くの脚に屍体《したい》が一つ、引っ掛かっていた。人のものだ。

川の流れに身をゆだね、ゆらりゆらりと揺蕩《たゆた》っている。

優雅にも暢気《のんき》にも滑稽にも、見える動きだ。

遠くで、犬が吠える。

まもなく消えようとする星が瞬《また》いた。

夏が過ぎようとしていた。いや、秋が始まろうとしている。

空の様でわかる。

青味が増して、雲が薄くなる。

それに光と風。日中の光はまだ、ちりちりと首筋を焼くけれど、暮れ時はずいぶんと疾《はや》くなった。この前までいつ沈んでくれるのかと恨みがましく仰いでいた陽の脚が、中秋《ちゅうしゅう》の名を聞いたとたん速まったと感じる。

夕暮れの光が赤味を増し、地に注ぐ。その光はもう、往来の砂埃《すなぼこり》を激しく煌《きら》めかせることも、川の水面《みなも》で弾けることもない。朝夕の川風が涼やかになり、夜がめっきり過ごし易くなった。

季節とは移ろうものなのだ。

当たり前のことをしみじみと思ってしまう。

暑さ凌ぎの水打ちも、もうまもなく無用になるだろう。

柄杓《ひしゃく》の水を一撒きし、おふじは小さく息を吐いた。たっぷりと打った水のおかげだろうか、風が一段と涼んだ気がする。

　今度は深く静かに息を吸い込んでみた。胸の奥に雫《しずく》のようなささやかな秋の気配が溜まっていく。気配といっしょに、魚を煮つける匂いが鼻孔に滑り込んできた。いい匂いだ。押しつけがましくなく、他の匂いに混ざらず、ちゃんと人の鼻に届いてくる。

　尾上町《おのえちょう》の小料理屋『梅屋』の前で、おふじは一人、うなずいていた。

「よう、おふじさん」

　単《ひとえ》の尻をからげた男が声をかけてきた。

「あらまぁ、棟梁《とうりょう》、お久しぶりでございます。すっかりお見限りでござんしたね」

　馴染みの大工の棟梁だった。以前は毎夜のように顔を見せていたのに、このところ、とんとご無沙汰だった客だ。

　客の間遠《まどお》をやんわりと詰《なじ》ったあと、おふじは口調を少し沈ませた。

「少しお痩《や》せになったみたいですけど、棟梁、どこかお悪かったんじゃないでしょうね」

「わかるかい」

「やっぱり。そりゃあわかりますよ。ご贔屓《ひいき》のお客さまだもの」

「てえした眼力だ。実は暑気に中《あた》っちまってな」

　初老の客は半白髪の頭を軽くたたき、笑って見せる。頬の辺りにまだ、窶《やつ》れが残っていた。

「えらくやられちまってよ。飯を食うのも歩くのも、億劫《おっくう》で億劫で。かれこれ十日近く寝付いちまった。まったく、面目ねえぜ」

「まぁ、それは存じ上げませんでした。お見舞いにも伺《うかが》わないで、ご無礼でしたね。かんにんですよ」

「いいってことよ。大工の棟梁がお天道さまに中ったとあっちゃあ、なにぶんざまが悪いや。周りには内緒で寝込んでたんだよ」

「それはまたご苦労なことで。それで、もう、よろしいんですか」

「まあな。このところちっと涼しくなったもんだから、ようやっと起き上がろうかって気になれてよ。そうしたら、無性に『梅屋』の飯が食いたくなっちまってな」

「あら、何て果報な科白《せりふ》だろう。ありがたいこと。太助《たすけ》が聞いたら大喜びしますよ」

「いや、ほんとさ。嬶《かかあ》の飯よりよほど懐かしかったぜ。うん？」

棟梁の鼻先がひくりと動く。

「おふじさん、この匂いは……梅干し煮かい」

「まっ、さすがですね。よくおわかりで。今日は飛びきり活きのいい鰺《あじ》が入ったんですよ。太助が締め鯵にしてます。それに、ご明察の梅干し煮。どちらも棟梁の好物でござんしょ」

「締め鯵に鯵の梅干し煮か。いいねえ、聞いただけで性根がしゃんとしやがる。おふじさん、すまねえが、それで一本つけちゃ貰えねえか。『梅屋』が昼酒を出さねえのは百も承知だがよ」

棟梁の窶れ顔に生気が過《よぎ》る。舌の先がつるりと唇を舐めた。

おふじの胸が僅かだが高鳴る。客のこういう顔様《かおざま》を見る度に嬉しくて、鼓動が速まってしまう。吹けば飛ぶような小粒な店でも、客に生気を戻すことができる。『梅屋』の飯が食いてえと、本気で欲して貰える。

料理屋冥利《みょうり》に尽きるじゃないか。

「いいですともさ」

おふじは空になった手桶の中に柄杓を差し入れ、微笑んだ。笑むと目尻に皺《しわ》が寄る。その皺がおふじに淡い色香を与えていた。娘時代には決して出せなかった色香だ。

棟梁が眩《まぶし》いものを見るように目を細めた。

「もう直《じき》に日も暮れます。せっかくの鯵だもの。酒を召《さ》し上がって貰いましょうかね。棟梁の快気祝いだ。あたしに一本、奢《おご》らせて貰いますよ」

「そいつぁ、豪儀《ごうぎ》だ。嬉しいね。病んだ甲斐《かい》がここにあったかってもんさ」

「まぁまぁ、よくおっしゃること。それくらいお頭《つむ》と舌が回るんなら、もう大丈夫ですよ」

「ちげえねえ。やっぱり『梅屋』はいいねえ。足を向けただけで元気が出らぁ」

棟梁が顎を上げ、笑い声をたてる。満ち足りた者の笑声《しょうせい》だった。

胸がまた高鳴る。

『梅屋』はおふじの両親が設けた店だった。棒手振《ぼてふ》りから身を起こし、屋台を引き、苦労に苦労を重ねて父母は表通りに店を持つことができた。もっとも母は、店を開く一月前に他界していた。長年の過労が祟《たた》っての急逝だった。『梅屋』の梅は、母の名だ。戸口に真新しい縄暖簾《なわのれん》を掛けながら、父が涙ぐんでいたのを、おふじは未だに覚えている。たぶん一生、忘れないだろう。その父も孫の太助が三つの歳、あっけなく逝ってしまった。ちょうど梅の香る時季だった。

母の名と父の想いを背負い、亭主の伊佐治《いさじ》と共に『梅屋』を継いで、かれこれ……かれこれ何十年になるだろうか。

一皿八文《もん》足らずの総菜に丼飯を売る。それだけの一膳飯屋に過ぎなかった『梅屋』を、小体《こてい》ながらも土間と上げ床席のあるこざっぱりした小料理屋に変え、安価で美味いと評判を呼び寄せ、ここまで繁盛させたのは太助の手腕だった。

「あいつは根っからの料理人だ。まったく、畏《おそ》れ入るぜ」

と、伊佐治が真顔で、しかも素面《しらふ》で、褒《ほ》めたことが一度だけある。改築した『梅屋』の飯は一級だと評判になり、その評判がさらに評判を呼び、戸口に客の行列ができる日々が一月も二月も続いていたころだ。品の数には限りがあったから、おふじが断り役となり、頭を下げて回った。あまりの繁盛ぶりにとうとうおふじが、続いて伊佐治が、そして太助さえ悲鳴をあげた。

三人で話し合い一日の客数を決めてから、多少は楽になったが、今でも飯時にはずらりと客が並ぶ。

嫁にもらったおけいという娘が、なかなかの働き者でおふじをさらに楽にしてくれた。楽になったはずなのに、このところ客が途切れたとたん、立っていられなくて座り込むことが増えている。歳のせいだろうか。腰も肩も強張《こわば》って痛い。それでも、おふじは辛いなどと小指の先も思わなかった。愚痴や弱音が蝮《まむし》より嫌いな性分ではあるけれど、それだけではない。太助と身重のおけいがきびきびと立ち働く姿を目の当《ま》たりにしていると、不思議と活力が湧《わ》いてくるのだ。辛いなどと口にしたら罰が当たると思うのだ。

店は女二人でやりくりしていたが、板場《いたば》を賄《まかな》うのは太助一人だ。日がな包丁を握り、材料の仕入れに出かけ、新しい品を考案し……、ともかく一途なほど真っ直ぐに料理に向き合う息子に父親は、「畏れ入るぜ」と最大の称賛を送ったのだ。

今さら何を言ってんだか。

胸の内で嗤《わら》っていた。

太助がどれほどの料理人かとっくにわかってたじゃないか。あの子にもう少し野心ってものが備わっていたら……。

『梅屋』は今よりずっと大構えの店になっていたはず。

時折浮かぶそんな思いを、おふじはいつも慌てて振り落とす。亭主がいて息子がいる。息子は世渡りの才にいささか乏しいけれど、掛け値なしの料理人だ。出来の良い嫁に恵まれて来年の春には、孫が生まれる。凝《こ》りに凝った腰だって肩だって、一晩、揉《も》み療治をしてもらえば回復するじゃないか。借金は一文もない。みんな、達者で病知らずだ。なにより、『梅屋』を客が喜んで集ってくれるような店に育て上げた。

贅沢とも遊興とも道楽とも縁の遠い暮らしだけれど、ささやかで確かな幸せに満ちている。これ以上何を望むことがある。望むものなど何一つ、ありはしない。

身の丈に合った日々が一番大切なことを、あれもこれもと望めば望むだけ平穏な心根を損なうことを、おふじはちゃんと心得ていた。学問はないが、生きていくための智恵はたっぷり身につけている。

今のままで十分だ。十分過ぎる。いや、たった一つ憂いがあった。たった一つだけ憂いが……。

白地に紅梅を散らした暖簾を持ち上げ、棟梁が振り向く。春先に染め変えたばかりの暖簾は清楚な梅の花が思いの外白地に映えて、おふじは気にいっていた。新調した暖簾が美しい。これもまた、ささやかな幸せの一つではないか。

「そういやあ、親分は元気かね。えらく暑かったから疲れが出たりしてねえかい。親分とおれは確か同い歳だったはずだぜ」

「うちの人ですか」

思いっきり顔を顰《しか》めて見せる。

「ぴんぴんしてますよ。昨日まで、暑いのだるいの疲れたの飯が喉を通らねえのって、ぐちぐち言ってましたけどね。今朝は、すっかりよくなったみたいですよ」

「そりゃあけっこう。やっぱり鯵のおかげかね」

「屍人《しびと》のおかげですよ」

「へ？」

「今朝方、どこぞで人が殺されたそうです。飛び出していったきり、とんと音沙汰なしですよ。まっ、いつものことだから、こっちも気になりませんけど」

「なるほど、なるほど。屍人で暑気払いか。親分らしいや。おれならちょっと、ご遠慮つかまつるけどな」

「大抵の人なら、ご遠慮つかまつりますよ。ほんとにねえ……。ささっ、うちの人のことなんてどうでもいいから、お入りくださいな。豆腐の冷やし鉢もお付けしますから」

客の背中を押しながら、おふじは密やかにため息を吐《つ》いた。

棟梁に語った言葉に偽りはない。

昨日まで、伊佐治は寝込んでいた。暑い、だるい、疲れた、飯が喉を通らないとひとしきり弱音をはき、挙句の果てに、

「もうおれも長くねえのかもな。おふじ、おれに万が一のことがあったら、後のこと、頼んだぜ」

などと、遺言めいた文句をせつなげに口にしたのだ。

伊佐治も年を越せば五十の坂を登ることになる。若くないのは確かなことだし、もともと痩せぎすの身体がこのところ一層、削がれもしていたから、おふじは本気で気をもんだ。

惚れて一緒になった男だ。

この人となら、今、死んでも悔いはない。そう言い切れるほどの熱情は既に失せて久しいけれど、添い遂げたい。共に老いていきたいとは願っている。父と母のように、唐突に引き裂かれたくはなかった。だからこそ、

「何言ってんだい。尾上の親分さんともあろう男が情けないこと言うんじゃないよ。そうそう、井戸で冷やした瓜《うり》を今、持ってきてやるからさ。元気、お出しよ」

と、わざと叱咤《しった》もし、心も砕いたのだ。

それがどうだろう。

今朝早く、夜は明けきったけれど光はまだ淡く、雀の囀《さえず》りが澄んで響く刻、伊佐治

の手下《てか》の一人、新吉《しんきち》という若い男が飛び込んできた。万年橋だったか一ノ橋だったか二ノ橋だったか、どこかの橋脚に水死人が引っかかっていたと知らせに来たのだ。

「川流れか」

「それが、どうもそれだけじゃねえみたいなんで。ここんところが」

新吉の手が腹を押さえる。

「ざっくりやられてるんで」

「殺しか」

「間違《まちげ》えなく」

手下が答える前に、伊佐治は立ち上がっていた。手早く身支度をすると、外へ飛び出していく。往来で何かを啄《つい》ばんでいた雀が数羽、羽音をたてて空へと散った。

なんとまぁ……。

おふじは亭主の背中が角に消えるのを見送り、かぶりを振っていた。なんという男なんだろう。呆れてしまう。

ついさっきまでの、身を起こすのも億劫といった風情をどこにうっちゃったのか。傍にいた女房など目もくれず、駆け去って行った。何時戻ってくるのか当てどが無いのは、いつものことだ。

伊佐治が木暮右衛門《こぐれうえもん》という同心にいたく気に入られ、片腕として働くようになったとき、おふじにいささかの懸念もなかったかと言えば嘘になる。

『梅屋』を開いたころ、見回り賃だの相談料だのと口実を設け、親分とも呼ばれる岡っ引きが父からなけなしの売り上げを搾《しぼ》り取るのを目にした。一度ならず目にした。ごろつきと紙一重の差もないように思えた。

亭主にそんなあこぎな真似をしてほしくない。お上の仕事などにかかずらわなくても、飯屋の主《あるじ》として生きていけるではないか。

おふじが思いを抑え込んだのは、右衛門の人柄があまりに清々《すがすが》しかったからだ。情に厚く、公平で、優しい。立場や財力で人を分け隔てるような真似をおふじの知る限り、ただの一度もしなかった。

大店《おおだな》の主人であろうと、しがない渡りの職人であろうと、切見世《きりみせ》の女郎だろうと、その者が罪を犯してない限り接する態度は同じだった。人の根っこが腐っていてはできない所行だ。そして、何より、伊佐治の才と度量を本心から称賛していた。

伊佐治、お前のような岡っ引きに会えて、わしは果報者だぞ。

と、本気で語られ、伊佐治が頬を紅潮させる場に何度か居あわせた。そういうときの伊佐治は、父親に褒められた童のように初々《ういうい》しく見えたりするのだ。

こういうお方の傍にならそりゃあ何時でも付いていていたいだろうよ。

と、おふじは心底から納得していた。それに、右衛門の称賛があながち的外れでも大げさでもない働きを伊佐治が為しているのは事実だ。亭主には飯屋の主よりも岡っ引きの方が、よほど性に合っていると認めざるをえない。

水を得た魚に似て、籠《かご》から放たれた鳥を思わせて、生き生きと江戸市中を走り回る亭主を見ていると、おふじは文句や憂い言葉をひとまず胸に畳むしかなかった。そしてもう一つ、女房の欲目かもしれないが、伊佐治は年を経るごとに、「尾上の親分さん」の呼び名に相応《ふさわ》しい貫禄を備えてきたように感じられる。ごろつきまがいの強請《ゆす》りや集《たか》りなどに手を汚すこともなく、真摯に他人の相談に乗り、揉め事を治め、厄介《やっかい》な問題の解決に骨を折った。

「他人《ひと》さまのあれこれを捌《さば》く前に、魚の一匹でも捌いて欲しいもんだけど、ね」

たまに、ちくりと皮肉の棘《とげ》を出しもしたけれど、おふじはおふじなりに、伊佐治の生き方を誇らしくも嬉しくも思っていた。惚れた男が好ましく年を経ていく。女房としては、まぁ冥利に尽きるかと一人、笑《え》んでいたのだ。

右衛門が急逝し、息子の信次郎《しんじろう》が後を継いでも、伊佐治はそのまま岡っ引きを続け、今に至っている。

すんなりとここまで来たわけではない。

信次郎の下で働くようになってそう日も経たぬうち、伊佐治は手札《てふだ》を返すことを真剣に思案するようになっていた。

木暮信次郎は特異な男だった。

姿形ではなく、内にあるものが異形《いぎよう》であり異質なのだ。それを心と呼ぶのか魂と言うのかおふじにはわからない。ただ、人柄とか性質とかそんな柔《やわ》い一言で表されるものではないとは、察している。

信次郎は人の捉え方、物の見方、心情の表し方、全てにおいておふじたちとは異なっていた。他の者が思いもしなかったことを思い、考えもしない、考えられもしないことを考える。魚や青物には目が利いても、人の嗅《か》ぎ分けにはとんと疎《うと》い太助さえ「木暮さまってのは、なんていうか、良くも悪くも並みのお人じゃねえよな。あんな人がいるってのは、やっぱりお江戸は広《ひれ》ぇんだよなあ」などと、多少不間《ぶま》な物言いながら、信次郎の奇を口にする。

最も近くにいる伊佐治に言わせれば、

「頭が切れすぎるんだ。切れすぎて人らしい情の一端まで、どこぞに切り落としちまったにちげえねえ」

ということになるらしい。伊佐治は「旦那」と呼んで仕える相手の僅かも見透かせない本性に戸惑い、途方に暮れていた。

あのころ伊佐治はさして欲しくもないはずの酒をよく飲んだ。酔いつぶれるまで飲むことも珍しくはなかった。もっとも、ちろり一本空けない間に、あっさりとつぶれてしまう程度の酒なのだが。

へべれけに酔って、

「なぁ、おふじ。おれには、あのお方がどうにも解《げ》せねえんだ。性根がわかんねえ。こんな気持ちのまんまで、岡っ引きが続けられるかどうか何とも心細え限りだぜ」

と、素面では決して口にしない弱音を吐き出したり、

「あのお方と右衛門さまに血の繋《つな》がりがあるなんざ、おれにはどうにも合点がいかねえ。親子だなんて信じられねえよ」

そう繰り返し、繰り返し、おふじに「おまえさん、いいかげんにおしよ。酒が回ったせいで、お頭《つむ》も呂律《ろれつ》も回らなくなっちまってるじゃないか」と、たしなめられたりもした。一度や二度ではない。

そこまで思い煩《わずら》うなら、さっさと手札を返し飯屋の主に戻ればいいだろうに。

おふじは思う。自分なら躊躇《ためら》わずそうするだろう。伊佐治は決して踏ん切りの悪い男ではなかった。むしろ、さっぱりと決めの早い潔い性質《たち》なのだ。潔さと情の厚さが共に住まわっている。だから惚れたのだし、惚れてよかった。一緒になってすぐに、我ながら男を見る目は確かだったと満足できたのだ。

それが、どうだろう。

強くもない酒に手を出して、ぐちぐちと繰り言を続ける。そのくせ、きっぱりと岡っ

引き稼業から足を洗おうともしない。

「なあ、おふじ。おれには、あのお方がどうにも解せねえんだ……」

「あのお方と右衛門さまに血の繋がりが……」

愚痴を並べ、ため息を吐き、挙句の果てに眠りこけてしまう。そんな醜態をさらした翌日、呼び出されたままに信次郎の許《もと》に駆けつけ、一晩も二晩も帰らなかったりする。

おふじには、信次郎の性根と同様に伊佐治の胸中もまるで計れなかった。信次郎はどうでもいいが、伊佐治は二十年の上を連れ添った亭主だ。その亭主が、それこそ「どうにも解せねえ」者となる。

男って生き物は誰であろうと、どうしようもない輩《やから》だよ。

結局、おふじはそこに辿《たど》りついた。そして、亭主と信次郎の拘《かか》わりにはいっさい拘《こだわ》るまいと決めた。

放っておけば、いずれ伊佐治が自分で決着をつける。

それだけの土性骨《どしょうぼね》はあると、信じられた。それに、おふじには『梅屋』がある。伊佐治は料理人としてはどんどん半端になっていくし、おけいという嫁にもまだ出会っていなかった。太助と二人、必死に働かなければ日が立ち行かないころだったのだ。正直、どうしようもない輩たちにかかずらう暇も余力もなかった。

そして、日々が過ぎ、年が巡り、季節が移ろい、ふと気が付くと亭主の愚痴も、悪酔いも、ぴたりと消え去っている。

家を飛び出し、音沙汰ないまま数日帰らない。帰れば帰ったで疲れ切り、日がな眠っている。そのあたりは相変わらずだったが、以前のように思い悩む様子は、とんと見受けられなくなっていた。むしろ、右衛門の供をしていたころより生き生きとし、若返っているではないか。

「おとっつぁん、このところ妙に元気じゃないかい」

それとなく太助に問うてみた。「そういやあ、そうだな」と相槌《あいづち》が返ってきたから、おふじの独り合点ではなさそうだ。太助は相槌の後に「おっかさん、妙に元気って言い方はねえだろう」と苦笑いをしていたが。

いや、妙に元気なのだ。

おもしろくて堪らねえという面《つら》をしている。活力に溢《あふ》れている。暑気に中って痩せもするし、風邪で寝込みもする。けれど、暗い眼をして思いに沈むことは無くなった。

「どうにも解せねえ」の代りに「おふじ。人ってのはつくづくおもしれえもんだな」が口癖になり、おふじが「おもしろい？　そうかね」と曖昧《あいまい》に受けると、「おもしれえさ。おれはこの歳になって、やっと気が付いたぜ。人ってのはおもしれえもんだ」と確かな答が返って来る。そういうときの伊佐治の眸《め》は生き生きと若やいで、五つも十も歳を遡《さかのぼ》ったように見えた。

事件の知らせがくれば、以前にもまして勢いよく飛び出していく。魚は再び恰好《かっこう》の水を得たのだろうか。

なぜ？

おふじは首を傾げる。

信次郎と心を通わせられた……わけではないだろう。信次郎の人となりがそう簡単に変じるとは、思えない。どうしても思えない。万が一、そういう事態になったのなら、伊佐治が泡を食いながらも顚末《てんまつ》を知らせてくれるはずだ。けれど、こと信次郎に関する限り、伊佐治はほとんど口を開かない。「このところ木暮さまとはどうだい」と尋ねても、捗々《はかばか》しい答はめったに返ってこなかった。信次郎ではない。だとしたら……。

遠野屋《とおのや》さんのせい？

そうだろうか。遠野屋清之介《せいのすけ》。あの小間物問屋の主に巡り合ってから、伊佐治は変わったのだろうか。深く、濃く、人の有り様に心を惹《ひ》かれるようになったのだろうか。

おふじはさらに、首を傾げる。

遠野屋清之介は、ひとかどの商人《あきんど》であり人物だった。立ち居振舞いも人柄も商人としての腕も非の打ちどころがない。そんな称賛もあながち過言ではない、とは伊佐治の言葉だった。非の打ちどころがないかどうかは別にして、確かにできたお人だとおふじも感じる。立派な人だ。

おふじたちのような細々と日を生きる者を見下すことも、軽んじることも決してない。物腰は柔らかく、身を立てた商人にありがちな尊大さなど、微塵もまとっていなかった。おふじが熱を出して臥《ふ》していれば口当たりの良い水菓子を、おけいが身ごもったと聞けば滋養のある業平橋《なりひらばし》の蜆《しじみ》や泥鰌《どじょう》を届けてくれたりする。こちらが恐縮するほど高価な品ではないところが、それでいて貰えば素直に嬉しい品であることが、心憎い。さりげなく、相手の負担にならず、かつ喜ばれる品を遣わせる。容易《たやす》いようでいて、なかなかに難儀なものだ。品を選ぶ粋な感覚と相手を見る目の確かさがいる。

そういう諸々を遠野屋清之介は備えている。遠野屋という店が清之介の代で、二回りも三回りも大きく栄えたのは主人のこの才と人品骨柄《じんぴんこつがら》に因《よ》るところが大半だろう。たいしたものだ。

ある事件がきっかけで、伊佐治は遠野屋と知り合った。その拘わり合いのどこで伊佐治が人の面白さに気付いたのか、おふじにはむろん、見当がつかない。

見当などつかなくていい。亭主の泳ぎ回る場所は、おふじとは縁のないところなのだ。そこに、ごろつきや科人《とがにん》だけでなく遠野屋のような人物もいるのなら、有り難いではないか。

ずっとそう思ってきた。今も思っている。その気持ちが大きく揺らいだわけではない。ほんの僅か揺れただけだ。

きっかけは、おけいの一言だった。

二日ほど前、早朝のこと。いつものように女二人並んで、台所仕事をしていた。昨日の料理のでき具合、客の手ごたえ、子を産む心構え、流行《はや》りの着物柄、町内のうわさ話。

「おっかさん、このごろお腹の中で赤ん坊が動くような気がするの」「おやまっ、そんなめでたいこと、もっと早くお知らせよ」「だってはっきりしなくて……」「それでどんな具合だい。足で蹴るのは男の子、手で押すなら女の子って言うらしいけど」「まだ、わかんないわ。おっかさん、少し気が早過ぎるよ」「忙《せわ》しいのは性分さ。もう少し経ったら襁褓《むつき》の用意もしなくちゃね」

とりとめない、けれど和《なご》やかなおしゃべりが続いた後、何の拍子だったか、おけいがふっと、

「遠野屋のご主人と木暮さまって、よく似てらっしゃるよね」

そう言ったのだ。どういう経緯で遠野屋や信次郎の話になったのか、つい昨日のことなのにまるで思い出せない。

「遠野屋さんと木暮さまが?」

おふじは器を洗っていた手を止め、まじまじと嫁を見詰めてしまった。それから肩を竦《すく》め、小さく笑った。

「あの二人が似てるって? おけいったら、何を言いだすやら。そんなことあるわけな

いだろう」

器の水気を丁寧に拭き取りながら、おけいも義母を見詰めていた。

「おっかさん、そうは思わないの？」

「思うもんかい。まるで違うじゃないか。あの二人が似てるなら蛇と鷹だって似てるってもんさ」

「そうかなあ……」

おけいは首をひねり、おふじから視線を外した。

「そうかなあって、おまえ、遠野屋さんと木暮さまのどこが似てるって言うんだよ」

「どこって……ちゃんと言えないけど……でも、とても似てるって思うの。まるで兄弟みたいだなって」

声が澄んで美しいのと笑めば目元にたっぷりの愛嬌が浮かぶので、おけいの客からの評判は上々だった。おけい目当てに通っていると露骨に言い寄る男もいて、太助が激怒し店から蹴り出したこともある。おふじも門口に塩を撒いて、「二度と『梅屋』の暖簾を潜るんじゃないよ」と啖呵《たんか》をきった。

おけいは愛らしい良い嫁だ。よく働き、よく尽くしてくれる。有り難くも愛しくも感じていた。心にあることの半分も口にできない不器用さも微笑ましいではないか。けれど、器を洗いながら言葉を交わしていたあのとき、おふじは少し苛《いら》ついてしまった。おけいが何を言おうとしているのか、はっきりと聞き届けたいと気が急《せ》いたのだ。もたもたと要領を得ないおけいの話しぶりがもどかしい。そして、なぜか喉がひりつくほどに渇く。

水甕《みずがめ》から柄杓で一杯、水をすくう。店の裏に井戸はあるけれど、塩気を含んだ雑水《ぞうず》だ。洗濯や撒き水にしか使えない。料理用の水は毎日大甕いっぱい、水売りから買い求める。その貴重な水を柄杓から喉に直《じか》に流し込んだ。

渇きはいささかも癒《いや》されない。

「聞かせてごらんよ」

はすっぱな娘さながらに、手の甲で口元を拭《ぬぐ》い、おけいを促す。義母の、緊張さえ孕《はら》んだ言行が意外だったらしく、おけいは大きく目を瞠《みは》った。

「聞かせてごらんよ、おけい。遠野屋の旦那と木暮さまが血を分けた兄弟ほどに似てる。おまえがどこでそう感じたか、おっかさんに聞かせてごらん」

語調を緩《ゆる》め、噛んで含めるように伝える。おけいは黒眸《くろめ》をちらりと動かし、手の中の布巾《ふきん》を握り込んだ。

「だから、ちゃんと言えないの。言えないけど……何となく、そう感じるんだもの。そりゃあ、お顔付きとか物腰とか物言いとか、全然違うって思うけど……」

「水と油だよ」

水と油だ。けっして混ざり合うことはない。

おけいは曖昧にうなずいた。

「かもしれない。けど……根っこのところは同じじゃないかって、あたし……思うんだもの。なんでだか、思うの」

「根っこのところ……」

それは人としての要という意なのだろうか。

おけいが目を伏せる。「わかんないけど」と呟く。

これ以上詰めても、この子は何も答えられないだろう。

おふじはもう一杯、今度は湯呑みに注いで水を飲んだ。

「おっかさん、ごめんなさい」

「なんで、おまえが謝るのさ」

「だって……あたし、つまんないこと言っちゃって……」

「ここは『梅屋』の板場だよ。誰が何を言おうと咎《とが》めはないさ」

「けど……」

おふじは客あしらい用の笑顔をおけいに向けた。

「いいんだよ。おまえが感じたならそれでいいんだ。つまんないこと訊いちまって、こっちこそ勘弁だよ」

仕入れに出かけていた太助が戻ってきた。相好《そうごう》が崩れかけているのは、納得のいく材料が手に入ったからだろう。

「さっ、今日も忙しくなるよ。おけい、がんばっておくれ」

「はい」

「あっ、でも、無理は禁物だよ。だいじな時だからね。この前みたいにさ、漬物樽を動かそうなんて物騒な真似はしないでおくれ」

「わかってます。あのとき、おっかさんだけじゃなくって、太助さんからもこっぴどく叱られたんだから、懲《こ》りてますって。じゃ、あたし、お店を掃除してくる」

おけいの少し肥えた後ろ姿を見送りながら、おふじは我知らずため息を吐いていた。

遠野屋の旦那と木暮さま、根っこのところは同じじゃないか。

おけいの何気ない一言に、胸が騒ぐ。微かに微かにざわめく。

そう……、あたしもうっすらと感じていた。あの、お二人はまるで違うのにとても似ていると。

「あんた……」

騒ぐ胸の上にこぶしを置く。

不吉。そんな二文字が脳裡を掠《かす》める。もしかして、伊佐治が高揚しながら泳ぎ回っている域は暗い奈落へ通じているのではないか。

まさか、まさか、あたしったら何を考えてるんだよ。

自分を叱る。叱りながら、別の想いに囚《とら》われる。

あんた、岡っ引きからきれいに身を引きなよ。これ以上、あのお人たちの傍にいちゃだめだ。

伊佐治にそう伝える？　伝えたい？　なぜ、こんな気持ちになるのだろう？　この怖《お》じ気《け》はなんなのだろう？

信次郎との折り合いを摑《つか》みかねて伊佐治が思い悩んでいたときは、笑って放っておけたのに、心を定めてより深く踏み込もうとしている今、胸が揺れる。ざわめく。

どう言葉を尽くしても、伊佐治は首を縦には振らないだろう。聞き入れてくれないならば死んでやると、おふじが喉でも突かない限り、手札を返そうとはしないはずだ。

信次郎の傍らで、あるいは、遠野屋の近くで息をすることが、亭主の生きがいになっている。その張り合いを除くことなどできない。ほんの少し心がざわめいたぐらいで、奪ったりできない。

思いすごしだ。

鬢《びん》の毛を搔《か》きあげる。

あんまり暑かったものだから、頭がどうかしちまったんだ。

太助とおけいの楽しげな話し声が耳に届いてくる。

あたしは幸せ過ぎるんだ。何もかも上手《うま》くいって、文句なしの毎日だから、余計なことを考えちまうんだ。真っ白な紙を見れば、つい汚したくなる。それが人ってもんさ。幸せ過ぎるのが怖くって、どこかに汚点をみつけようとする。それで、釣り合いをとろうとする。そうそう、それが人ってもんなんだ。思い過ごし、思い過ごし。幸せでお馬鹿な女の思い過ごしさ。

おふじは前掛けの紐《ひも》をきりりと強く締め直した。

あのとき、二階の一間で寝入っていた伊佐治は、今朝、手下とともに、朝の涼やかさが漂う町中に飛び出して行った。馴染み客の棟梁に冗談めかして告げた通り、それまでいくじなく寝転んでいたとは思えない素早い身ごなしだった。

笑うに笑えない。笑うしかないけれど。

亭主の消えた町角に目をやり、おふじは不安も怖じ気も仕舞い込むしかなかったのだ。朝方、伊佐治の背を見送った角を今、荷を引いた馬が過ぎていった。土埃が、白く舞いあがる。

「おふじさん?」

棟梁が暖簾を分けて、顔を覗《のぞ》かせる。

「どうしたい? 店の中に入らねえのかい?」

「え? あ、ごめんなさいよ。つい、ぼんやりしちまった。久々だから棟梁の顔に見惚《みと》れちまったのかね」

「おいおい。しばらく来ねえ間にえらく愛想がよくなったじゃねえか。あんまし、病み上がりの年寄りを喜ばせせんなよ」

棟梁の笑顔がひっ込む。

『梅屋』の暖簾が揺れる。

おふじは指先を伸ばし、薄紅色の梅の模様にそっと触れてみた。

第二章　朝まだき

「屍蠟《しろう》ってのを見たことあるかい」

信次郎が問うてきた。

「ございやせん」

短く答える。

「へぇ、そうかい。人の身体全部が蠟燭《ろうそく》みてえに白く変わっちまうんだ。そのまんま腐りもしねえとよ。冷てえ水の中に長くつかってると、そうなるらしいぜ」

「旦那、その屍蠟ってのをどこでご覧になったんで」

「ご覧になってねえよ」

「へ？」

「そんな珍品、どこに行きゃあお目にかかれるんだよ。お江戸の町には屍体はごろごろしてるが、たいていはありきたりのつまんねえやつじゃねえか」

「ありきたりの屍体でけっこうじゃねえですか。ありきたりじゃねえ屍蠟や木乃伊《ミイラ》がごろごろしてるなんて、あっしはご免こうむりやすがね」

信次郎が鼻の先で笑う。それから、視線を足元に落とした。

戸板の上に屍体が横たわっていた。

ずぶ濡れの男だ。

川から引き揚げられたのだから当たり前と言えば当たり前なのだが、全身がぐっしょりと濡れそぼっている。生気の失せた肌は異様に蒼白《そうはく》で、閉じ切れず半分開いたままの目も白く濁っている。それでも男が、まだ若くなかなかの美丈夫であることは一目で知れた。身に付けた小袖は無残に破れ、流れに半ば剝《は》ぎ取られかけてはいたけれど。商家の奉公人の出で立ちであることもわかる。

男は高橋《たかばし》の常盤町《ときわちょう》よりの脚に引っ掛かっていた。

「旦那」

「なんでぃ」

「この仏が、その屍蠟ってやつなんで」

「ちげえよ。川の流れが血を洗い流しただけさ。このまま放っておくと腐っちまうぜ」

「屍蠟は関係ねえんで」

「ねえな。どういうものか、一遍見てえとは思っているがな」

信次郎は屈みこみ、男の身体に指を這《は》わせている。伊佐治は口をつぐみ、その指の動きを見詰めている。

指はそれ自体が心を持つ物として、気儘《きまま》に這いずっているように見えた。むろん、そうでないことは誰よりもよく承知している。信次郎の下で働き始めてから、あしかけ十年以上の年月が過ぎた。その十年の間に、気儘に這いずっているとしか見えない指先が、実に丹念に手際よく、事の真偽を洗い出していくのを何度も目にしてきたのだ。

「親分さん……どうぞ」

書き役の老人が茶を淹《い》れてくれた。

常盤町の自身番《じしんばん》には、信次郎と伊佐治、手下の新吉、伍介《ごすけ》という書き役と家主、それにまだ身元の割れない屍体が集まっていた。

板の間に腰かけ、茶をすする。伍介はもともと茶葉売りを生業《なりわい》にしていた男で、さして質の良くない葉でも、そこそこ美味い茶に仕立てあげられる。

まだ熱心に検分している信次郎の背にちらりと目をやって、伊佐治はやや渋みの勝った茶を飲み干した。

十年前なら、同心である信次郎が役目を果たしているときに勝手に茶をすするなどと、考えもしなかっただろう。けれど、今は平気だ。酒はさすがに不味《まず》いが、菓子ぐらいなら食する。それを信次郎が咎めることはまったくなかった。

寛容ではなく、無関心なのだ。

信次郎は他人というものにほとんど関心を示さない。どれほどの佳人であっても古くからの顔見知りであっても、よほど異様な死に様でない限り興味を抱かない。それは伊佐治に対しても同じで、いつ、どんな状況で何をしていようが、どうでもいいのだ。

自分がもし、ごく常套《じょうとう》の死に方をすれば、その屍体が目の前に転がっていたとしても、信次郎はしらりと冷めた面のまま、跨《また》いで行くのではないか。伊佐治は思う。「何だよ、親分。つまんねえ死に方しやがったな」。面以上に冷えた声が聞える気がする。

木暮信次郎とはそういう男なのだ。

沈着で緻密で怜悧《れいり》で、人としての何かが欠落している。

この歳になるまで、指を何度折っても足らないほどの数、人々と接してきた。親を殺した息子にも、娘を縊《くび》った母親にも、赤の他人に毒を盛った男にも出逢った。ごろつきも女衒《ぜげん》も半端者《はんぱもの》も、放蕩《ほうとう》の限りを尽くし身代《しんだい》を潰した商人も知っている。けれど、信次郎ほど深い欠落を抱えた者を伊佐治は未だ、知らない。出逢っていない。

何がどう欠落しているのか、うまく舌に載せられないことが歯痒くもあるのだが。

信次郎が心を惹かれるのは尋常でない屍体であり、その屍体が呼び込む事件のみだ。

伊佐治はずっとそう信じてきた。

遠野屋清之介と行き合うまでは。

信次郎は遠野屋に拘る。なぜ、この辣腕《らつわん》の商人にだけ拘り続けるのか、異様なほど絡《から》みつくのか。答はまるで摑めないようにも、薄々と察しているようにも感じる。どちらにしても、やはり、上手く言葉にできない。言葉にできないから、見定めたいと望む。いや、理屈などどうでもいい。伊佐治はただ、見たいのだ、見たくてたまらないのだ。自分の偽りのない本心に、とっくに気付いていた。

信次郎と遠野屋の行く末を、信次郎の心の裡《うち》を、遠野屋の正体をこの目でしかと見届けたい。

飢えた野良犬が餌《えさ》を漁るように必死に、むさぼるように浅ましく、望んでいる。

それが、おれの本心だ。

とっくに気付いていたさ。

信次郎が一息ついて、身体を起こした。伍介が湯を張った手桶と手拭を差し出す。手を洗い、拭い、信次郎はもう一度吐息を漏らした。伊佐治も居住まいを正す。

「旦那、この仏さん。ただの物盗りに殺《や》られたわけじゃねえんで？」

信次郎は答える代りに、問い返してきた。

「なんで、そう思うんだ？」

「旦那がえらく熱心だからでやすよ。まるで屍蠟に出くわしたみてえに一心に仏をお調べでござんした。あっしは、この男、物盗りか辻斬《つじぎ》りに遭《あ》ってばっさり殺られ、小名木《おなぎ》川《がわ》に放り込まれたとふんでやしたが……そんな仏じゃ旦那はそそられねえ。つまり、旦

嗝く。
「さすがに鋭いな、親分」
信次郎の口元に僅かな苦笑が浮かんだ。それから、すっと身を屈め、伊佐治の耳元に
那をそそるような何かがあったってことでやしょう」
「こいつは、侍だぜ」
「えっ？」
目を剝《む》き、菰《こも》から突き出た水死人の足を凝視する。長く水に浸かっていた足裏はふや
けて不気味なほど白かった。
侍？
「……けど、形《なり》はどう見ても町人、お店者《たなもの》でやすが」
「形はな。けど、間違いねえ。二本差しだ。しかも、なかなかの遣い手だろうよ」
「そんなことまで、わかるんで？」
今度は若い同心の顔に目を凝らす。
「身体の肉がよく張ってる。こりゃあ職人や店者の肉の付き方じゃねえ。大工でも鳶《とび》
職《しょく》でも、まして手代《てだい》や番頭じゃねえんだ。道場でみっちり鍛え上げた身体だよ。手の
ひらもそうだ。肉刺《まめ》が何度も潰れて硬くなってるぜ。この仏さん、木刀をほとんど毎日、
振ってたんじゃねえのかな。道場に通ってた頃、がむしゃらに稽古をするやつをよく見

かけたが、たいてい、こんな手のひらをしていた」

「旦那は、がむしゃらにお稽古なさらなかったんで……しょうね」

言わずもがなのことを言ってみる。

信次郎が汗をほとばしらせて剣の稽古に励んでいる図など、どう頭を巡らせても浮かんでこない。

「しねえよ。この泰平の世で、やっとうなんぞ何の役にも立ちゃあしねえ。無用の長《ちょう》物《ぶつ》さ」

伊佐治は片膝をつき、菰をめくってみた。水死人の顔を、念を入れ見据える。

若い。

二十歳前後だろうか。息絶えてなお、顎から首、肩に至る線に若者特有の張りがある。最期まで強く噛み締めていたのか、唇に歯形が残っていた。

若く、無残な屍体だった。

新吉は腹を斬られていると告げたが、傷はそれだけではなかった。肩も胸にも深傷《ふかで》を負っている。ただ、腹の傷が命取りになったのは、間違いない。脾《ひ》の辺りから斜めにざくりと裂かれていたのだ。どの傷も川の流れに濯《すす》がれ、血の色をほとんど失っていた。

この男が数人の凶手《きょうしゅ》に囲まれ、殺されたのは確かだ。これだけの深傷を負っているとなると、相当、抗《あらが》いもしたのだろう。なるほど、不運な店者が物盗りに遭って嬲《なぶ》り殺された、そんな簡単な筋書きには納まりそうにない。

「旦那、この仏さんがお侍だとすると、なんでこんな形をしてたんですかね」

「そうさな。親分はどう見る？」

「あっしにゃあ、深《ふけ》ぇとこは見当がつきやせん。なにかわけありで、お侍が町人に化けていた。あるいは、侍の身分を捨てて本当に店者になっていたのか……」

「遠野屋みてえにか」

「何でここで遠野屋さんが出てくるんでやす。拘《かか》わりねえでしょう」

「そうかい。侍から商人へ。見事な化けぶりじゃねえか。そのあたりを講釈させりゃあ、ちょっとしたもんだぜ。しかし、まぁ惜しいことに、この男の身体付きから見て十中八九、侍がわけありで店者を装っていたと考えるのが筋だろうな。ついこの前まで刀を佩《は》いていた、そういう身体だ。しかも、旅人だぜ」

「そうなんで？」

「手甲《てっこう》の跡がくっきり残ってる。顔にもよく見ると紐《ひも》の跡がある。長ぇ間、お天道さまの下を、手甲をつけ笠をかぶって歩いてたって、こったろうな」

「なるほど。けど、身元のわかるようなものは何も残っちゃいませんね。流されちまったのか……」

「襲われ奪われたのか、だな。しかし、ただの物盗りじゃねえとしたら……うん、ただの物盗りであるはずがねえんだ。だとしたら、いったい何が欲しくてこんな真似を……」

信次郎の眉間《みけん》に微かな皺が寄った。細められた目の中で光が凝縮する。伊佐治は身を乗り出した。

「密書とかじゃござんせんか」

「密書？」

「へぇ、どこかの藩の若侍が密書を忍ばせて江戸入りした。けれど、藩邸に入る前に敵にばっさりやられちまった」

親分、草双紙《くさぞうし》の読み過ぎだぜ。

そう嗤われるだろうと半ば覚悟していた。

嗤われてもいい。信次郎からの冷笑も嘲笑もとっくに慣れっこになっている。腹立ちも狼狽《ろうばい》も覚えない。そんなものより、己の役割をきっちりと果たす方がよほど大事だ。己の内にとりとめなく浮かんだあれこれを深く詮索《せんさく》することなく信次郎にぶつける。信次郎はときに嗤い、ときに黙殺し、ときに憐れむような視線を向け、ときに……そう、ときに、そのやりとりの中に手がかりの欠片《かけら》を拾う。伊佐治にはちらりとも見えぬものを見、臭わぬものを嗅ぎあて、拾うのだ。

自分が何をすべきか、伊佐治はちゃんと心得ていた。心のままにぶつけてみればいい。

「密書ねえ……」

信次郎は嗤わなかった。眉間に皺を刻んだまま黙り込む。しばらくして、低く何かを呟いた。聞き取れない。

「え？　旦那、何とおっしゃったんで」

「おい、手洗いの水をもう一杯、用意しときな。それと晒《さらし》がいる。酒もいるぜ」

そう言うなり、屍体の傍に再び屈みこんだ。さっきより丁寧に腹の上を撫で回す。

「へぇ、酒までいるんで？」と腰高障子《こしだかしょうじ》の向こうで、伍介が鈍重な物言いをした。

信次郎の指が止まる。

「水をかなり飲んでるな」

「生きたまま川に落とされたってわけでやすね」

「あるいは足を滑らせたか自分から飛び込んだか、だ。もし、逃れるために自分で身を投げたとしたら、親分の言うとおり密書を運んでいたのかも……」

「旦那！」

伊佐治は息を詰め、腰を浮かせた。

「旦那、何を……」

検分の場には何度も同席した。今日の屍体よりもっと惨《むご》いものも目にした。しかし、今ほど驚いたことはそう、無い。

信次郎は無表情のまま、腹の傷口に手を突っ込んでいた。

死人の臓腑《ぞうふ》を引きずり出そうとしているのか。

さすがに悪心《おしん》がする。

赤黒い汁が戸板の上に流れ、溜まっていた水と混ざり合う。臓物の一端が傷口から覗いた。生臭い異臭が漂《ただよ》う。

「気になってたんだ。ここの……このあたりの塊が……」

信次郎は一人、呟き続けている。

悪心が強くなる。伊佐治は目を逸《そ》らし、膝の上で指を握りしめた。

板壁を通して、子どもたちの声が聞えてくる。

向かいの木戸番小屋に駄菓子でも買いに来たのだろうか。勢いよく弾んでいた。

このお人は、本当に人間なのか。人の肉を食らう鬼だとて、もう少しまともな気性をしてるだろうに。

子どもたちの声に犬の鳴き声が加わる。自身番の外には、秋の初めの澄んだ光が煌《きら》めいているだろう。子どもたちが騒ぎ、おかみさん連中が井戸端のおしゃべりに精を出す。物売りが行き交い、荷車が走る。板壁の向こうにそんな当たり前の平穏な世があると、信じられなくなる。

「木暮さま。お持ちしましたが、これでよろしゅうございますかね」

障子を開けようとした伍介の前を素早く塞《ふさ》いで、伊佐治は手桶と晒を受け取った。

「じゅうぶんだ。恩にきるぜ」

「親分、どうかなさったんで？　お顔の色が……」

「いや、別にどうってこたぁねえ」

伍介を押し返すようにして戸を閉める。背後で長い息の音がした。

「見つけたぜ、親分」

「え……」

信次郎は少し俯《うつむ》き加減に、血に汚れた手を見詰めていた。その手の中に小さな包みが載っている。よく目を凝らすと口を絞った革袋のようだった。

「それは、何なんで？」

「さあて、何かな。えらく硬いが。鬼が出るか蛇《じゃ》が出るか、開けてみねえとわからねえな。ふふ、楽しみじゃねえか」

楽しみだと言いながら、信次郎は性急に袋を開けようとはしなかった。手桶の水で丁寧に両手を洗い、酒を吹き付けた。酒の香と血の臭いが混ざり合う。

伊佐治は口に湧いた生唾を呑み込んだ。

「旦那、まさかそれが仏さんの腹の中から……」

「そうさ。卵みてえに大切に抱えてやがった」

「屍体の中に革袋を突っ込んであったんで」

「そういうこった」

「そっ、そういうことって……だっ、誰がそんな真似を」

信次郎が無表情のまま顎をしゃくる。

「おそらくは、こいつだろう」

「この仏さんが！　じっ、自分で自分の腹に突っ込んだ？」

「そう考えるのが一番、辻褄《つじつま》が合う」

どう考えれば辻褄が合うのか、まるで摑めない。

「密書を運んでいたんじゃねえのかと親分、言ったよな」

「へぇ、けど、あれは、ただあっしの戯言《ざれごと》で……」

「いや、その戯言が的の真ん中とは言わねえが、いいとこは射てるんだ。侍が町人の姿に窶してお江戸に入った。何のためだ？　物見遊山や正規の役目じゃねえのは、瞭然だ。とすれば、一番手っ取り早く考えられるのが、親分の戯言じゃねえか」

「密書でやすか」

「密書とは言わねえ。けど、表立っては運べねえもの。それがおおっぴらになると、どこかの誰かにとってえらく不味いもの、あるいは大いに益になるものを密かに運んでいたと考えても、おかしかなかろう」

「それが、その袋の中身でやすね。なるほど、そいつぁ仏さんにとって、どうしても守らなきゃならねえものだったんだ」

「どうしても届けなきゃならねえもの、奪われちゃならねえものだったのさ。腹を斬り裂かれて川に落ちた時、こいつはまだ生きていた。最期の力を振り絞って腹の中にこれを突っ込んだんだ。万が一、己の屍体を相手に引き揚げられても、ここなら見つからねえとふんだんだろうぜ」

「そんな……」

伊佐治は改めて、死人の顔を見詰めた。太助よりもさらに二つ三つは若いだろう男だ。己の腹の内に己の手で、異物を押し込む。

そんなことができるものだろうか。できるとすれば、人は何のために、そこまでの行いを為すのだろうか。

何のために……。

「親分、晒をくんな」

「へ？」

「親分が手に持っている晒だよ」

「あ、へい」

渡そうとした晒が滑り、板敷に落ちる。伊佐治より一息先に拾い上げ、信次郎が薄く笑んだ。

「そんなに気が昂《たか》ぶるかい、尾上の親分さん」

「昂ぶる？　あっしがですか？」

詰《なじ》るように問うてみる。答は返ってこなかった。信次郎は無言のまま、屍体の腹に晒を巻いている。熟練の医者のような慣れた手つきだった。

「あっしは別に気なんぞ昂ぶらせちゃいませんぜ。ただ、その……旦那の話に、ちょっと驚れえただけですよ。あんまりにも奇異なもんで……」

「驚いた、ね」

晒を巻き終り、信次郎は軽く肩を竦めた。

「相変わらず嘘つきだな、親分」

「旦那、いくらなんでも口が過ぎやすぜ。あっしは嘘なんぞ一つも」

口をつぐむ。信次郎と目が合った。底光りする眼だった。奈落の底に突き刺さり、鈍く光を放つ刀身のようだ。

背筋がぞわぞわと寒くなる。寒気の下から、あぁそうだと低く重い声がずり上がってきた。

あぁそうだ。おれは確かに昂ぶっている。昂ぶって、晒一本、持てねえ。

何かが始まる予兆に、尋常でない謎にぶつかった予感にどうにも震えが止まらねえんだ。

おれは、それを誤魔化そうとした。

くくっ。信次郎がくぐもった笑い声をたてた。

「そうそう、やっと自分の正体に気がついたかよ。腹を裂かれた死人を前に、嬉しがってんだぜ。獲物にありついた狼みてえにな。岡っ引きには向いてるかもしれねえが、どうにも因果な性分だな」

「旦那にだけは言われたかありやせんね」

おれが狼なら、あんたは虎、いや、鵺《ぬえ》か大蛇《おろち》じゃねえのか。

胸の内で言い返す。口には出さない。信次郎を怖れてのことではなく、口にしても馬《ば》耳東風《じとうふう》と聞き流されるだけだと、よくわかっているからだ。伊佐治の嫌味《いやみ》や皮肉を一々気に留めるような、甘い人物ではないのだ。

信次郎を底の知れない男だと思う。この男に底という物があるのなら、覗き見てみたいとも望む。そんな怖ろしい真似をしてはならないと自分を諌《いさ》めもする。

「旦那、それで」

「袋の中身か？」

「へい、いったい何が入ってるんで」

我知らず膝を進めていた。

「気になるか」

若い男が自分の腹に押し入れてまで守ろうとしたものだ。気にならないわけがない。知りたい。

「なりやす」

「手ぇ出しな」

「へ？　手を？」

「ほらよ」

広げた手の上で、信次郎が無造作に袋を振る。

青い光が目を射た。

手のひらがひやりと冷たい。

「これは……石？」

「ふむ……」

信次郎が摘まみ上げ、目の前にかざす。

細長い石だった。一寸五分ほどの長さがある。幅は一寸に満たないだろうか。

吸い込まれそうな碧《あお》だった。晴れ上がった空よりなお碧い。空を映した大川の水面《みなも》よりもずっと艶《つや》やかに碧い。こんな美しい碧を、伊佐治は生まれて初めて目にしたように感じた。ほんの一時ではあるが、小さな石に心を奪われ、見入ってしまった。

「旦那、これは……」

「わからねえな。もしかしたら瑠璃《るり》、かもしれねえが」

「瑠璃?」

「七宝《しっぽう》の一つだ。知らねえかい」

「瑠璃って宝がこの世にあるってことぐらいは知ってやした。でも、本物を目にしたことぁありやせん」

「当たりめえだ。七宝だぜ。おれたちがそうそう目に出来る代物《しろもの》じゃねえ。ま……だから、正直なとこ、これが瑠璃だと言い切るのもちっと覚束《おぼつか》なくはあるが……」

「きちっと見極めなきゃあいけやせんね」

「そうだな。それと、仏さんの足取りを探らにゃならねえ。夜が明けきらねえうちに江戸に着いたとすれば、夜っぴいて歩いてきたか、どこぞの宿を早立ちしてきたか……、しかし、宿を洗うのは難儀だな」

「へぇ。それより、まずは夜蕎麦売りの親爺か夜鷹《よたか》あたりに当たってみやしょう。夜道の旅装束だ。案外、目にしたやつがいるような気がしやす」

「頼む」

「おまかせくだせえ」

振り返り、控えていた新吉と目を合わせる。深くうなずくと、新吉は腰高障子の外に出て行った。いつもながら敏捷《びんしょう》な動きだ。伊佐治の手下は、誰も探索の腕が立つ。信次郎に言わせれば「血統は悪いが、鼻はやたら利く猟犬みてえな連中」なのだ。しばらく待てば、必ずなにがしかの獲物をくわえて帰ってくるはずだ。

「仏さんはどうしやす」

ずいぶんと涼やかになったとはいえ、昼はまだ汗ばむ陽気が続いている。屍体をこのままにしておくわけにはいかない。身元が判明すれば下げ渡しもできるけれど、この仏の状況でそう簡単に引き取り手が現れるとは思えなかった。複雑な事情が後ろにあるとすれば、このまま放り捨てられることさえ十分に考えられるのだ。

引き取り手がいないとなると、無縁墓地に葬られるしかない。おそらく遠国《おんごく》の出だろう若者は、江戸という見知らぬ土地に埋められ、訪れる人もないまま土に還《かえ》っていく。

哀れではないか。あまりに哀れ過ぎる。

何かの使命を背負った果ての惨死だ。若者は死の間際まで、その使命を忘れなかった。伊佐治には武家の信義も心得もとんと解せなかったが、若い武士のあまりに短い一生を無残だと思う。憐憫《れんびん》を覚える。

せめて、故郷の地に帰してやりたい。生まれ育った風景の中で眠らせてやりたい。そうすれば、父か母か妻か友か、この若者と拘わった誰かが花や線香を手向《たむ》けてくれるだろう。

死者はみな仏だ。公方《くぼう》さままでも天子さまでも、一介の町人であっても遊女であっても科人でさえも、死ねばみな仏になる。

伊佐治はそう信じていた。だからこそ、人は人らしく葬られなければならない。そうも、信じていた。

「餌になってくれねえかな」

信次郎が呟く。

「え？　旦那、何ておっしゃいやした」

信次郎が屍体に向けて顎をしゃくる。

「こいつが魚を釣り上げるための餌になってくれねえか。そう言ったんだよ、親分」

「餌と言いやすと？」

信次郎の目からも口元からも何の感情も読みとれない。能面でも舞いの名手が付ければ豊かな情を滲ませると言うのに、人の肉でできた顔を持ちながら、どうしてこうも情の無い冷えた顔つきができるのか。伊佐治は首を傾げてしまう。その顔つきにいつまで経っても慣れることのできない自分が、また不思議でもあった。

「この仏がどこに繋《つな》がっているか今んとこ、見当がつかねえ。けどよ、こいつがただの石ころじゃねえことは、三つのガキにもわかろうってもんだ」

信次郎が手のひらの上で碧い石を転がす。

「これは、命がけで守らなきゃならねえほどのものだった。しかも、武士が町人の形をして運ばなきゃならなかった……、どう考えてもまっとうなお宝じゃねえよな」

「へえ……」

「わけありのお宝なら、それを受け取るはずだった相手もわけありに決まってらぁな。そうだろ？」

「へぇ、確かに。しかも、そこにこの若いお武家さんを斬り殺したやつらも加わるとなると、わけありどころか……」

「そうそう。魑魅魍魎《ちみもうりょう》が跋扈《ばっこ》している風じゃあねえか」

信次郎の口角が上がり、薄い笑いを作る。

そうか、旦那は魑魅魍魎の臭いを嗅ぎつけたのか。それで、こんなにも喜んでいなさるんだ。常人には耐えられない悪臭も旦那にすれば、梅や桜よりよほど心地よい香りなのかもしれねえ。

魑魅魍魎が蠢《うごめ》きだす。

その予感に信次郎は、ほくそ笑んでいる。

伊佐治は我知らず鼻をひくつかせていた。

おれにも臭うだろうか。この鼻は尋常でない臭いを嗅ぎ当てられるだろうか。もしも嗅ぎ当てたとしたら、おれも旦那のように密やかな笑いを漏らすのだろうか。

「この男を待っていたやつらも、殺したやつらも肝心要のお宝を手に入れてねえ。当たり前だ、おれの手の中にあるわけだからな」

「旦那……それをどうなさるんで……」

「そうさな。しばらく預かっておくか」

「ご支配役さまへ知らせねえんですかい」

「知らせるに決まってんだろう。おれだってお上から、雀の涙ほどとは言え扶持《ふち》はもらってるんだ。それだけの仕事はするさ」

「つまり、斬り殺された町人風の屍体が小名木川に浮かんだ。身元はまだ判明せずと……」

　今度ははっきりと信次郎が笑った。笑声さえたてる。

「まったく、親分には敵《かな》わねえな。何でもお見通しってかい」

「ご冗談を。旦那を見通せるほどの鬼眼なんぞ、持ち合わせちゃあいませんや。けど、その石のことを伏せておいて何にも知らない振りをするおつもりなんで」

「ああ、そのつもりよ。ただの辻斬りか物盗りの仕業だとこちらが思い込んでいる。そう思わせておけば、魑魅魍魎どもが動いてくれるんじゃねえか。まずは、この仏さんが無縁墓地に埋められちまう前に、何とか取り戻そうと足掻《あが》くはずだ。欲しいのは、仏さんじゃなくてお宝の方だろうがな」

「なるほど。それで餌ってわけですかい」

人間を釣り餌に見立てる神経には違和を覚えもするのに、信次郎の言葉には、つい納得してしまう。なるほどと膝を打ちそうになる。

「というわけで、親分、どういう魚が食いついてくるか。太公望《たいこうぼう》といこうじゃねえか」

「へい」

首肯する。

身を乗り出す。

釣りを好む嗜好《しこう》は持ち合わせていないが、獲物を釣り上げる刹那《せつな》の手応えは知っている。ぞくりと背筋が震えるような快感だ。抑えようとして抑えきれない昂揚に、伊佐治は膝上のこぶしを握った。

「まずは身元のわからねえ町人の屍体があがったことと、仏さんの人相を町内触れで出させやす」

それが釣り糸と針だ。糸を垂らした後は、しばらく待つしかあるまい。どの程度の魚が食らいついてくるのか。

信次郎が微かに口元を緩めた。

「上等だ」

「後は、そのきれえな石の正体でやすが」

「うむ。これが瑠璃なのかどうか、確かめなきゃあなんねえな。しかも内密に、だ。表立って動くと感付かれるかもしれねえ。今度の魚は案外、用心深くて鼻が利くかもしれねえからよ」

「旦那……」

「うん？」

「遠野屋さんは、どうでしょうかね」

「遠野屋？」

信次郎の眼の中に光が走る。いや、影が走ったが故に周りが白く発光して見えたのかもしれない。

伊佐治は慌てた。

軽はずみな口をきいてしまっただろうか。首筋から背中にかけて、ひやりと冷たくなる。両の手で自分の口を塞ぎたくなる。

もう遅い。一度、口から零してしまった言の葉は消し去れない。

己の迂闊《うかつ》さにため息を吐きそうになった。

遠野屋清之介の名は信次郎にとって、毒と紙一重の特効薬のようなものだ。よく効きはするが、使い方によっては命取りになる。

伊佐治はそう感じている。

言葉で上手く説き明かせない。ただ、強く感じてしまうのだ。医の道にはとんと疎いけれど、もう何年も前にある医者が口にした科白だけは、心に残っている。

この世にはそれだけだと、たいそうな効き目のある薬が幾つもある。人の命を救うために役立つ薬だ。しかし、その薬同士が混じり合うと、一瞬で大の男を絶命させるほどの毒薬となる。

「親分さん、薬も毒も根は同じ。人がどう使うか、違いはそれだけなんですよ」

四十がらみの町医者はそう言って静かに笑った。横恋慕した娘とその許婚《いいなずけ》を毒殺した下手人でもあったから、その一言とその笑いに悪寒が走ったのを覚えている。

医者は梟首《きょうしゅ》となった。

一時、江戸市中を賑やかした事件も月日と共に忘れられる。生きている人間にとって、過去とは遠のくもの、褪《あ》せていくものなのだ。伊佐治も半ば忘れていた。ただ、縄を掛けられた医者が伊佐治に向けた一言だけは、妙に落ち着いた口振りとともに心の片隅に引っ掛かっていたのだ。

薬も毒も根は同じ。使い方一つで薬にも毒にもなるものだ。つまり、使い方を一歩誤ると、命を救うはずの薬がそれを損なう毒に変わるわけだ。

清之介も信次郎もそれぞれの立場だけなら、薬効あらたかな良薬であることは間違いないだろう。清之介はひとかどの商人であったし、信次郎も人としての資質を問わなければ、同心としては一流だと言い切れる。商いに探索に、それぞれの才を存分に生かしているのだ。しかし、この二人が交わるとなると……空気はとたん剣呑《けんのん》なものになる。清之介は信次郎に対して、いつも穏やかに丁重に接していた。時に、口吻《こうふん》の内に畏敬《いけい》の念さえ滲ませる。信次郎だとて、清之介を恨んでいるわけでも嫌っているわけでもない。むしろ好いているのだ。ただし、そこには労《いた》わりも慈しみもない。

信次郎は遠野屋清之介を好いている。

猫が鼠をいたぶるのを好くように、好いている。伊佐治から見れば、悪意より始末の悪い歪《いびつ》な情ではあるが、好意には違いない。

信次郎と清之介、二人と同じ場に居ると、伊佐治は喉の奥に鈍い疼《うず》きや口中が爛《ただ》れていく痛みを感じてしまう。むろん幻覚だし、いつもというわけではない。けれど、かなり頻繁にある。思わず目を逸らすことも、逃げ出したいと本気で願うことも度々だ。冷や汗も動悸も幾度となく味わった。

毒に中《あた》ったのだと思う。

二人が出逢うことで生じた毒に中った。

だから、なるべく拘わり合いになっちゃあならねえ。

数え切れないほど自分に言い聞かせてきた。

旦那に従うのは、おれの仕事だ。おれはその仕事を捨てきれねえ。旦那と居れば、何故か絡みついてくる尋常でない気配に気を昂ぶらせ、喜んでいる。あぁそうだ、おれは喜んでいるんだ。そして、遠野屋さんと茶を飲みながら、あれこれよもやま話をするのは楽しみだ。ああいう、何とも穏やかな、けれど心晴れる一時は他の誰とも味わえねえ。おれは要するに……旦那とも遠野屋さんとも、上手くやっていきたいのだ。どちらも、失いたくねえんだ。だから……。

できれば二人を逢わせたくない。

そう思ってしまう。このままだと、いつか必ず破滅が来る。そんな予感に怯《おび》えてしまう。それとも、毒蜂と毒蛇は案外折り合いよく生きていけるものなのだろうか。

わからない。

「遠野屋に見立てを頼めと言ったのか、親分?」

「いえ……そういうわけじゃ……」

「なるほどね。小間物屋なら七宝には詳しいかもしれねえな」

信次郎の口の端が持ち上がり、僅かに歯が覗く。信次郎の薄ら笑いほど厄介なものはない。この笑いを浮かべたまま、人の顔を踏みつけ、女の頬を叩く。相手が性悪《しょうわる》な輩《やから》に限ってのことだが、相手がどうあれ薄笑いを浮かべてやる所行ではあるまい。

この薄い笑いと共に信次郎の根にある酷薄さが浮かび上がるようで、伊佐治はまともに目を向けられない。どうしても伏せてしまう。しかし、今回、その笑みを誘ったのは伊佐治自身だ。腹を括《くく》るしかないだろう。

「……前に一度、遠野屋さんから聞いたことがあるんで」

ぼそぼそとしゃべり始める。

「さる大尽《だいじん》からの注文で、七宝を使った細工物を作ったことがあると……。それがどんなものか忘れちまいましたが、遠野屋さん、確かに七宝って」

「口にしたかい」

「……へぇ」

「そうか、そうだろうな」

薄笑いを浮かべたまま、信次郎がうなずく。

何がそうなのか、伊佐治は敢《あ》えて問わなかった。

もう昼近くになっている。

風が出てきたのか、自身番の腰高障子がかたかたと鳴った。

「では、行くか」

信次郎がゆらりと立ち上がる。

三ツ紋付きの黒羽織、龍紋の裏付き、着流し博多帯。見慣れた姿がいつもよりさらに高く黒く感じる。夕暮れ時の影法師のようだ。

伊佐治は束の間目を閉じ、気息を整え、影に似た黒い背中に付き従うために歩き出した。

「旦那さま」

廊下から信三《しんぞう》が呼ぶ。

本所深川森下町《ほんじょふかがわもりしたちょう》の小間物問屋、遠野屋に三人いる手代の一人だった。よく働く。身体も頭も惜しみなく使うことを知っている若者だ。

清之介はこの若者を信頼していた。

主である自分に忠実だからではない。商人としての聡明さを持ち合わせているからだ。目先の益だけに眩《くら》まされず、商いの途《みち》を考えることができる。

人を使い、人を生かし、人を動かし、利を生む。その利を人に返していく。途切れの無い円環として、商いは回っていくものだ。

そういう諸々を清之介は先代の遠野屋から教えられた。

人に返してこその商い。

まだ曖昧《あいまい》ではあるが、若い手代はそのことを解しようとしている。

頼もしくもあり、楽しみでもある。

おれも少し歳を取ったかな。

胸の裡で密やかに笑ってみる。

遠野屋の二代目として、必死にがむしゃらに働いた年月が過ぎ、女房を失った痛手を一時でも忘れたくて商いに没頭した日々が流れ、今、この胸内には若い手代を一人前に育てたい心持ちが、芽生えている。商いにも自分の過去を振り返ることにも、少し余裕が出てきた証《あかし》だろうか。

刀を捨てたことを悔いる気持ちは微塵もない。しかし、かけがえのない女を己の定めに巻き込んで死なせてしまったことへの悔恨は、今でも生々しく疼いている。生涯、褪せも癒《い》えもしない傷だ。その傷を抱えたまま、周りを慮《おもんぱか》る余裕が持てるようになった。

人とは強い者だな。

しみじみと思う。

「どんなに泣いても、嘆ぇても生きてゆかなくちゃならねえ。そう腹を据えた者は強《つえ》ぇんですぜ、遠野屋さん」

そう言ったのは、老練の岡っ引きだった。

腹を据えて生きろ。そう言われたのだと悟ったのは、しばらく後のことだったが。

清之介は眺めていた紅板数点を脇に置いた。田の子屋という蒔絵師《まきえし》の手によるものだ。どれも見事な品だった。田の子屋の技は、高蒔絵という模様部分を盛り上げ、その上に蒔絵を施すものだった。高低がある分、深さや厚みを感じさせる。

紅板は四つ、それぞれに春夏秋冬を表した文様が浮き出ている。

梅の枝で戯れる目白の番《つがい》、川面に跳ねる鮎《あゆ》、重なり合った紅葉を照らす月、雪の中に佇む雌鹿。

現《うつつ》の風景とはまるで異質でありながら、生命が脈打っている。雪原を蹴って、今にも一頭の鹿が駆け出しそうであり、目白の仲睦まじい囀りや鮎が水面に落下した音が聞えてきそうだ。

見事としか言いようがない。

納期を半年近く過ぎて、やっと、納められた品だった。田の子屋の腕前に惚れ込んでいた清之介も、さすがに焦り思案し始めたころ、その思案を見計らったかのように届けられた。

自ら品を納めに来た田の子屋は、品の包みを渡してただ一言、

「遠野屋さん、あんた、運がいい男だ。これほどの品が商えるんだからよ」

そう言い置いて去って行った。半年の遅れを詫《わ》びる一句すらなかった。店の誰もが呆れ顔にその後ろ姿を見送る。

「何ですかな、あれは。旦那さまが甘やかすから、付け上がるんじゃないんですか」

大番頭の喜之助《きのすけ》が口を歪める。

清之介は取り合わなかった。納められた品を見た瞬間、喜之助の皮肉など掻《か》き消えてしまった。田の子屋の言葉は、偽りでもはったりでもない。

おれは何と運のいい商人なんだ。

震えるようにそう思う。指先は微かだが本当に震えていた。

これほどの品が商える……。

ほれぼれと、ただ、ほれぼれと見詰めてしまう。そして、小さく唸《うな》る。

とうてい刀の敵う相手じゃない。

たかが紅板、化粧道具の一つにすぎない。しかし、たかが紅板が武士の手挟《たばさ》む太刀を、女を飾る小物が人を斬るだけの道具を、遥かに凌駕《りょうが》する。

この揺るぎない美しさはどうだ。

清之介は何度もため息を吐いた。

いつまで見ていても、飽きない。いつまでも見続けていたい。

しかし心を揺さぶられたままでは、商いは成り立たない。この品に値を付け、注文主に納め、田の子屋に相応の賃金を支払う。その算段をしなければならない。それこそが自分の仕事なのだ。

そのために部屋にこもり、四枚の紅板に向かい合っていた。

心躍る逸品に出逢ったとき、自分の力量も試されている。見立ての力を商人の心意気をはかられている。

これもまた、先代の教えだった。

「旦那さま」

信三が声を掛けてきたのは見惚れようとする心を律し、紅板を手にしていた最中だった。

正直、誰にも邪魔されたくなかった。

木暮さまなら、ここで聞えよがしに舌打ちするところか。

ふっと考え、信次郎のことを束の間でも考えた自分に、それこそ舌打ちしたい心持ちになる。

「どうした？」

障子が開き、信三が顔を覗かせる。

「お客さまがお見えでございますが……」

「客？　今日は、お客の約束はないはずだが」

「はい……」

木暮さまなのか。

そう問おうとして口をつぐむ。

信次郎でも伊佐治でもない。あの二人なら、信三は「お客さま」とは呼ばない。名を呼ぶ。「木暮さま」であり「尾上町の親分さん」と。それに、わざわざ知らせには来ないだろう。信三が取り次ぐより早く、信次郎の足音が聞えているはずだ。

いつもそうだった。

「どなただね」

「それが……お武家さまなのです。伊豆《いず》さまとおっしゃいました。見上げるほど大きなお侍さまで……。伊豆小平太《こへいた》が参ったと主《あるじ》どのに告げてくれと、そう言えばわかるともおっしゃいましたが」

「伊豆小平太……」

「ご存じのお方でしょうか」

「知っている」

息を整える。

あの若侍がなぜ？

清之介は紅板を信三に手渡した。

「これは阪垣《さかがき》さまにお渡しする品だ。丁重に片づけておいてくれ」

「はい」

「それから、お客さまを座敷にお通しして茶を出すよう、おみつに言いつけておきなさい」

「はい」

一礼し、信三が去っていく。

清之介は一人、佇んでいた。それは僅かの間ではあったが、つい先刻まで清之介の中に満ちていた満足感は跡かたもなく萎《しぼ》んで消えようとしている。代りに、怯えに似た感情が迫《せ》り上がってきた。背筋を冷たい汗が伝う。

伊豆小平太。

兄、宮原主馬《みやはらしゅめ》の側近だった。若党という軽輩《けいはい》ではあるが、度胸も剣の腕も並みはずれたものがある。道場で振り回すだけの竹刀《しない》ではなく、実際に人を斬った剣だ。

清之介が怖れたのは、小平太の人斬りの腕や偉軀《いく》ではない。そんなものは些かも気にならなかった。

怖じているのは過去だ。

小平太の後ろに広がる己の過去だ。

そこには主馬がいる。清之介が自らの手で屠《ほふ》った実父がいる。暗殺者として闇に潜んでいた清弥《せいや》という名の若い自分がいる。

二度と繋がりたくはなかった。

断ち切ってしまいたい。

宮原清弥ではなく、遠野屋清之介として生き抜いた果てに死を迎えたい。

纏《まつ》わりつき、絡みついてくる過去に清之介は怯えていた。怯えも怖じ気も、江戸での暮らしの内に身に付いた。人と共に生きる困難さもおもしろさも、刀でなく算盤で戦う術《すべ》も、小さな紅板にときめかす心も、そうだ。江戸という町が、江戸に生きる人々が、死んだ女房が与えてくれた。

もう宮原清弥には戻れない。戻っては、ならない。

清之介は静かに深い呼吸を繰り返す。

「腹を据えて生きろ」

呟いてみる。

それから、来客用の表座敷に向かった。


「良い座敷でござるな」

小平太の視線が室内を巡る。

無遠慮ではあるが嫌味はない。むしろ、おかしいほど子どもじみた仕草に思えた。

「柱も畳も天井も清々《すがすが》しくもあり品もある。さすが、遠野屋の座敷だけのことはござる」

「ありがとうございます」

清之介は軽く頭を下げた。小平太の声には称賛の響きがある。紛《まが》い物ではあるまい。この男は本心から感嘆しているのだ。

「ここは新しく建て増しいたしました客間です。伊豆さまにそう言っていただけると嬉しゅうございます」

「これは、やはり清弥どのの趣向なのですかな」

「伊豆さま」

「ふむ?」

「わたしは遠野屋清之介にございます。そのようにお呼びください」

「あ、これは失敬いたした。そうか、遠野屋の者たちは清弥という名を知らぬのか。ほう、そういうことか」

清之介は顎を引き、姿勢を正した。

丹田《たんでん》に力を込め、腹を据える。

「強請《ゆす》りにいらしたのですか」

小平太の視線が清之介の顔に注がれる。

「何と仰《おお》せられた?」

「わたしを強請るために来られたのかと、お訊きいたしました」

「なぜ、それがしがそこもとを強請らねばならん」

「わかりませぬ。どのような子細があってのお訪ねか、わたしには見当がつきかねますので」

小平太の頬に血が上った。

「それがしも武士の端くれ。強請りなどとあさましい真似など頼まれてもできぬわ」

口吻にも憤怒が混ざる。

こういうところは、若い。相手の弱点を事もなげに突いてくるくせに、己の誇りが傷付けられると熱《いき》りたつ。若さゆえの粗雑さであり、身勝手さではないか。

「では、何事がございました」

若者の赤らんだ顔を真正面から凝視する。睨むのではなく、ただ見続ける。視線を外さない。

小平太の血の気が引いて行く。血を上らせる前よりも顔色は青白くなったようだ。

小平太は居住まいを整え、声音を重くした。

「清弥……いや、遠野屋どの。こ度《たび》は一つ、頼みごとがあってお訪ねした」

「どのようなことでございましょう」

「言えば聞き届けていただけるかな」

「それは無茶でございます。話を聞かぬうちは、どのような判断もできかねますので」

「然《さ》もありなん。そこもとの言う通りだ。ただ、それほど難しいものではござらん。人足一人と大八車があれば事足りる」

「人足と大八車？　何かを運ぶわけですか」

小平太が首肯した。目を細め、茶をすする。

「美味い。実に美味い茶だ」

「伊豆さま。何をどこからどこへ運ぶおつもりなのですか。わたしに何をせよと？」

湯呑みを置き、小平太は長い息を吐いた。

「屍体を受け取りに行っていただきたい」

「屍体？」

「さよう。男の屍体でござる」

清之介と小平太の間を風が走った。

涼やかな秋の風だ。

いつもは仄《ほの》かに甘く匂う風にほんの少し血が混ざる。血の臭いがする。

清之介は身体を硬くし、膝の上でこぶしを握った。

第三章　有明空に

風が静まるのをまっていたかのように、虫が鳴き始めた。澄んだ音《ね》だ。どこかに物悲しささえ含んで響く。

季節は確かに移ろっているのだ。

「お断りいたします」

清之介はこぶしを開き、膝の上に両手を重ねた。

「断る？　しかし、それがし、まだほとんど何も語ってはおりませんぞ」

「お断りいたします。聞く必要はございません」

小平太は顎を引き、目を瞬《しばたた》かせた。

「遠野屋どの、それはちと、にべもない申され様ではござらんか」

「伊豆さま」

膝を僅かに進める。

「ここへ来られたのは、伊豆さまのご一存でございますか」

伊豆小平太の来訪が誰かの命を受けてのことだとすると、話は少し厄介になる。

この若侍に命を下せる人物は、兄の主馬しかいない。父を同じくする兄は、清之介にとって血を分けたただ一人の肉親だった。

「もう一度、最初から人として生き直せ」

そう語りかけてくれた人でもある。あの一言をよすがとして、故郷を捨てた。過去を捨てた。当の兄さえも捨てた。

人は、人である限り生き直すことができる。

そう信じて生きてこられたのは、兄と女房おりんのおかげだ。宮原清弥を消し去ってくれたのが兄、遠野屋清之介を形作ってくれたのが女房。女房は死んだ。兄とは再び見《まみ》えることはない。だからこそ、江戸の町の片隅で商人として生を全うする。してみせる。

その想いはときに覚悟として、ときに望みとして、清之介の内に息づいていた。

その兄が目前に現れたとき、清之介が戸惑いと同時に血が沸き立つような懐かしさを覚えたのは事実だ。

「清《せい》よ」そう呼び掛けてきた声に、胸が熱く滾《たぎ》ったのだ。しかし、その場で兄は弟に暗殺者に戻れと命じたのだ。自らが清之介の鼻先に過去をつきつけてきた。

二度と人は斬りませぬ。

それだけを答え、平伏するしか術《すべ》がなかった。

人を斬るわけにはいかない。

商人が握るのは刀ではなく、商いの品なのだ。あの見事な紅板のような。

「殿は何も仰せでなかった」

小平太が深く息を吐き出す。

「ここに参ったのは、それがしの一存でござる」

「さようでございますか」

「遠野屋どののお力を借りるよう、畏れながら殿にご建言申し上げはしたが、殿はどのようにも仰せられなんだのだ。遠野屋どのをこ度の件に巻き込むこと、いささかご懸念あるやもしれん。慈兄のお心であろうか」

小平太は顔を上げ、一人、うなずく。

そうではあるまい。

清之介は僅かに目を伏せた。

そうではあるまい。兄はただ、弟の使い道を誤りたくないだけだ。必殺の一撃は、勝負を決するぎりぎりで放ってこそ意味がある。主馬は宿敵を葬るための道具として、清之介を利そうとしていた。そのためには、自分と遠野屋清之介との繋がりを誰にも気取られたくないと、考えているのだろう。

ため息を呑み込む。まだ夏の名残は十分に留まっているというのに、冷え冷えとした気配が身体を包み込む。それは、外からではなく清之介の内から湧き上がっていた。

あさましい。

兄ではなく、己をあさましいと思う。

こういう風にしか兄を捉えられない己の、何というあさましさか。慈兄の心だと衒《てら》いなく言い切った小平太の方が、よほど人らしいではないか。

「遠野屋どの、殿のお心を慮っていただき、何とぞ我が頼み、お聞き届けくだされ。お願い申す」

小平太が双手をつき、額を擦《こす》らんばかりに頭を下げる。

「伊豆さま、お顔をお上げくださいませ。お武家さまにそのような真似をされますと、こちらの身の置き場がございません」

「では、お引き受けくださるか」

「いや」

かぶりを振る。

「お断りいたします」

「これほど頼んでもお聞き届けくださらぬと」

「伊豆さま、なぜ伊豆さま自らがその屍体を受け取りに行かれぬのか、お尋ねはいたしません。聞きたいとも思うてはおりません。ただ、これだけは申し上げておきます。伊豆さまや兄者がどう言われようと、わたしは一介の商人でございます。そして、商人は見も知らぬ屍体を貰い受けになど、決して行かぬものです。胡乱《うろん》な真似をすれば店の名に傷がつきます。商いに障《さわ》ります。それだけは何としても避けねばならぬこと。お武家さまに武士としての意地があるように、商人にも商人の守るべき要があるのです」

「その要を守り通すと言われるか」

「さようでございます」

小平太が低く唸った。その口元の硬直な線が、崩れる。口吻も揺れて、ぞんざいなものに変わった。

「弟なのだ」

「は？」

「その屍体……おれの弟なのだ」

一瞬、返す言葉を失い、清之介は小平太を見詰める。

弟？

「故あって子細は言えん。弟は国許《くにもと》よりさる使命を帯びて江戸に参ったのだ。しかし、江戸に入ったその夜、敵の手によって屠られた」

小平太は挑むように清之介を見た。眼の奥にちろりと焔《ほのお》が上がる。

「弟は商人に身を窶していた。敵の目を欺くためだ。死してなお、身分を明かすわけにはいかん。しかし、このままでは無縁仏として葬られてしまう。それはあまりに不憫《ふびん》であり、兄としては耐え難い思いがするのだ。おれは……弟の遺骸を取り戻したい。そして、近いうちに必ず仇を討つ」

「だから、わたしに引き取り手になれとおっしゃるのですね」

「そうだ。武士ではなく商人であるからこそ、遠野屋どのに頭を下げに来た。他に頼みこめるような商家の主を知らぬのだ」

嘘ではあるまい。

小平太の若い面には焦燥の翳《かげ》りと獰猛《どうもう》な怒りが綯《な》い交ぜになって浮かんでいた。

小平太は弟を惨殺された。気性からいっても、剣の腕からしてもこのままにしておくわけがない。その言葉通り、必ず報復するだろう。小平太は清之介を謀《たばか》ろうとはしていない。一言の嘘も吐いていないのだ。しかし、隠してはいる。地表の枝の部分は語っても、地中の根については決して触れようとしない。

さる使命とは何か。

一番太い根を隠し通したまま、こちらに向かい合っている。

「伊豆さま、まことに申し訳なくは存じますが、伊豆さまにお応えすることは、どうあってもできかねます。どうかご容赦ください」

あさましくあろうと、薄情であろうと、人道を外れていようと、否《いな》と言わねばならない。遠野屋の主人である限り、首肯することはできないのだ。兄も小平太も、自分の過去に繋がる全ての者はことごとくが剣呑である。遠野屋という店を危うくする因となる。近づくわけにも、近づけるわけにもいかない。

小平太が短く何かを呟いた。弟の名かもしれない。

使命に命を賭した若者は哀れだ。無縁仏として埋葬される行く末なら、なお憐憫の情は募る。しかし、否と答えるしかなかった。情に惑わされて途を踏み違え、遠野屋に禍《わざわい》の火種を落としでもすれば、悔やんでも悔やみきれない。

清之介にとって遠野屋という店は、何を捨てても守り抜かねばならないものだった。江戸まで流れ来て、おりんという女に出逢い、遠野屋を手渡してもらった。商人として生きる途を拓《ひら》いてもらったのだ。

小平太が低く唸った。

「これほど頼んでも無理か」

「はい」

「非情だな、遠野屋どの」

「情で動かねばならないときと動いてはならぬときがございます。お赦《ゆる》しくださいませ」

小平太は無言のまま立ち上がった。頬が赤らんでいる。怒りと失望が身の内で燃え盛っているのだろう。

「伊豆さま」

座したまま若い侍を呼び止める。唐突にある思いが心に湧いた。

まさか。

「ご遺体は、今どちらに？」

小平太の眉間に深く皺が寄る。

「今さら、そんなことを訊いてどうするのだ」

「いえ。ふと気になりました。わたしの許にいらっしゃったということは、本所、深川界隈に」

「常盤町だ」

小平太の大声が清之介を遮《さえぎ》る。獣の咆哮《ほうこう》のようだ。語尾が微かに震えている。

「高橋の橋桁に引っ掛かっていたのを引きあげられ、常盤町の自身番に運ばれた」

常盤町。では吟味されたのは、木暮さまか。

思わず呻きそうになった。

どのような形《なり》をしていようと、あの方を誤魔化せるわけがない。屍体が武士であることなど、あっさりと見抜いてしまわれただろう。

見抜いたからどうなのだ。

清之介は己の臆病さを、胸内で嗤おうとした。見抜いたからといって、おれと拘わりがあるなどといかな木暮さまでも思い及ぶわけがない。実際、何の拘わりもないのだ。

小平太は乱暴に障子を開け、足音も荒く歩き出す。足取りにも一つ一つの仕草にも、憤懣《ふんまん》がほとばしる。

こういうところも、若い。

己の情動を抑止できない若さは眩くもあるが、面倒でもある。このやり場のない激情に、小平太自身が振り回されなければよいが。

清之介は危うい思いを抱きながら腰を上げた。

見送るために廊下に出る。

束の間、息が詰まった。

廊下をこちらに向かって歩いてくる信次郎が見えた。いつものように後ろには伊佐治がいた。さらに後ろには諦《あきら》め顔の信三が従っている。小平太は肩をいからせたまま、いささかも頓着せず前に進んでいる。信次郎が足を止め、近づいてくる武士を見詰める。

清之介はその場にしゃがみこみたくなった。

よりによって、なんでここに木暮さまが……。

見計らったように現れるのだろうか。まさか、伊豆小平太の何かを嗅ぎつけたわけでもあるまい。いや、嗅ぎつけたのかもしれない。

木暮信次郎という男はいつでも、清之介の最悪のころあいを選んでやってくる。そうとしか思えなかった。そのための嗅覚《きゅうかく》を持っているとしか思えないのだ。

信次郎と小平太がすれ違う。

ちらりとでも、目を見合わせただろうか。

伊佐治が膝を曲げ、頭を下げる。

信次郎の手が刀の柄《つか》にかかった。とたん、小平太は振り向き、滑るように数歩下がった。間合いをとったのだ。

信次郎が笑んだ。

屈託のない、無邪気とさえ目に映る笑顔だった。小平太はむろん笑みを浮かべたりはしない。ここで、笑えるほど老獪《ろうかい》でも拗《ねじ》けてもいないのだろう。しばらく佇み、憮然《ぶぜん》とした表情のまま背を向け去っていく。伊佐治がその後ろ姿を窺《うかが》うように、僅かに身を屈めた。

「えらく、可愛い客人だな」

笑みを絶やさぬまま、信次郎は清之介の前に立った。顔を見ないように、見せないために、腰を折る。

「おいでなさいませ。今日はまた、どのようなご用件でございましょうか」

「おいおい、なんだよ、その木で鼻を括ったような挨拶は。おれが来ちゃあ迷惑みてえに聞えるじゃねえか」

「まぁ、有り難くはございませんが」

「うん？　何か言ったか」

「いえ、どうぞ。ただいま、茶をお持ちいたしますので」

「小腹が空いてんだ。甘《あめ》え物も付けてくんな。できれば船橋屋の羊羹《ようかん》あたりで頼むぜ」

伊佐治がはたはたと手を横に振った。

「旦那、遠野屋さんは茶店じゃありやせんぜ。ほんとに、何考えてんですかね。遠野屋さん、いつものことですがお邪魔して申し訳ありやせん。菓子なんかいりやせんぜ。茶も結構です」

いつものように、気儘《きまま》にふらりと立ち寄ったわけではない。ここに来たのは、それなりの訳があるのだ。

伊佐治は言外にそう匂わせている。

「……では、いつもの奥の座敷に参りましょうか。その方が落ち着きます」

「どっちでもいいけどよ。おれの小腹のこと忘れんなよ」

「旦那、いいかげんにしなせえ。旦那だってお侍の端くれでござんしょう。そこらへんの悪がきみてえに、菓子をねだるなんぞ恥ずかしくねえんですか」

「へっ、端くれで悪かったな。けど、親分。そう気を遣わなくても構わねえぜ。遠野屋のご主人はおれたちのために、いつだってちゃんとお楽しみを用意して待っていてくれてるのさ。いつだってな」

信次郎の唇が薄くめくれる。

清之介は視線を逸らし、奥へと足を向けた。悪寒《おかん》がする。信次郎の薄笑いを目にする度に、背筋がうそ寒くなる。身が竦む。逢魔《おうま》が時《とき》に人ならぬ何かとすれ違えば、こんな心持ちになるのではないか。

清之介は信次郎がどうにも苦手だった。

怨みがあるとか、疎《うと》ましいとか、性が合わぬとか、そういう類の感情ではなく、苦手だとしか言いようがない。信次郎の前に出ると、何もかも見透かされる気がするのだ。振り返りたくない過去も、おれの心の裡の弱さも脆《もろ》さも、全て見透かしたうえで、このお方は薄く笑っている。

そう感じてしまうのだ。感じれば悪寒がする。身が竦む。

対峙する前から既に負けている。自分が敗北者であることを清之介ははっきりと感じとっていた。

さらに厄介なのは、信次郎の言葉通り、待っているということだった。信次郎と伊佐治を心待ちにしている自分がいるということだ。

今も二人の遣り取りを聞きながら、懐かしいような安堵するような心が浮き立つような妙な気分を味わっていた。

江戸がいかに広かろうが、木暮信次郎のような歪《いびつ》な男は二人といまい。摑《つか》みどころがなく、不気味であり、不快でもある。それなのに目が離せないのだ。

手妻《てづま》のように謎を解き明かし、闇に紛れようとする者を引き摺《ず》り出す。信次郎の手際の見事さに心を奪われる。卓越した怜悧さに畏敬《いけい》の念すら湧いてくる。田の子屋の品を手にしたときの心情と似ているかもしれない。

そう考えれば、田の子屋の偏屈《へんくつ》さや拘りなど信次郎の歪さの前では、愛らしい玩具に等しい。

「どうぞ、お入りください」

座敷の障子戸を開ける。

奥は清之介たちの暮らしの場になる。表座敷よりずっと狭く、調度品も質素だ。その分落ち着いて、ゆっくり話ができた。店の賑《にぎ》わいも気配も、淡々としか伝わって来ない。

「表の造作《ぞうさく》にえらく金を注ぎ込んだな、遠野屋」

「はい。商いの場所でございますから」

月に一度、馴染みの客を呼んで表座敷でもてなす。襖《ふすま》を取り払って二間続きにした座敷には、小間物だけでなく帯や反物、足袋《たび》、草履《ぞうり》までをずらりと並べ、気の向くまま手に取れるようにした。客が身につけるほとんど全ての品がこの座敷で揃《そろ》うことになる。むろん、遠野屋だけでできる仕掛けではない。履物問屋、帯屋、太物《ふともの》屋、呉服屋、そういう店々を巻き込んでの企てだった。まだ数回しか開いていないが、客が殺到し、既に来年の春まで新たな申し込みは受けられない状態になっている。清之介たちの予測を遥かに越える評判だった。年明けからは、役者や絵師を呼んで、着合わせや色使いの講釈を頼もうと話しあっている。高額な品だけでなく手頃な値段のものを集めて、客層を広げようとの提案もあった。

集っている店の主人は誰も若く、伝統や古い仕来《しきた》りを踏襲しつつ、新しい商いを作り上げたいという心意気を溢れさせている。不安や怖れをひとまず胸底に仕舞いこんで、新たな商いに挑もうとしているのだ。

世を動かすのは、その心意気であり、この品々であり、金であり、米だ。しみじみと思う。

決して刀ではないのだと。

商いは残る。品々も残る。百姓も商人も職人も廃《すた》れることはない。しかし刀は、武士は、いずれ滅び去っていくはずだ。

座敷に座り、品々に囲まれ、客たちをもてなしながら清之介は幾度もその思いを噛《か》み締めていた。

「まったくよ、儲《もう》かって儲かって、笑いが止まらねえんじゃねえのか。羨《うらや》ましいこったな」

「さほどのことはございません。たかが小間物問屋にございますから」

「けっ、嫌味なやろうだぜ」

信次郎が露骨な舌打ちをする。小女《こおんな》のおくみが茶と菓子を運んできた。躾《しつ》けられたとおりに、両手をついて頭を下げる。

「おいでなされませ」

「よう、おくみ。元気だったか。しばらく見ねえうちに色っぽくなったじゃねえか。娘盛りってのは、どんな枝にも花を咲かせるもんだな」

「ありがとうございます」

信次郎の皮肉ともからかいともとれる片言《へんげん》をおくみはさらりとかわして、去っていった。これも、女中頭のおみつあたりの躾けだろう。

「おくみ、いいかい。木暮さまに何を言われても、『ありがとうございます』と『はい』しか返事をしちゃあだめだよ。それだけ返事して、さっさと引っ込んでおいで。わかったね。決して口応えしたり、本気で答えようなんて考えちゃだめだよ。腹がたっても、ふざけんなと思っても『ありがとうございます』と『はい』だけで済ませるんだ。あの人の言うことは蜘蛛《くも》の巣みたいなもんなんだからね。下手に拘わってたらぐるぐる巻きにされちまって身動きとれなくなるんだから。胆《きも》に銘じておくんだよ」

いつだったか、おみつが台所の隅で教示していた場に行き合わせた。おみつが本気で教え込んでいるのも、おくみが真剣な面持ちでうなずいているのもおかしくて、噴き出しそうになったのを覚えている。蜘蛛の巣とは言い得て妙だと感心したのも覚えている。足掻けば足掻くほど絡みつき、粘りつき、こちらの動きを封じてしまう。信次郎の話術にはそういう力があった。全てを封じ、全てを見透かす。

天性の才としか言いようがなかった。

さて、と清之介は居住まいを正す。

おみつは蜘蛛だと言い、信三は蛇に喩《たと》えるこの男、今日はどういう巣を張り巡らすつもりか。

緊張し身構えながら、その巣の張り具合に見入ってしまう。津々《しんしん》とした好奇に衝《つ》き動かされ、子どものように目を輝かせてしまう。そういう自分を清之介は持て余しながら、おもしろがっていた。

おれはこういう者であったのだな。

相手の為人《ひととなり》を計りかねて、あるいは自分の胸次《きようじ》を摑みあぐねて、おろおろと惑い、おもしろがり、嘆息する。剣の間合いは瞬時にとれても、人との間合いは詰めるにせよ開けるにせよ無様《ぶざま》に、もたついてしまう。

これほど無様で、他人に心動かされる者であったのだ。

そう思うことは屈辱でも恥辱でもなく、安堵に近い情を清之介に与えてくれた。揺れ惑う己が、何とも愉快でたまらない。

信次郎が茶をすすり、干菓子《ひがし》を口に放り込む。

「美味え。上菓子《じょうがし》だな。下《くだ》りものか」

「いえ。加賀のものです」

「加賀といやあ長生殿《ちょうせいでん》という名菓があるそうでやすね」

伊佐治が、控え目に口を挟んできた。

「はい、加賀米のみじん粉と和三盆《わさんぼん》で作られた打ち物です。その昔、前田家が豊臣家に献上した菓子と言われておりますが。日本には京だけでなく、良い菓子を作る国が幾つもございますね」

「まぁ、あっしなんかには一文《いちもん》菓子が一番、性に合いますがね。もっともこんな上菓子、そうそう口に出来る代物《しろもの》じゃねえから、合う合わねえと口にするのも憚《はばか》られやすが。あぁ美味い。いつもご相伴《しょうばん》にあずかりやしてありがてえこってす」

伊佐治が頭を下げる。人の良い好々爺そのものの顔つきだった。

「うむ。本当に美味い菓子だったな」

信次郎が珍しく満足気な息を吐いた。

空になった湯呑みを引き、清之介は手早く茶を注いだ。

「あいつに襲われたのか」

湯呑みを差し出した清之介の頭上に、信次郎の声が被さる。顔を上げ、目を凝らす。

「何のことでございますか」

「今さら惚《とぼ》けるな」

惚けたつもりはない。何を言われたか本当にわからなかったのだ。伊佐治もそうなのだろう、湯呑みを手にしたまままちらりと主の顔を見やった。眼差しに僅かな当惑が滲んでいる。

「あぁ……」

小さく声を出していた。

あのことか。

「そうよ、もう一年も前になるかい。武家屋敷の裏手で、あろうことか遠野屋のご主人を襲った不埒者《ふらちもの》がいたろう。信三が親分の店に主を助けてくれと転がりこんできて、たいそうな騒ぎになったよな。おれも駆り出されて、えらい目に遭っちまった」

信次郎はだらしなく膝を崩し、さっき小平太に向けたものと寸分違《たが》わぬ笑みを浮かべた。

「まぁ、それはそれとして、その不埒者の中にさっきの男がいたんじゃねえか。襲撃者として加わっていた。だろ？」

「なぜにそのようなことを思われました」

「でけえからだよ。おれはな遠野屋、おめえが襲われた場を子細に調べたんだよ。地面を舐《な》めるようにしてな。そこに、えらくでけえ足跡があった。歩幅も並みはずれたもんだったな。よほどの大男だろうと踏んでたんだが……。ふふん、さっきの可愛い客人だと、ぴったりじゃねえか」

清之介は顎を引き、背筋を伸ばした。

これだ。これだから、このお方は怖ろしいのだ。笑みの下に牙《きば》を、和《なご》やかな遣り取りの陰に爪を隠し持つ。

「珍しゅうございますな、木暮さま」

「なに？」

「木暮さまがそのような見当違いをおっしゃるのは、珍しゅうございますよ」

「見当違い？　ふーん、このおれが見当違いをしたって？」

「あのお方は、ただのお客さまにございます。だからこそ、表座敷でもてなしておりました」

「小間物を注文に来たってわけかい」

「奥向きの用をなさっておられるのです。お武家さまでも小間物問屋と無縁というわけではありません」

「おまえさんの店じゃあなにかい、小間物を見繕いにきた客がああまで殺気だつような売り方をしてるのか」

信次郎が傍らに置いた刀に手を掛ける。

「鯉口を切る。その微かな物音にしっかりと応じてくれたぜ。あいつ自身が抜き身そのもののようだったな。ふふん、小間物買いの客だと。笑わせてくれるじゃねえか。うちの親分だってもうちっとはましな騙りをするぜ」

伊佐治が眉を顰《ひそ》める。

「あっしは騙りなんぞしやせんよ」

「わたしもいたしません」

信次郎を見据え、清之介は言い切った。

「木暮さまにわたしの騙りが通用するとも、思うておりません。何度でも申し上げます。さきほどのお武家さまは、ただのお客にございますから」

「そうか。そこまで言い張るなら、いいさ。美味ぇ菓子も馳走になったし、ぐだぐだこだわる程のことじゃねえしな。それはそうと遠野屋」

「はい」

「おまえさんの生国《しょうごく》はどこだったたっけな」

返答に詰まる。言葉が喉の奥に引っ掛かって、息の道まで塞《ふさ》ぐようだ。清之介は目を伏せ、温《ぬる》んだ茶をすすった。

「わたしの生国が何か？」

信次郎が喉の奥からくぐもった笑いを漏らす。

「あのとき、おまえをかどわかしたのは実の兄貴だったよな。あのでけえのは兄貴の命を受けて動いたわけだろう。そいつがひょこひょこ顔を見せたってことは、またぞろ兄貴との因縁が蠢き始めたってことだよなあ。それはつまり、きれいさっぱり捨てたはずの生国が、否応なく絡んでくるってことじゃねえのか」

こだわる程ではないと言いながら、信次郎は、小平太と小平太の後ろに座す主馬を見据えている。決して、視線を外さない。

「絡んではきませんでしょう。今のわたしには何の拘わりもありませんので」

舌打ちの音がした。

「ちっ。どこまでも白《しら》を切るつもりかよ。まぁいいや。知らぬ存ぜぬでどこまで行けるか、やってみな」

信次郎が顎をしゃくる。

「親分、この偏屈野郎に今日、何があったか話してやんな」

「誰が偏屈なんで？　あっしには旦那の方がよっぽど偏屈に見えますさあ。まったく、何でそんなにねちねちやらなきゃならねえんですかねえ。もっと、あっさりと切り出しゃあ済むことでしょうに」

信次郎が言い返す前に、伊佐治は膝頭を清之介に向けた。

「遠野屋さん、今日はお尋ねしてえことがあって参りやした」

「はい」

「というか、これが何か確かめて欲しいんで」

伊佐治は懐から小さな袋を取り出す。手のひらに載せ、そっと差し出してくる。あちこちが黒く変色していた。異様な臭気が鼻を打つ。

「臭いやすね。なんせ人の腹の中から出てきた代物なんで」

「腹の中？　それは、どういうことですか」

「それについちゃあ、後で詳しくお話ししやす。まずは中身を見ていただきやしょう」

伊佐治が広げた手拭の上に袋の中身を転がした。

鮮やかな色が目を射る。

「……これは」

「瑠璃でござんしょうかね」

「触れてもようございますか」

「どうぞ。じっくりと見てやってくだせえ」

摘まみ上げ、光にかざす。

見事な色だ。吸い込まれそうな藍青色《らんせい》だった。黄金色の条痕《じょうこん》が見て取れる。明け空に流れる星のようだった。

美しい。

しかし、この美しさはどこかで……。

見た？

声を上げそうになる。

大きく目を見開き、腰を浮かしそうになる。

その衝動を清之介は必死で抑え込んだ。

おれは……これを知っている。

知っている？　なぜ？　どこで？

静まれ。

己に命じる。

静まれ、落ち着け。この二人の前で動揺を曝《さら》すな。

清之介は覗き込んでくる伊佐治に石を返し、うなずいて見せる。

「おそらく、瑠璃の原鉱ですね」

「間違いねえでしょうか」

「十中八九、間違いないと思います。とは申しましても、わたしは瑠璃の原鉱とやらを一度も見たことがございませんが」

ごく普通に声が出た。伊佐治がふっと短い息を吐いた。

「そうですかい。やっぱり瑠璃なんですね」

「親分さん、これが人の腹に入っていたとは、どういうことで」

口を閉じる。

しまったと唸りそうになった。自分から一歩、踏み出してしまった。動揺を隠そうとするあまり、つまらぬ隙を作ってしまった。

「だってよ」

信次郎が湯呑みを片手にゆるりと微笑む。

「遠野屋のご主人が子細を知りたいそうだ。洗いざらい教えてやんなよ、親分」

ねとりと粘りついてくる物言いだった。

ほんとうに蜘蛛のようなお方だな。

円網の中心に陣取る黄金《こがね》蜘蛛か。

とすれば、今の自分は翅《はね》の先を蜘蛛の巣に引っかけた蛾《が》のようなものだ。足搔けば足搔くほど、絡みとられる。

「遠野屋さん、なるべく手短に話しやす。はっきりしねえところは、後で訊いてくだせえ。まだ手探りの最中《さなか》なんで、あっしにも謎だらけなんでやすが、ともかく、わかっているることだけをお話しさせてもらいやす。実は、今朝方のことなんですがね、男の屍体が川からあがりやした。それが、ちょっと尋常でない屍体で……」

伊佐治の口調はさばさばと歯切れよく、ほとんど粘りを持たない。絡みつくことも、纏わりつくこともなかった。淡々《たんたん》と事実だけが述べられていく。しかも巧みだった。大《おお》仰《ぎょう》な科白《せりふ》回しがあるわけでも、声がさほど美質なわけでもないのに、つい聞き惚れてしまう。清之介だけでなく信次郎もまた、目を閉じ伊佐治の話すことに耳を傾けていた。

「……て、わけなんで。あっしどもとしちゃあ、まずはその男の身元と、このお宝の正体をはっきりさせることが肝心だと考えて、それで、こうして遠野屋さんに伺ったんでやすよ」

「そうですか。それはあまりに、惨い話でございますなあ」

嘘でなくため息をもらしていた。

惨い話だ。そして、小平太の話とぴたりと一致する顛末《てんまつ》でもある。

弟なのだ。

小平太の呻吟《しんぎん》の声がよみがえってくる。迷いに迷い、思いあぐねて頼って来た若者の願いをすげなく退けてしまった。薄情とも非情とも酷薄とも責められて仕方ない所行だ。

顔を上げ、できるだけ平坦な声音で尋ねる。

「それで、そのご遺体はまだ、そのままなのでございますか」

「気になるかい」

すかさず信次郎が問い返して来た。

「それはやはり、気に掛かります。そのような非業《ひごう》の死を遂げられた若者であるならなおさら、供養だけでもちゃんとしてさしあげたい。それが人情でございましょう」

「じゃあ、引き取るかい」

「え？」

「その死体をおまえさんが引き取って供養してやるかって、訊いたんだよ」

「それは……どなたも引き取り手がおられぬのでしたら、考えますが」

ふいに信次郎が哄笑《こうしょう》した。

顎を上げ、からからと笑い続ける。

「どうした、遠野屋。今日はやけに歯切れが悪《わり》いじゃねえか」

「木暮さまがあまりに突拍子もないことをお訊きになりますので、いささか返答に窮しました。それだけのことでございます」

「なんで若いと知ってる」

「え？」

「親分は男としか言ってねえ。若ぇなんて一言も口にしなかったはずだ。なのに、おまえさんは仏が若い男だと知っていた。なんでだ？」

「それは……」

蜘蛛が糸を吐き、操り、獲物を手繰り寄せる。

「まさか、おぬしが斬り捨てたわけではあるまい。ふふ、安心しろ。おぬしが下手人だなどと些かも疑っておらんからな」

信次郎の口調が重くなる。

「仏は寄ってたかって、なぶり殺しにあっていた。あれは少なくとも四、五人に囲まれてできた傷だ。おぬしは群れは作らぬだろう。いつでもただ一人で動いてきた。はぐれ狼のようなものだ。そう、おぬしは下手人ではない。では、どうして仏が若いと知っていたか？　自分の目で見たか、誰かに聞いたか、だな」

清之介は目を伏せ、絡んでくる視線から逃れた。真剣を握って対峙するとき、決して相手から目を逸らしてはならない。鉄則だ。気圧《けお》されて目を逸らした刹那、勝負はついてしまう。

逃げた者は餌食《えじき》になるしかない。

百も承知していながら、目を伏せてしまった。

信次郎がまた、舌打ちをする。

「旦那、いいかげんにしなせえ」

突然に伊佐治の怒声が響いた。

「なっ、何だよ、親分。なに怒ってんだよ。驚くじゃねえか」

「怒りやすよ。腹が立ち過ぎて、頭の中が蜂の巣みてえにわんわん鳴ってやす」

「いや、それは危ないぞ、親分。頭の血の筋が切れちまうんじゃねえのか。そうなったら、ぽっくり逝っちまうらしいぜ」

「あぁそうですか。ぽっくり逝ったら旦那のせいですからね。一生、恨みやすよ」

「ぽっくり逝ったら、それでお終《しめ》ぇじゃねえかよ。一生も百生もあるもんか」

「屁理屈《へりくつ》なんかどうでもよござんす。まったくもって、ねちねち何を絡んでやすか。え？　遠野屋さんに絡んで何をしようってんです。そんなことのために、わざわざ出向いてきたんじゃねえでしょう。こうしてる間にだって世の中じゃ何が起こるかわからねえんだ。ぐずぐずしてる暇なんざ、どの袖を振ったって出てきやしませんぜ。わかってんですかい」

「うるせえな。耳元でぎゃあぎゃあ怒鳴るな。ったく、地獄の閻魔《えんま》だってもうちっと可愛い地声をしてるぜ」

信次郎は悪態をついたが気勢を削がれたのは明らかで、むすりと不機嫌に押し黙ってしまった。

伊佐治が身体ごと、清之介の方に向き直った。

「遠野屋さん」

「はい」

「海辺大工町《うみべだいくちょう》の吉井《よしい》屋って店を御存じねえですか」

「吉井屋さん？　あの搗《つ》き米屋の、ですか」

「そうでやす」

「それなら存じております。吉井屋さんはあの界隈では一番の大店ですから。知らない者はそういないでしょう」

「その吉井屋がさきほど、仏を受け取りに来たんでやすよ」

何かを確かめるように、伊佐治がゆっくりと瞬《また》きした。

「吉井屋さんが……」

「へえ。あの仏、宗助《そうすけ》という吉井屋の奉公人だということでやす。武州へ米の買い付けに行ったきり連絡が途絶えていたので、探していたそうです。かなりの金子《きんす》を持ち運んでいたのでそれを狙われたのではないかと、そのあたりが吉井屋の言い分でやした」

「しかし、それは」

「へぇ、もちろん騙りでやすね。旦那のお見立てによれば、仏は侍。搗き米屋の奉公人なんかじゃありやせん」

伊佐治の指が膝の上で固く握り込まれた。口元も目元も張り詰めてくる。皺も染みも消えたわけではないのに、顔つきは一時に若くなり、瑞々《みずみず》しいとさえ感じられた。

「つまり、吉井屋さんは、お上を謀ってまで仏を手に入れたかったということですね」

「そうとしか考えられやせん。けど、むろんそれは吉井屋だけの考えじゃねえでしょう。後ろにはお武家が控えているはずでやす。堂々と引き取れねえから、吉井屋を使うしかなかった。吉井屋はただの隠れ蓑に過ぎねえんですよ」

「どうなさるおつもりなのです」

清之介は伊佐治を、そして、信次郎を見詰めた。

「吉井屋さんを探るまではそう難《かた》くはございますまい。けれど、後ろにお武家さまが拘わっているとなると、一筋縄ではいかなくなりましょう」

信次郎が身じろぎした。

「町方の手には負えなくなる。そう言っているわけか」

「はい」

清之介が言うまでもない。伊佐治も信次郎もわかり過ぎるほどにわかっているだろう。武士と町人は同じ人間でありながら、まるで違う生き物だった。違う法《のり》、違う作法、違う道理で動いている。この一件に武士が拘わっているとなると、真相をつまびらかにするのは至難だ。

「そうさ、おまえさんの言う通りだ。愚図愚図していると、事の真相はおれたちの手の届かねえところに消えちまう。おそらく、何もかもが藪《やぶ》の中、うやむやにされちまう。そういうのが」

信次郎の指がぱちりと音をたてた。

「おれは一番、我慢できねえんだ」

「しかし、それは、致し方の無いことでございましょう」

「仕方ねえって？」

清之介は思わず身を引き締めた。信次郎から激しい情動が押し寄せてきたのだ。殺気に近い鋭利な気配だった。

「おれが一度は手に掛けた事件だぜ。それを横からさらわれて仕方ねえってか？　冗談じゃねえよ。おれの獲物だ。公方だろうが天子だろうが、好きなようにはさせねえよ」

傍らで伊佐治が息を呑み込む。おそらく、清之介自身も同じ仕草をしたのだろう。冷たい空気が胸の底に広がった。

信次郎から寄せてくるものを矜持《きょうじ》と呼べばいいのか、思い上がりだと嗤えばよいのか、清之介には判断できない。そういう柔なものではなく、自らを絶対的に信じる一念、狂気に似た我執《がしゅう》……なのだろうか。

わからない。

ただ圧倒される。

「誰が下手人であろうと、おれが必ず真相を引き摺りだしてやるさ。腹を掻っ捌《さば》いて臓物を掻き出すように、な」

はったりではない。この男ならやるだろう。どういう手段を使ってもやり遂げるだろう。身分も世の掟《おきて》も人の定めも越えて、真相を引き摺り出す。臓物を掻き出すように。

伊佐治がため息を吐いた。その音で我に返る。清之介は努めて平静な口調で言問うてみる。

「親分さん、では、遺体は吉井屋さんに渡したわけですか」

「へえ。届け出には、一見何の落ち度もありやせんでしたからね。こっちとしては難癖をつけるわけにもいかなかったんで。ただ、手下を二人、吉井屋に貼り付けてありやす。もう一人は吉井屋の取引先を一つ残らず洗うように言いつけやした。抜かりはありやせん。待っていれば何かをくわえては来るはずですが」

確かに伊佐治の手下たちなら、ほどなく手掛かりを運んで来るだろう。

「吉井屋の後ろにいるのが誰にしろ、本当に欲しいのは、ずたぼろになった屍体なんかじゃねえ。これさ」

信次郎が碧い石を指先で挟み、袋の中に戻す。

「これをどうしても手に入れたい、あるいは取り返したいと必死になっている誰かがいる。遠野屋。それは、もしかしたら、おまえさんに繋がる誰かかも知れねえよな」

「旦那、また、ねちねちが始まりやしたぜ」

「ねちねちやってかねえと、こいつから本音なんて聞き出せねえんだよ。蛤《はまぐり》みてえに口を閉じてんだ。抉《こ》じ開けるより他はねえだろうがよ」

「なんでそう力ずくが好きなんですかね。遠野屋さんは貝じゃねえ。ちゃんと耳も頭も心も持っていなさるんだ。無理やり抉じ開けなくたってよござんすよ」

もう一度、ため息を吐き、伊佐治はふいに背筋を真っ直ぐに伸ばした。

「遠野屋さん、さっきのお侍さまは、今度のこの件と拘わり合いがあるんで？」

信次郎が肩を竦めた。

「こりゃあまた、真っ向勝負かい。へっ、親分らしいや」

伊佐治は自分の主を一顧だにしなかった。

「うちの旦那の言う通りなんですかい？　あのでけえお侍さまは遠野屋さんをかどわかした一味なんですか？　だとしたら、ここに何のために来たんでやすか？」

「お答えできません」

「答えなきゃいけやせん」

伊佐治が言い切った。

「答えなきゃいけやせんよ、遠野屋さん。それがどんなに言い辛《づれ》えことでも、言わなくちゃいけねえときがあるんだ」

「親分さん」

「あんたはまだ若くて知らねえでしょうが、この世には黙っていればいずれ忘れられることと、向かっていかなきゃどうにもならねえことの二つがあるんだ」

伊佐治の頬に微かに血が上った。

「あっしみてえな男が口はばってえこと言うようですがね、遠野屋さん。あんた、きっぱりとけりをつけなきゃならねえんじゃねえんですかね」

「けりをつける……」

「へぇ。遠野屋さん、あっしはあんたと旦那の遣り取りを聞きながらずっと思案してやした。何で幾つもの事件が、遠野屋さんに繋がっちまうんだろうって。今回だって、あっしたちは……、少なくともあっしは、遠野屋さんが何か拘わり合いがあるなんてこれっぽっちも思ってなかったんで。ただ、このお宝が瑠璃なのかどうか遠野屋さんなら見極められる、そう思っただけなんでやすよ。それなのに、あのでけえお侍さまと出会った。ばったりと、ね。あっしは、何て言うか因縁みてえなものを感じてしょうがねえんで。たまたまそうなったって言うより、遠野屋さん、あんたが引き寄せるんじゃねえのかなって思っちまうんで」

「引き寄せる。わたしがですか？」

伊佐治はこくりと首を振った。

「そうです。引き寄せちまうんですよ」

「……どういうことです」

妙な掠《かす》れ声が出た。この老岡っ引きが何を言おうとしているのか、聞かなくてもわかる。いや、さっぱり合点がいかない。

どちらだろうか？

そしておれは、耳を塞ぎこの場から立ち去るべきではないのか。勝手な戯言はもううんざりだ。いいから、とっとと帰ってくれと、憤《いきどお》るべきではないのか。

伊佐治は肩を窄《すぼ》め、僅かに俯いた。

「すいやせん。出過ぎた口を利いているってよくわかってんです。けど……」

「お聞かせ下さい」

もう一度、きっちりと居住まいを正す。

「どうぞ、お聞かせ下さい。親分さん」

「なんだよ。おれのときは上の空のくせして、親分の話なら本気で聞くのかよ。へっ、笑っちまうね。遠野屋、おれは前々から教えてやってるじゃねえかよ。犬に蚤《のみ》がくっつくように、おぬしは死を呼び寄せるんだと、な」

「違いやすよ、旦那」

伊佐治がかぶりを振った。

「遠野屋さんはそんな剣呑なお人じゃねえ。臆病なんだ」

信次郎の眉間に深く皺が刻まれた。堅牢な謎にぶつかったときの表情に似ている。しかし、嬉しげではなかった。事件に纏わる謎なら、それが込みいっていればいるほど、信次郎は舌舐めずりする。眉間に皺寄せながら、眼の奥に喜悦の光をともす。今はそれがなかった。伊佐治の言葉を捉えかねて、むしろ苛立っている。

「そうなんで、あっしには遠野屋さんが臆病で、影に怯えているように見えてしかたねえんです。遠野屋さん、あっしはね、あんたの昔がどんなものか知りやせん。遠野屋清之介という商人しか知らねえんです。あっしの知っている遠野屋さんはひとかどの商人だ。誰より抜きんでた商人でやすよ。これは世辞なんかじゃねえですぜ。うちのへそ曲がりの旦那だって、認めてまさあ。なのに、あんたはまだ、怯えている。今の自分を誇るより、昔の自分に怯えていなさる。だから、付け入られるんです。わさわさと昔の因縁が寄ってくるんですよ。あんたはもうちょっと強いお人じゃなかったんですかい。怯えて逃げ回るよりも向かっていかなきゃならねえなら、そう覚悟を決めて戦う。そうでなきゃあ、いつまで経っても付け入られる、引き寄せちまう。わかってんでしょ、遠野屋さん」

逃げていては、いつか捕まります。

己の口でそう告げたことがあった。年若い女に伝えたのだ。可憐で哀れな女だった。

そうか、あの娘に偉そうに告げながら、おれ自身は身を竦ませて、逃げていたのか。

「つまらねえ」

信次郎が呟いた。同時に、頬を掠めて湯呑みが飛ぶ。壁に当たって派手な音を立てた。欠片が四方に散る。

「ふふん、避けやがったか。まだ勘は鈍っちゃいねえようだな」

信次郎は立ち上がり、刀を落とし差しにした。それから、座したままの清之介を睨《ね》めるように見下ろす。

「親分の甘言に釣られて夢なんぞ見るんじゃねえぞ、遠野屋」

含み笑いの声がもれた。

「どんなに足掻いても、戦っても、死神は死神。まともな人間にゃなれねえんだ。第一よ、おまえさんがまともな商人とやらになって、まともに畳の上で天寿を全うしたりしたら、おまえさんに殺されたやつらが浮かばれめえ。地の底から一斉に恨み節が湧きあがってくるぜ」

信次郎は、さもだるそうに欠伸《あくび》を嚙み殺した。

「おぬし、気が付いているのか」

「え？」

「あちこち隙だらけだぜ。みっともねえぐれえ、すかすかじゃねえか。ふふん、まともであろうとじたばたするから、隙を作っちまうんだ。今までのおぬしには決してなかった隙をな」

つまらねえ。

もう一度呟いて、信次郎が出て行く。

「遠野屋さん、申し訳ござんせん」

伊佐治が茶碗の欠片を拾い集め、小さく唸った。

「まったく、うちの旦那ときたら、どうしてこうまで捻《ひね》くれ者なんですかね。今さらですが情けなくなりますさあ」

「心配してくださったのかもしれません」

「心配？　遠野屋さんのことをですかい？」

「ええ。あまりに隙だらけなので」

「隙のねえ人間なんていやせんよ。うちの旦那だって、一心に何かを考えているときには後ろから槍《やり》で突いたって気が付きゃしやせんからね。あっしは時々、槍で突くのは無理でもせめて棍棒《こんぼう》ぐれえでぶん殴《なぐ》ってやりてえって思っちめえやす」

「それはいささか物騒ですね」

伊佐治は仄かに笑い、頭を下げる。

「じゃあ、あっしもこれで引き上げやす。お手間を取らせちまって勘弁してくだせえ」

「親分さん」

「へい」

「木暮さまこそ危なくはないでしょうか」

「へ？」

「木暮さまは、あの原鉱を持っていらっしゃる。それを死に物狂いで探している者がいるとすれば……おそらく、いるのでしょう。その者が木暮さまに目を付け、襲ってくることも十分、考えられます」

「なるほどね。仏の何処《どこ》を探してもあれは出てこない。もしかしたらと旦那に目を付けるか……」

伊佐治が身体を震わせた。

「あれは、あっしたちが考えているよりずっと厄介な代物なのかもしれやせんね」

「ええ」

「けど、だいじょうぶでやすよ」

伊佐治があまりにあっさりと言い切ったものだから、清之介は一瞬、その言葉の意味を捉えかね、「え？」と訊き返してしまった。

「旦那のことならだいじょうぶでやす。あの人は、何とでも上手く立ちまわれる人でやすからね」

「ご自分の身は、自身で守れると」

「ええ、どういう手を使っても、自分には火の粉がかからねえように処する術をちゃんと知ってるはずです。そういうお人ですからね」

伊佐治はぐすりと洟《はな》をすすりあげた。

これは、木暮さまへの絶対的な信頼なのか、冷めた見方なのか。

判断がつきかねて、黙り込む。伊佐治がひょいと、茶碗の欠片を摘まみ上げた。その仕草と共に話題を変える。

「遠野屋さん、瑠璃ってのは南蛮《なんばん》から入ってくるんで？」

「そうですね。健駄羅《ガンダーラ》のあたりで採れると聞いた覚えがありますが、詳しいことはわかりかねます」

「もしかしたら、あれは抜け荷の品かもしれやせんね」

「そうですね……」

伊佐治と目を見合わせる。

自分の内に何かが引っ掛かっている。

碧く煌めく美しい石。

何かが……。

「遠野屋さん？　どうしやした？」

伊佐治が首を傾げる。清之介は口を結んだまま、膝に置いた手の先を見詰めていた。

第四章　朝明《あさけ》

雀たちの声が喧《かしま》しい。

木々の葉が散り始め、実が熟し始めるこの時季、鳥たちは声を限りに鳴き交わす。冬の厳しさを知っているからこそ、秋の実りに浮かれる。天の恵みを言祝《ことほ》ぐ声は、騒がしいけれど不快ではない。

まだ明けきらない、ところどころに薄闇の残る空気を震わせて、鳥たちが囀る。

清之介は雨戸を開け、深く息を吸い込んだ。

冷たい。

肺腑《はいふ》に染《し》みる冷たさだ。

染みるというより、突き刺さってくる。鋭利で、容赦ない冷気だ。

昼の陽はまだ剛力であるのに、早朝や夜半の空気は来るべき季節の凍《こご》えを孕《はら》んでいる。

江戸で過ごした最初の冬、この鋭さに驚いた。陽だまりに立っていてさえ、温みより肌に刺さる冷えを感じてしまう。

故郷とはあまりに違っていた。

故郷の冬は秋と春のあわいの、ほんの二月ほどに過ぎない。その冬も穏やかな日差しと木々の常緑に彩られ、凍てつきとも寒風とも、ほとんど無縁でいられた。

遠く連なる山々の頂きが雪を被ることはあっても、里には霜さえ降りない。冠雪《かんせつ》した山巓《さんてん》は晴れ上がった碧空《へきくう》に鮮やかに映えて、白い臥龍《がりよう》のように見えた。

その白い龍が消えかかるころ、里は既に春を迎えていた。田畑は耕され、黒々とした土が剝き出しとなる。山の雪融け水を束ねた川は、急湍《きゆうたん》となり清らかな音を奏でながら内海へと流れ去っていった。ふと気が付くと木々の芽も花の蕾《つぼみ》も膨《ふく》らみ、仄かに色をつけている。

そうか、もうそんな季節なのかと彼方に目をやれば、山々の面には斑雪《はだれ》が疎《まば》らに残るだけだ。

厳寒とは程遠い故郷の冬の記憶、雪の記憶をそれでも一つ、持っている。


幾つのときだったろう。

珍しく一夜、雪が降り続いた。

広大な屋敷の庭はその一夜で様変わりし、全てが雪で覆われた白一色の世界となっていた。

「清、雪で達磨《だるま》を作ろう」

主馬が言った。当時はまだ、長市丸《ちょういちまる》という幼名だった兄が、珍しく気を昂ぶらせ雪景色の中に飛び出していく。清弥と呼ばれていた幼い清之介も、続けて走り出る。

「おまえは頭を作れ。わしは胴を作る」

「兄者、どうすればよろしいのですか」

「転がせ、転がせ。大きな達磨を作るんだ」

長市丸が雪玉を転がす。転がす度に大きくなる雪玉に清弥は夢中になった。小さな手は直《す》ぐに悴《かじか》み、足の先は寒さに痺れてしまったけれど雪玉を転がし続けた。

「清、頭はあまり大きくなくていいぞ。それより、こっちを手伝え。一緒に転がすんだ」

「はい」

雪玉は二人で押さねば前に進まないほど大きくなっていた。

「寒くないか、清」

「寒くなどありません」

「あの松の根元まで行こう」

「はい」

雪景色も、雪達磨も、兄と共に遊べることも、何もかもが嬉しかった。胸がときめき、気分が昂ぶり、凍てつきなど忘れていた。実際、手足は冷え切っていたが背中や脇腹にはうっすらと汗が滲んでいたのだ。

樹齢百年とも伝えられる古松の根元に辿りついたとき、雪玉は兄の背丈を越えるほどになっていた。

「よし、ここに頭を載せて、目鼻をつければできあがりだ」

長市丸が満足気に鼻を膨らませる。

「兄者、大きな達磨ができますねえ」

「おう。大大達磨だ。みんな驚くぞ」

「すげに見せてやりとうございます」

「うん、見せてやろう。みんなに見せてやろう」

長市丸の鼻がさらに膨らむ。

この大達磨を見たら、すげはどう言うだろう。

清弥は息を吐き、額の汗を拭う。それとほぼ同時に、松枝から雪が音を立てて落ちてきた。雪玉がぐらりと揺れた。兄弟目がけて圧《の》し掛かってくる。あっと叫ぶ暇もなかった。雪の塊は柔らかく、押し潰されることはなかったが、容易《たやす》く砕けて崩れ、二人を呑み込んでしまった。

雪に埋もれる経験など生まれて一度もなかった。唐突に白く閉ざされた視界に清弥は身体を貫く恐怖を覚え、悲鳴を上げた。しかし、声は雪に閉ざされ清弥自身の耳にさえ届かない。

夢中で手足を動かし、這い出る。息がつけた瞬間、兄の指が見えた。肘《ひじ》から上が雪から覗き、必死に空を掴もうとしている。

「兄者」

飛びつき、力の限り引っ張る。

長市丸の顔が現れ、はぁはぁと喘《あえ》いだ。どこもかしこも雪塗《まみ》れになっている。

「若ぎみ」

「若さま」

異変に気付いた若党や女中たちが数人、駆け寄ってきた。長市丸を抱き抱える。

「若さま、しっかりなさいませ」

「いかがなされました。お気を確かに」

「医者だ。医者を呼べ」

「その前にお床を敷いて！　誰か、お湯を用意して！　若ぎみをお温め申さねばなりません」

まるで諍《いさか》いのように言い合いながら、大人たちが去っていく。誰も清弥を一顧だにしなかった。気にかける者も、声をかける者もいなかった。

一人、雪の中に残される。

風が吹いた。

枝から残り雪が滑り落ちる。

かちかちと不思議な音を聞いた。物のぶつかる小さな音だ。それが自分のたてている音だと、自分の歯と歯がぶつかっている音だと気が付いたとたん、耐えられないほどの寒さに襲われた。

歯の根が合わない。

かたかたと全身が震える。

清弥は台所に向かって震えながら走った。台所にはすげがいる。この屋敷の中で清弥を気遣い、心を向けてくれる唯一の大人だ。

「まぁ、清弥さま」

清弥の姿を一目見るなり、すげは頓狂な声を出し、走り寄ってくれた。清弥の雪を払い、懐に抱き締めてくれた。

「どうなさったのです。このように冷え切って。ささ、早《はよ》う、こちらに。ほら、ここにお座りなされ」

手を取って、竈《かまど》の前に導いてくれた。乾いた布で全身を拭き、手早く着物を着せ替えてくれた。

「湯をお飲みなされませ。芯《しん》から温めないと寒気が抜けませせぬよ」

竈の中では薪《まき》が燃えていた。鉄鍋がかかり、湯気が出ている。温かい。

すげは鉄鍋からすくった湯に、僅かな砂糖を加え、清弥に手渡す。飲み干すと、すげの言う通り身体の芯から温もってきた。

「何をしておいでてしたのやえ」

すげが鄙《ひな》の言葉を使う。砂糖湯のように温かな口調だった。

「兄者と達磨を作った」

「雪で、でございますかの」

「うん、雪だ。兄者が大きな達磨を作ろうと申されたのだ」

「そうでございますか。楽しゅうございましたか」

「楽しかった。けれど……途中で壊れた。どうして壊れたか、わしにはわからぬ」

「まぁそうでございましたか。それはきっと、水をかけなかったからでしょうの」

「水？　達磨に水がいるのか」

「はい、いりますとも。雪玉のうえから水をかけておくと凍って、決して崩れたりしなくなるのですやで。ささ、もう一杯、砂糖湯をこしらえてしんぜましょうの。おぅ、唇に色が戻りましたの。ようございました。ようございました」

「すげは何故、水のことを知っておるのだ」

湯呑みに湯を注ぎながら、すげはほんのりと笑った。痩せてこけた頬にやはりほんのりと血の色が上る。

「わたしめは、遠く山重《やましげ》の村の出でございますからな。ご城下よりよほど多く、雪が降ります。今ごろは人の背丈ほども積もっておりましょう。そういう地で育ちましたゆえ、雪には慣れておりますで」

「やましげ？」

「はい。遠く遠く、ご領地の果てにある山村でございます。人よりも獣の数の方が多いと言われておりますよ。山が深いと雪も深《ふこ》うなります。ええ、清弥さま、すげは雪には慣れておりますので」

「そうか。達磨の作り方をすげに習えばよかったのだな」

「さようでございますね」

ほほと、すげは枯れた笑い声をあげた。

「兄者はご無事であろうか。一緒に、雪に埋もれてしもうたが」

「まぁ長市丸さまも……、それで母屋が何となく騒がしいのでございますね。でもまあ……だいじょうぶでございましょう。この程度の里雪が人に害を及ぼすとも思えませんでの」

「だいじょうぶか」

「はい、だいじょうぶでございます。何の心配もいりませぬ」

すげは言い切った。

清弥は安堵する。すげと兄の言葉だけは信じられた。

「ほれ、お飲みなさいませ」

湯呑みが渡される。一口、すする。さっきよりずっと甘い。すげは砂糖の量を増やしてくれたのだ。

砂糖は、石灰を入れて澄ませた甘蔗《かんしょ》の絞り汁を煮詰めて作る。甘蔗の育つ場所でしか生産できないものだった。その貴重な砂糖をすげは惜しげもなく、清弥のために使った。

「すげ」

「はい」

「わしと兄者は違うのか」

すげの動きが止まった。まじまじと清弥を見詰める。

「違うと言われますと?」

問い返されると、かえって戸惑ってしまう。清弥は首を傾げながら、心の裡にあるものを伝えようと、言葉を探った。

兄と自分との間には明らかな一線が引かれている。兄を「若ぎみ」と奉る人々が清弥にはぞんざいで、ときに尊大でさえある態度をとるのだ。表面的な態度や物言いこそは丁寧であったが、丁寧な言葉の端々に、眼差《まなざ》しのそこここに軽侮を含ませている。

幼い者の鋭さで、兄と自分を分かつ一線を清弥は感じ取っていた。それは年齢とか立場とかの差ではなく、もっと根深いところで引かれたものだとも感じていた。

「殿の御子《おこ》と言うは、あまりに憚られる」

古くから父の側用人《そばようにん》を務める男が言い捨てるのを聞いた。露骨に清弥を見やっての一言だった。幼すぎて意味は解せなかったけれど、含まれた棘《とげ》はわかる。

「こうまで下賤《げせん》な血を宮原の家に混ぜてもいいものかのう。それとも殿は、この児を飼殺しになさるおつもりであるか。それならば、まだ納得もできるが」

棘がさらに吐き出される。

「いささか御言葉が過ぎまするぞ」

傍にいた郎党がさすがに諫めはしたけれど、側用人は肩をそびやかしただけだった。

線が引かれている。

決して越えられない境界の線が横たわっている。

それを今日も露骨に示された。

家人たちにとって、雪の中から救わねばならなかったのは長市丸だけなのだ。

何故なのだろう。

兄弟を明確に隔てるものは何なのだろう。

下賤とは何なのか。

清弥は思いあぐね、言葉をさがしあぐね、すげを見る。

「ようはわからぬ。けれど……なぁ、すげ、違うのか」

「それは違いましょう」

あっさりとすげは答える。

「清弥さまは清弥さま。長市丸さまは長市丸さま。まるで違うお二人ではございませんか。すげと清弥さまが違《ちご》うておるように、違いましょう」

「それはそうだが……」

口ごもる。

すげに、はぐらかされたような気がした。

「清弥さま」

すげはしゃがみこみ、清弥の目を覗き込んできた。

「耐えなされませ」

いつもよりずっと掠れた声で囁いた。

「これから先、どのようなことがあっても耐えなされませ。清弥さまが生き延びていくためには、どのようなことにも耐えられる力を備えなければなりませぬ」

「耐える？　耐えるとは、どういうことだ。我慢することか」

「我慢に我慢を重ね、諦めに諦めを重ねることにございます。我慢し、諦め、生き抜いていくことでもあります」

「すげの言うておることは、わからぬ。ちっとも、わからぬ」

声を荒《あら》らげていた。

何も理解できないのに、重苦しさだけは伝わってくる。その重さが嫌だ。知らぬ間にがんじがらめにされ、身動きできなくなりそうで、怖い。

怖い。嫌だ。

心が慄《おのの》き、身体が震える。

止まらない。

「すげ」

すげに抱きついていた。

竈の煙と煮染《にしめ》の匂いがした。

「お可哀そうに」

すげの腕がしっかりと清弥を抱える。枯れ枝に似て細く、乾いている。清弥が縋《すが》れるのは、この老女だけだった。

「お可哀そうに、お可哀そうに、清弥さま」

すげが囁く。

「耐えなされませ。諦めなされませ。そうして、全てを受け入れなされませ。どのような定めもことごとくを受け入れなさるのです。それしか、あなたさまが生き延びる途はございません」

すげの息が耳朶《みみたぶ》にかかる。

「すげが守って差し上げます。この命のある限り、すげが清弥さまを守って差し上げますでの」

すげは帯の間から小さな袋を取り出した。元は藍色の織物だったらしい袋は色褪《いろあ》せ、ところどころが解《ほつ》れている。

「これは、なんじゃ」

「守り袋にございます。すげが死んだ後も、これが清弥さまを守ってくださいますで」

すげの手が素早く動き、守り袋を清弥の懐深くに押し込んだ。

「さぁ、これでもう、安心でございますよ」

すげの皺《しわ》に囲まれた目を見返す。

「すげが……死ぬのか」

「それは、いつかは死にますの。人であるからには、ずっと生き続けることはできませんで」

頭の中で何かが弾けた。

「嫌じゃ。そんなこと、赦《ゆる》さぬぞ。馬鹿、すげの馬鹿、馬鹿」

こぶしを握り、すげに打ちかかる。

死とは喪失だ。

清弥は本能的に悟っていた。

死とは人を無窮の彼方に連れ去ることなのだ。もう二度と、会えなくなる。

縋りつける唯一人の人を失ってしまう。

「痛い、痛い、清弥さま、お止めくださいませ」

「もう言わぬか。死ぬなどと言わぬか」

目の奥が熱くなる。目の玉を押し上げて、湯が湧きだして来る。清弥は泣きながらすげを打ち続けた。

「馬鹿、馬鹿。すげは馬鹿じゃ。すげは死んだりせぬ。それなのに……すげは、すげは……」

涙がこんなに熱いとは思わなかった。頬がひりひりと痛む。手を止め、こぶしのまま涙を拭う。拭っても、拭っても零れ落ちてしまう。涙とは何と厄介なものだろう。

「清弥さま」

すげが両手で清弥の頬を挟む。

「泣いてはなりませぬ。このぐらいのことで泣いていては、これから先、ずっと泣き通して生きねばならなくなりますぞ」

すげの声は凛《りん》として強く、叱咤《しった》の調子すらあった。清弥は頬を挟まれたまま、しゃくりあげる。

「泣いて上手くいくことなど、何もありませぬ。そうお心なされませ。けれど……わたしが悪うございましたな。はい、すげは死にませぬ。ずっと清弥さまをお守りいたしますで」

「さっき、死ぬと申したぞ」

「それは身体だけのことでございます。清弥さま、人は二つのものでできておりますで。一つは」

すげは清弥の手を取り、自分の腕に触れさせた。

「ほれ、これでございます。肉と骨があり血の通う身体。もう一つは、魂ですでの」

「たましい？」

「はい。身体は目に見えます。けれど、魂は見えませぬ。いくら目を凝《こ》らしても見えぬのです。そしての、清弥さま。身体はいつか死にます。死んで土に埋められてしまいます。けれど魂は死ぬということがありませぬ。天に昇ることも地に留まることもできます。もし、すげの身体が死んでもすげの魂は生き続けて、清弥さまのお傍におりましょうの。清弥さまが望む限り、ずっとお傍におりましょうの」

「けど、けど……」

清弥は口を結び、顎を引いた。涙混じりの唾《つば》を呑み下す。それで、涙が止まった。

「けど目に見えぬのであれば、どこにすげが居るのかわからぬではないか。わしは、どうやってすげを探せばよいのだ」

すげが微笑《ほほえ》んだ。目尻の皺がさらに深くなる。

「すげの居場所は、さっきお渡ししましたで」

「え？　あ……」

清弥はとっさに自分の懐を押さえた。小さく硬い感触がする。

「これか」

「はい、それです」

微笑みながらすげはうなずき、清弥の胸を指先で突いた。

「さっきお渡しした守り袋は、わたしがわたしの母親から貰《もろ》うた物でございますで。母もまた、その母から譲り受けたと聞いております。わたしは、いつでもどんなときにでも、そこにおりますで。そうそう、この守り袋を身につけておりますとな、すげだけでなく山重の女たちの魂がみんな、みんな清弥さまをお守りしますでな。どうぞ、大切にお持ちくだされませ」

清弥は胸を強く押さえる。手のひらに伝わる守り袋の硬さを確かめる。

ここに、すげの魂があるのか。

「さっ、お身体が温まりましたら母屋にお帰りなさいませ。男子《おのこ》がいつまでも台所に居てはなりませぬでの」

背中を軽く叩かれ、清弥は廊下に出た。火の気のない廊下は庭と変わぬほど凍てついていたけれど、寒いとはさほど感じなかった。砂糖湯のおかげなのか、懐の御守りの利き目なのか、身体の隅々まで温かい。

清弥は指を握り締め、凍える廊下を一人、歩いた。

雀たちが一斉に飛び立つ。

近づいてくる人の気配と足音に清之介は、組んでいた腕を解《ほど》いた。

「まぁ、旦那さま」

おみつが声を上げる。朝の静寂を破る活きの良い声だ。

おみつは遠野屋の古参の奉公人の一人だった。丸々と肥えた顔や身体に似つかわしい、陽気で大らかな気性の持ち主でもある。

すげとはまるで似ていない。

気性も、年齢も、顔形も、身体つきも、どれ一つとっても、似通ったものはない。

それなのに、おみつの大声とすげの掠れ声が重なった。

「まぁ、旦那さま」

「まぁ、清弥さま」

ぴたりと合わさって清之介の耳に滑りこんでくる。

「どうされたんですか。いつもよりお早いお目覚めですねえ」

「そうか、そろそろ明六《あけむ》つだろう。間もなく町木戸も開く。商家の主が起き出すのに早過ぎる刻じゃない。むしろ寝過ぎたかと思ったほどだが。さすがに、おみつは早起きだな」

「まぁ、わたしが朝寝をしてると、他の奉公人への示しがつきませんからねえ。さっき、小僧どもがやっとこさ起き出して掃除を始めたところですよ。店の前を掃きながら大欠伸なんかしちゃって。みっともないったらありゃしない。こう言っちゃあ何ですけど、今時の若いのって、男より女の方がよほど性根がありますね。おくみなんて、どんなに眠かろうが疲れていようが、人の前で欠伸はおろかしゃっくりだってしやしませんよ」

「まぁ、おくみはおまえにしっかり躾けられているからな。あれなら、どこに嫁に行っても重宝されるだろう」

「ええ、ええ。おくみはいい娘《こ》ですよ。いずれ、とびっきりの嫁入り先を探してやろうと思ってます」

「そうだな。心しておいてやるがいい」

おくみが嫁に行くなら、できるだけの道具を揃《そろ》えてやりたい。

そう思い、これはまるで父親の心境だなと苦笑しそうになった。おくみの父代りになるには、いささか若過ぎる。

おみつが二重になった顎を引き、清之介の顔を覗き込んでくる。

「旦那さま」

「なんだ」

「もしかして……昨夜、お休みにならなかったんじゃないですよね」

清之介も顎を引く。

女というものは、どうしてこうも油断がならないのか。一見鈍重そうなおみつの丸顔から、視線を逸らす。

「いや……まぁ、少し寝そびれはしたが……」

「何か心配事があるんですか。そういえば」

おみつがすっと目を細める。

「昨日、あのお役人が来てましたよね」

「木暮さまのことか」

「そうですよ。いかにも執念深そうな、意地悪そうな、悪智恵が働きそうなお役人さまですよ。あいつに、また何か言われたんですね」

「おみつ。木暮さまのことをあいつなどと呼ぶんじゃない」

おみつの唇が尖《とが》る。分別盛りの女の顔が、聞き分けのない童女の面になった。

おみつは、信次郎が勝手に遠野屋の座敷に上がり込むことを快く思っていなかった。信次郎自身を厭《いと》うてもいた。いくら定町廻《じょうまちまわ》りの同心とはいえ、あまりに手厚く迎え入れすぎると常々不満を零していたほどだ。

ただそれは、信次郎の為人《ひととなり》を嫌い胡散臭がっているだけではないだろう。嗅ぎ取っているのだと思う。おみつはおみつなりに、信次郎の内にある剣呑なものを、まっとうな人間が触れても、近づいてもならない何かを嗅ぎ取り、身を竦めているのだ。

「木暮さまは関係ない。ただ、寝そびれただけだ」

いや、関係は大いにある。昨夜、一睡もできなかった。信次郎の持ってきたあの瑠璃の原鉱のせいだ。石塊の底深い輝きが、清之介を眠らせなかった。眼裏に青紫の光が煌めき煌めき、そこに、古里の雪景色とすげの顔が重なる。

「時が経つのは早いですねえ。この前まで暑くて堪らなかったのに、もう肌寒くて……直に、初雪が舞うようになるんでしょうね」

主の胸次《きょうじ》を察したかのように、おみつが空を見上げる。そこは既に夜が明けている。地にも日に日に脚の遅くなる朝が、やっと訪れようとしていた。

「おりんも、雪が好きだったな」

清之介の呟きに、おみつが目を瞠る。喉元が微かに動いた。

おりんのことを思い出話にはできない。

懐かしく語ることなどできない。

おりんの位牌に手を合わせながら、なお、その死を受け入れ難い。そんな心持ちを清之介もおみつも抱え込んだままだ。抱え込んだまま、互いの心内に気付かぬ振りをしていた。二人の間でおりんの名をしみじみと呼ぶことも、おりんの生きていた昔を語ることもこれまで一度としてなかった。

まだ、生々しすぎる。

「はい」

見開いた目を二度、三度瞬かせ、おみつがふっと息を吐いた。

「お好きでしたね。小さいころから、雪が降るとたいそう喜んでおられましたよ」

「おれが遠野屋に入った年の冬、大雪が二度、降ったな。覚えているか」

「ええ、覚えていますとも。裏の納屋が雪の重みで潰れましたから。今、蔵が建っている所でございますね」

おみつが俯き、小さく笑った。

「なんだ？」

「思い出しちまいましたよ。あの雪の日、おじょうさまが小さな雪達磨を作られたでしよう。それを丸盆に載せて持って来られましたよね」

「あぁ、そうだったな」

「南天の実で目を作った可愛い雪達磨で、おじょうさま、ちょっと得意そうでしたよね。それを旦那さまったら」

袖で口を覆い、おみつが笑い続ける。

「『鏡餅《かがみもち》の真似か』とおっしゃったじゃないですか。確かに、胴体のところがちょっと平べったくて、達磨より鏡餅に似てたんですよ。鏡餅って言われたとき、おじょうさま、きょとんとした顔つきになって……、あたし、おかしくておかしくて笑うのを懸命に堪《こら》えてたんですけど、おじょうさまが最初に笑い出して、だから、あたしも遠慮なく笑ってしまって、旦那さまだけが普通のお顔をされてて、それがまた、おかしくてねえ」

「いや、あれは本当に鏡餅を模したとばかり思ってたんだ。だから、どうして、おりんやおみつが……おっかさんもいたな。女三人が声を上げて笑うのか、まるで合点がいかなくて戸惑ったものだ」

「ほんとに、今思い出しても、笑えます」

清之介はうなずいた。おみつもそっと首を縦に振る。

あの雪の日のように、晴れやかに笑えるときがまた、巡って来るのだろうか。思いは及ばない。喪失を越えて、人は笑えるようになるものなのか。元通りに戻れるものなのか。

清之介は自分が今、何かを手探りしていると感じる。その何かとは、生きるための方便なのか、おりんを思い出にするための手立てなのか、まったく別の物か……これも思い及ばなかった。

ただ、今朝はおみつとおりんの話ができた。それは、清之介が生きている証、半歩前に進んだ証なのかもしれない。

人はこんなにも脆《もろ》いのに、ここまで強い。

耐えなされませ。

すげの囁きが聞えた。

鳥の囀りだったかもしれない。

「おみつ」

「はい」

「おりんの持ち物は全て納戸《なんど》にあるのか」

再び、おみつの目が見開かれる。今度は、一度も瞬きしなかった。おりんが亡くなって暫くの間、おりんの持ち物は主がいたときと変わらず置いておかれた。

鏡台も、火鉢も、硯箱《すずりばこ》もそのままだ。

おみつがそれを片付けたのは、つい最近のことだ。おりんの母、おしのの指示だった。

「いずれは、ここをおこまに使わせようね」

さらりとおしのは言い放った。数奇な運命を辿り、清之介の許にやってきた赤ん坊のおこまも、既に三歳だ。

片言をしゃべり、自在に走り回るようになった。片時も目が離せないし、いつまでも見続けていたい気にもなる。

「片付けていいんですか、おっかさん」

尋ねた清之介に向かい、おしのははっきりと首肯した。

「いいんだよ。おりんがそう言ったんだから」

「おりんが？」

「そうさ、昨夜、夢に出て来てね。あたしの代りにおこまに部屋を使わせてくれって言ったんだよ。だから、とりあえずは道具を片付けて広くしておこうと思ってね。まぁ、鏡台なんかは直に要り出すけどね。何てったって女の子は大きくなるのが早いんだから。この前まで肩上げしてたって思ったのに、もう一人前の娘になってるってもんさ」

昔通りのしゃきしゃきと小気味よい物言いで、おしのがしゃべる。

「そうですか。おりんが言ったのなら、その通りにしましょう。おみつに言いつけておきますよ」

「頼むよ。今度の雛《ひな》の節句には、あの部屋に飾りをしようかね」

「そうですね。桃の花も、たんと飾ってみましょうか」

義母とそんな言葉を交わした。

「とーたん、とーたん」

足元におこまが纏わりついてくる。抱き上げると大喜びするくせに、すぐに飽きて気《き》儘《まま》に動きたがる。地を一歩一歩踏みしめることが楽しくてたまらない。自分の指であらゆる物が摑めることが嬉しくてしょうがない。そんな風だった。

義母が本当におりんの夢を見たのかどうか清之介には推《お》し量《はか》れない。しかし、義母が日に日に育ち変化して行く幼い命に支えられ、誰よりも早く現《うつつ》を受け入れようとしていることだけは、わかる。

人とは脆く、強い。女はさらに強い。

「おじょうさまのお道具が何か要りようですか。それなら、あたしが出してきますけど」

「いや、そうではなくて……、おりんが仕舞い込むとしたらやはり長持《ながもち》の中だろうかと、ふと思ったものだから……」

「仕舞い込むって何をです？」

いつになく歯切れの悪い主の口振りに、おみつは首を傾げた。

「大切な物ですか」

「いや……」

一生握ってはならない物だ。

一生握らぬと己に誓った物だ。

誓いと決意のままに、おりんに差し出した。

一振りの太刀。

その太刀で、すげを斬った。

名も素性も知らぬ大勢の男たちを斬った。

父を斬った。

あの忌まわしい刀剣をこの庭の片隅で、おりんに託した。

月の夜だった。

あの夜、月明かりに浮かび上がっていた白梅の若木は、幹も枝も太く逞《たくま》しくなり、節《せち》ごとに芳香を漂《ただよ》わす。

闇にぼんやりと浮かび上がる梅の花群れは、陽の下の桜よりよほど艶《あで》やかで妖《あや》しい。

梅の妖艶《ようえん》さや月の美しさに心誘われることはあっても、黒鞘《くろざや》の一振りを思い出すことは絶えてなかった。

鞘にも鍔《つば》にも何の装飾も施されていない剣は、人を斬るためだけに父から与えられたものだ。それをおりんは受け取り、どこかに仕舞い込んだ。あるいは、捨てたかもしれない。

おりんのおかげで、今まで忘れていられた。二度と握らぬという誓いを守り通すことができた。

そうだ。おりんのおかげなのだ。

なのにおれときたら、あれをまた、探し出そうなどと考えている。

太刀が欲しいわけではない。もう一度手にしたいのはすずげの守り袋だ。下緒《さげお》で鞘に巻きつけ、おりんに渡した。過去に纏わる全てを葬り去りたかったからだ。

けれど、あの守り袋は……。

「長持の中でしょうかねえ。けど、あの長持、ほとんど何も入ってなかったと思いますけど」

「そうか。いや、別にいいんだ」

「そうですか。でも、あら？」

おみつが耳をそばだてる。

「豆腐売りだ。三つ、四つ、買っておかなきゃ。旦那さま、失礼いたします。直に朝餉の用意ができますので」

くるりと身体を回すと、慌ただしく駆け去っていった。その足音に驚いて、雀たちがまた、一斉に飛び立っていく。

おみつの言う通りだった。

長持の中には数枚の着物と普段着の帯が入っているだけだったのだ。他は何もない。

清之介は軽く息を吸った。

おりんは、あの太刀がどういう過去を背負っているか、むろん知らない。知らないけれど、感じていたのだろう。

これを二度と亭主に渡してはならないと。

だとしたら、やはり捨てたか。

吸った息をゆっくりと吐き出す。

おれは何をしているのだ。

自嘲の笑いが込み上げてくる。

今さらあれを探し出して、どうするつもりなのだ。

断ち切れ、断ち切れ。

過去の一切を断ち切って生きろ。

ずっとそう言い聞かせ、生きて来たではないか。なぜ、今に及んでじたばたと足掻いているのだ。

何のために、小平太の必死の申し出を断った。

馬鹿者が。

中途半端に揺れおって。

下唇を嚙み締める。

清之介は立ち上がり、長持の蓋《ふた》を閉めた。

店に出よう。仕事は山ほどある。

遠野屋の商いはこのところ、とみに広がっていた。「遠野屋さんの品なら間違いない」との評判は、そのまま信用となり商いの幹を太く強固にしていく。その分、厄介事も増えた。仲間内での風当たりが強くなり、寄り合いの度に嫌味や皮肉を浴びせられる。そんなものは何程の苦にもならないが、露骨な妨害や嫌がらせには辟易《へきえき》してしまう。相当な勢いで増えていく仕入品の質が僅かも落ちないように、見る目を鍛え研いでおかねばならない。

勢いよく昇っている時期こそ、細心の注意と謙虚な心がけと細やかな配慮、そして、丹念な思索が必要だ。

疲れはする。

しかし、満たされてはいた。

一刀両断で決着のつかない商いという途は、人間に繫がることでもあった。だから、厄介この上ない。だから、おもしろい。だから、満たしてくれる。

おれに刀はいらないのだ。

過去もいらない。

守り袋も。

蓋を閉めた勢いで長持が少し動いた。車付きだったのだ。元に戻そうと一歩踏み込んだとき床が鳴った。

微かな音が響く。

響く？

ここだけが何故、足音を響かすのだ？

長持を動かし、しゃがみこんでみる。床の一部が明らかに色を違えていた。そこだけ薄いのだ。三尺から四尺、幅五寸ほどの板だ。

清之介はそっと指を伸ばしてみた。

カタッ。

軽い音をたて、板が外れる。下には空隙《くうげき》があった。濃紫の細長い風呂敷包みが横たわっていた。

風呂敷包みを開くまでもない。

清之介は暫く、その包みを見下ろしていた。

どうだ？

自分に問うてみる。

どうだ？

胸の内は不思議なほど凪《な》いでいた。もっとざわめくかと覚悟していた心は、穏やかなままだ。

手を伸ばし、包みを解く。

黒鞘の太刀が現れた。

浪人結びにしていた下緒を解く。古ぼけ色褪せた袋がぽとりと膝に落ちてきた。

すげの守り袋だ。

口を開け、軽く振る。

手のひらに碧い小石が二つ、転がった。

今度はほんの少し、心が波立った。

石を光にかざしてみる。

間違いない。

瑠璃の原鉱だ。

「すげ、おまえは何故こんな物を……」

持っていたのだ。

そんなこたぁ、どうでもいいじゃあねえか。

不意に信次郎が言った。嗤いと棘を隠し持った声を確かに聞いた。

石塊《いしころ》なんぞ、どうでもいい。肝心なのは、そっちの黒鞘の方じゃねえのか。おぬしは、そいつと逢いたかったんじゃねえのかよ。
くっくっく。
嗤っているのは信次郎だろうか、この太刀だろうか。
清之介は柄を握り、ゆっくりと抜いて行く。
くっくっく。
くっくっく。
そうだよ、そうこなくちゃな。遠野屋。
信次郎が嗤っている。
太刀が嗤っている。
清之介は息を詰めたまま、その嗤いを受け止めた。
納戸の薄暗がりの中で刀身が光る。
微かな明かりを弾くのではなく、自らが幽《かす》かに発光している。
「これは」
我知らず息を吐き出していた。
刀身は凍えた水面に似て蒼く、鈍く、光を放っているのだ。
地鉄《じがね》は澄肌《すみはだ》、刀身彫はおろか銘もない。
そして、一点の錆《さ》びも油染みも浮いていなかった。何年もの間、手入れもされず放っておかれたはずなのに、まったく劣化していないのだ。

驚くべきことだった。

銘はない。しかし、逸物《いつぶつ》じゃ。腰の飾りではなく斬るためのな。

父の言葉がよみがえる。

斬れ。

ただ一言命じた声がよみがえる。

柄を握り、腕にかかる重さを確かめる。

算盤でも、筆でもない。紛れもなく刀の重さだった。

幾人もの血を吸った一刀が蒼いまま、昔のまま、手の中にある。

密やかに呼吸を繰り返しているようだ。

生きている。だから、錆びも汚れもしなかったのか。

清之介は鞘を拾い、やはりゆっくりと刀身を納めた。丁寧に包み直し床下に仕舞い込む。長持を押して、重石《おもし》にする。数年前、おりんも同じことをしただろう。自分の長持で清之介の刀を封印しようとしたのだ。長持を壁につけ、ほっと息を吐くおりんの姿が見えるようだった。

「だいじょうぶだ」

女房に語りかける。

「おれは、もう……だいじょうぶだからな、おりん」

清之介は守り袋を取り上げ、おりんがそうしたように軽く息を吐いた。強張っていた全身から力が抜けた。

商いがしたい。

心底、思う。

商いによって己を、他者を支えていたい。

だいじょうぶだ、おりん。刀などに僅かも心を持って行かれはしない。そして……。

守り袋を強く握りしめる。小石の感触を確かめる。

もう一人の女の面影を追う。

すげ、赦してくれとおれが乞うたら、おまえは笑みながら容易く受け入れてくれるだろう。

いいのです。いいのです。清弥さま、これでいいのです。あなたさまが苦しむことなどないのです。

そう言ってくれるだろう。けれど、赦されるものではないのだな。おれの生涯をかけたとて、償えるものではないのだな。

すげ。おまえは何を思った。

おれがおまえの胸を深く、斬り下げた刹那《せつな》、何を思った。もしかしたら覚悟していたのか。おれの手で殺されることを覚悟していたのではないのか。

すげは笑っているだけだった。

「旦那さま、旦那さま」

信三の呼ぶ声がする。

清之介は立ち上がり、納戸の戸を開けた。

「あっ、旦那さま。三郷屋《みさと》さんがお見えになっておりますが」

「あぁそうか、もうそんな刻か」

「はい。お約束の刻です。まもなく吹野屋《ふきの》さんもお出でになるはずですが。いつものお座敷にお通ししてようございますか」

「ああ、頼む。それからこの前、芳蔵《よしぞう》さんから仕入れたビードロの帯留、あれを十ばかり持ってきてくれないか。三郷屋さんは帯を扱う商人《あきんど》だ。あの帯留をどう見るか、聞いてみたい。夏の季節だけに限って扱うには惜しい品だからな」

信三の双眸《そうぼう》が俄《にわ》かに輝いた。芳蔵は信三が手にかけている若いビードロ職人だ。歳に似合わない高い技量に、信三は全幅の信頼を寄せていた。その職人の品を主もまた高く評している。商人としての自分の眼力を認めてくれたのだ。

身内に走っただろう興奮を抑え込んで、信三はほとんど表情を変えないまま低頭した。

「かしこまりました。すぐに用意いたします。他にご用は」

「そうだな……いや、それだけだ」

有能な手代だ。きびきびとそつなく動くことができる。人としての情も備え、目先の利に迷わされない。いずれは一番番頭として、遠野屋の屋台を支えてくれるだろう。楽しみなことだ。遠野屋の内で品が動き、人が育つ。

商いがしたい。

地に足を付け、地に根を張り、商人として生きて死にたい。

そのためには……。

清之介はもう一度、守り袋を握り締めた。

そのためには、対峙せねばならないかもしれない。二度と振り向くまいと誓った過去と、あの穏やかに美しい古里と真っ向から向かい合わねばならないのかもしれない。

予感だった。

怖れはない。

怯《ひる》みもしない。

奮い立つわけでも、悲壮な決意に浸るわけでもない。

おれは商人なのだ。

呟く。

秋の風が頰に当たる。色付き始めた柿の一葉が、風に舞って空を飛んだ。

「信三」

行きかけた手代を呼び止める。

「もう一つ、頼みたいことがあった」

「はい」

「木暮さまに使いを頼む」

信三の眉が上下に動く。

「木暮さまで、ございますか」

「そうだ。できるだけ早く、速やかにお会いしたいと伝えてくれ」

柿の葉が地に落ちてきた。

くっくっく。

信次郎の独特の笑声が風の音に重なった。

第五章　曙の空

信次郎の機嫌はひどく悪かった。

それが芝居なのか素《す》なのか、清之介には窺い知れない。ただ、信次郎という男は機嫌の良いときほど実は面倒だということ、そのあたりは呑み込んでいる。

だから、信次郎がぶすりと押し黙ったまま、遠野屋の奥座敷のいつもの場所に腰をおろしたとき、なぜか小さく息を吐いていた。

安堵の息、だろうか。

なんだよ、そのため息はと、信次郎に詰《つ》められれば答えようがない。不機嫌な定町廻り同心の面に安堵するなどと、我ながら摑みどころのない心根だと思うのだが。

安堵している。

信次郎が本気で清之介の話に耳を傾けようとしているからだ。身を乗り出すほどに聞きたいと望んでいるからだ。

信次郎の本気や心当てが小波《さざなみ》のように伝わってくる。

そのあたりを伊佐治がさらりと口にした。

「旦那、何時までそんなむっつり顔をしてるつもりなんでやす」

「むっつり顔？　おれがかよ」

「へぇ、まるで苦虫百匹は噛み潰したってお顔ですぜ」

「うるせえよ。何を舞いあがったか、小間物問屋の主ごときがおれを呼び付けやがったんだぜ。苦虫を千匹噛み潰したって構わねえぐれえの気持ちさ。まったく、調子に乗りやがって」

「じゃあ、来なきゃよかったじゃねえですか」

茶をすすり、伊佐治が平然と言い放つ。信次郎の黒眸《くろめ》がすっと横に流れ、視線が老岡っ引きに注がれた。

「そうでやしょ。遠野屋さんは筋も礼も通ったやり方で、あっしたちをお呼びになった。どうしても話したいことがあるってね。その話とやらを心底聞きてえって思ったのは、旦那ご自身じゃねえですか。ここに座るまで気が急いて急いてしょうがなかったんじゃねえですか。旦那の足があんまり速いんで、あっしなんか、後ろからついていくのに息が切れやしたよ」

「老いぼれた徴《しるし》だよ。つまらねえことをべらべら、歯止めなくしゃべるのも惚《ぼ》けの兆《きざ》しだ。気を付けな、親分」

「へえ、そういたしやす」

ぺこりと頭を下げて、伊佐治はまた茶をすすった。清之介は手を突き、深く低頭した。

「ご無礼は重々、承知しております。しかし、どうしても木暮さまにお願いしたい、しなければならない儀が持ち上がり、さほどの猶予もなく、お呼び立てしてしまいました。お赦しくださいませ」

信次郎が顎を引く。

「遠野屋」

「はい」

「用件を言え」

「はい」

膝を五寸ばかり進める。

座敷は昼下がりの淡い光に満たされていた。朝方、あれほど煩《うるさ》く鳴き交わしていた雀たちはどこに消えたのか、一羽も姿を見せない。

夏の残滓《ざんし》を引き摺《ず》って、目に眩《まばゆ》い光が遠野屋の奥庭を照らしていた。色付いた葉が挑む如くに、その光を弾き返している。清之介に雪の記憶を呼び覚ました朝方の冷気も、雀たちと同様、どこかに霧散してしまった。夏と冬の狭間で、秋という節《せち》はどのようにも姿を変えてしまうものらしい。

「木暮さま。昨日、お見せ頂いた瑠璃の原鉱、あれをわたしにお預け願えないでしょうか」

伊佐治が湯呑みをもったまま、動きを止めた。信次郎はほとんど無表情だった。唇の端が僅かに持ち上がっただけだ。

「お願い致します」

「どういう料簡《りようけん》だ」

信次郎の声音がすっと低くなる。一瞬、鯉口を切る音が聞えたような気がした。むろん、幻聴だ。信次郎の刀はぴたりと鞘に納まったまま、主の傍らに横たわっている。

「……ほんとに、遠野屋さん、どういうわけなんでやすか」

伊佐治が息を呑み込んだ。

「まさか、何も聞かずにあれを渡せなんて戯言、口にはすまいな、遠野屋」

清之介は身を起こし、真っ直ぐに信次郎を見詰めた。

「そのように申し上げたら、お聞き届けくださいますか」

信次郎の眦《まなじり》がひくりと動いた。痙攣に似た収縮がはっきりと見て取れる。

「おれをからかっているつもりか」

「いえ」

「では、死にてえのか。今の一言、ここで斬り捨てられても文句の言い様はねえぜ」

「わかっております。己がどれほど突拍子もない申し出をしているかも、その申し出が決して受け入れられないのも、よくわかっております。ただ……」

言い淀む。

しばらく、無言の時が流れた。信次郎も伊佐治もしゃべれと促さなかった。苛立《いらだ》つことも、急かすこともなかった。密やかに息をしながら、清之介の言葉を待っている。

「ただ、これからわたしの話すことは……もしかしたら、木暮さまや親分さんに、思いもかけぬ災厄《さいやく》をもたらすやもしれません。これは、わたしめのただの勘でございますが、あながち外れてもおりませんでしょう」

「災厄、でやすか」

「はい」

伊佐治が小さく唸った。唸り、腕組みをする。

ふいに、信次郎が笑い出した。声を響かせ笑い続ける。

清之介と伊佐治は思わず顔を見合わせていた。

「旦那、何がおかしいんでやす。遠野屋さん、そこまで笑うようなことおっしゃいましたかね」

「おかしいじゃねえか。親分は、笑えねえか」

「あっしは笑うどころじゃありやせん。鳥肌が立ちやしたよ」

伊佐治が腕をさする。

「そうかい。おれはおかしいね。おかしくて堪らねえや。災厄をもたらすだとよ。そんなこたぁ、先刻承知のことじゃねえか。遠野屋、おめえ、まだ己の正体に気がついてねえのかよ。おめえは、災厄の運び屋なんだよ。飛脚が文を運ぶように、駕籠《かご》屋が人を運ぶようにおめえは災厄を持ってくるんだ。いつだって、そうだったじゃねえか。おめえの周りで何人、人が死んだ？　おめえが手に掛けずとも、おめえのせいで次々、人が死んだじゃねえか。死なずとも、下手人になったやつも、身内を殺されたやつもいたじゃねえかよ。忘れちまったのか？　何が今さら、災厄だ。ちゃんちゃらおかしいや」

「遠野屋さんのおかげで、命を救われた者も濡れ衣を晴らせた者も幸せになった者も、たんとおりやすよ」

伊佐治がぼそりと呟いた。

「遠野屋さん、気にするこたぁありやせん。旦那の言ってることはほとんどが言い掛かりでやすからね。最後のちゃんちゃらおかしいってとこだけ、聞いときゃいいんです。遠野屋さん、あっしは旦那みてえに災厄って一言をちゃんちゃらおかしいって笑い飛ばすこたぁできやせん。けど、遠野屋さんのお話、お伺いいたしやす」

「聞いてくださいますか」

「ぜひに」

伊佐治が膝に手を置き、口を一文字に結ぶ。その表情が、どんな威勢のいい言葉より雄弁に、老岡っ引きの心構えを伝えてくる。

腹を据えた。

遠野屋さん、とことん付き合わせてもらいやすぜ。

清之介は伊佐治と信次郎に向かって、もう一度、頭を下げた。懐から小袋を取り出し、信次郎の膝の前に置く。

伊佐治が身を乗り出した。

「なんだ？」

尋ねはしたが、信次郎は中身を半ば見通していたようだった。緩慢な仕草で袋を摘み上げ、「汚ねえな」と呟き、無造作に逆さにして振る。

「これは」

伊佐治はさらに身を乗り出し、息を詰めた。

「これは……瑠璃の原鉱でやすか」

「はい」

信次郎は手のひらに石塊を載せ、目を細める。

「遠野屋、これをどこで手に入れた」

「わたしがまだ幼少であったころ、ある女から譲り受けた守り袋、その中に入っておりました」

「女絡みかよ」

「母代りにわたしを育ててくれた女です。台所付きの老女でした」

「死んだのか」

「はい」

「おまえさんが殺したのかい」

軽やかな口調で問われる。清之介は俯けていた顔を上げた。視線が絡み合う。信次郎は口元を綻《ほころ》ばせ、楽しげな笑みを浮かべていた。さっきまでの仏頂面が嘘のようだ。剣呑な笑みだった。

伊佐治ではないが、肌が粟立つ。

「どうなんだ、遠野屋」

「旦那、いくら何でも口が過ぎますぜ。いいかげんにしねえと」

「仰せの通りでございます」

吐息と共に、答える。答えながら感嘆する。

このお方はなぜこうも易々と、他人の秘め事を見通せるのか。

だから怖ろしい。だから縋ってしまう。

「わたしが手に掛けました」

伊佐治が腰を浮かせたまま首を捩《よじ》り、清之介を見詰めた。信次郎は朗らかにさえ聞える笑声をたてる。

「そうかい。やっぱりな。何となくそんな気がしたんだ。おまえさんは、母代りの女を斬り殺したわけだ」

「はい」

「幾つのときだい」

「十五でございました」

「十五ね。ふふ、粋な元服の儀じゃねえか。さすがだな」

信次郎が笑い続ける。伊佐治は清之介から目を逸らし、横を向いていた。

少しずつ、透けていく。

商人遠野屋清之介が透け、命ぜられるまま人を斬殺し続けた宮原清弥の姿が浮かび出る。

いたしかたない。

誰のものでもない。己の過去だ。背負うも、向かい合うも、引き摺るも己一人しかいない。

腹を据える。

伊佐治がしたように膝に手を置き、指を握りこむ。

「その女は領地の際涯《さいがい》にあります山村の出でございました。原鉱はその村の女たちが代々守り物として受け継いでいたようです」

「守り物ね。なぜ、そんな山深い村の女が瑠璃など持っている」

「わかりません」

「おまえは、その婆さんが瑠璃を持っていることも、婆さんの出処では瑠璃を守り物とすることも、知らなかったのか」

「知りませんでした。聞いたこともありません。おそらく、誰も知らなかったかと思います」

父も兄も知らなかったはずだ。

瑠璃は七宝の一つ。金銀に伍するほどの宝だ。金や銀は国内で産出されるが、瑠璃は遥か外《と》つ国《くに》から海を渡って届く。それほどの希有な宝をすげが持っていると知れば、父が動かぬわけがない。

筆頭家老として藩政を思うがままに取り仕切っていた男が、権勢に並々ならぬ執着を見せていた希代の策謀家が、瑠璃の価値に疎いなどと、到底考えられない。

父は何も知らなかったのだ。

父が知らぬということは、知っている者など誰もいなかったということに等しい。

「それで、遠野屋」

信次郎が背を壁に凭《もた》せかける。

「おまえさんは、その婆さんから瑠璃の入った守り袋を譲られた。それを今まで、どこに、仕舞い込んでたんだ」

清之介は居住まいを正し、背筋を真っ直ぐに伸ばした。信次郎の問《とい》は何気ないようでいて、寸分の狂いも無く中核を突いてくる。避ける気は、もとよりない。何もかもさらけ出すと覚悟して、この危殆《きたい》な男を呼んだのだ。

「床下にございました。刀と共に、女房がそこに仕舞い込んでくれておりました」

おりんがと、信次郎が呟いた。それっきり黙りこむ。

話してみな。一つ残らず、このおれが聞いてやる。ただし、真《まこと》の話をだ。

沈黙が語っていた。

清之介はさらに五寸、膝を進める。

「わたしの生国は江戸より西に百四十里あまり、内海に面した小藩です。わたしは、その藩の重臣の家に生まれました。父が戯れに小屋掛け芝居の女役者、あるいは遊女か物乞いの女に産ませた子だと聞かされておりました。

物心ついたときには、既に母はおりませんでした。父の勘気にふれて斬り捨てられたそうです。この瑠璃をくれた老女は……名をすげと申しますが、すげは半ば棄てられ、誰からも顧みられなかった赤子を抱き上げ、育ててくれました。すげがいなければ、おそらくわたしは生き延びられなかったと思います。わたしに剣の手ほどきをしたのは、父です。おりんが仕舞い込んでくれた刀、あの一刀を手渡し、人を斬れと命じたのも父でした。そして父は最初に斬殺する相手として、すげの名をあげたのです。わたしは……その命に従いました」

チチチチッ、チチチチッ。

突然、激しい鳥の声が起こった。

諍《いさか》いの声だ。

二羽の雀が縺《もつ》れながら庭に落ちてくる。一羽はすぐに飛び去ったけれど、もう一羽は暫くの間、蹲《うずくま》ったままだった。三人の男たちが見守る中、よたよたと歩き、羽を広げ、辛うじて空へ舞い上がった。

数枚の白い羽毛がふわふわと空に漂う。

負けた鳥はいずれ死ぬのだ。

兄に言われたことがある。もう長市丸という童ではなく、元服を済ませ主馬を名乗っていた。宮原の後嗣としての名だ。

「戦って敗れた鳥は、いずれ死んでしまうのだ。それが、鳥の定めだからな」

入日《いりひ》のころではなかったか。兄の横顔がうっすらと赤く染まっていたような気がする。

清之介は視線を庭から座敷へと戻す。

「暗《くれ》えですね」

伊佐治が目頭をおさえた。光に慣れた目には座敷は闇中とも映ったのだろう。

その闇の底に信次郎は無言のまま、座っていた。

「おっかさん、もう、暖簾《のれん》を仕舞ってもいい？」

おけいが前掛けで手を拭きながら、尋ねてきた。

「もう、そんな刻かい」

「さっき、暮六つの鐘が鳴ったと思うけど。今日はお昼からずっと、お客さまが途切れなかったでしょ。もう、お菜が無くなっちゃったの。残ってるのは、漬物ぐらい」

「おや、そうかい。そういやぁ今日は忙しかったね。そういうことなら、早仕舞いにしちまおうか。たまにはゆっくり、夕餉をいただいたって、罰は当たらないだろう」

「うん。じゃあそうする。おとっつぁんがまだ、帰って来てないけど、どうしよう」

おふじは鬢《びん》の毛を撫《な》でつけると、その手を軽く振って見せた。

「うちの伊佐治親分のことなんか気にすることたぁないよ。おまえだってよく知ってるだろう。おとっつぁんは一度飛び出して行ったら、いつ帰るやら、どこに行ったのやら、当てなんぞありゃあしないんだ。あんな人を待ってたら、木戸の拍子木が聞えるようになっても、おまんまにはありつけないよ」

「まっ、おっかさんたら」

おけいがくすくすと可憐な笑い声をあげる。おふじはもう一度、鬢の毛を整えた。おけいの言う通り、今日は昼間から客が続き、『梅屋』は賑わっていた。途切れたのはつい四半刻《しはんとき》ほど前だ。菜が品切れになるのも当たり前だろう。

今日もよく働いた。働かせてもらった。

ありがたいことだ。

身の丈に合った仕事があり、暮らしがある。なんと有り難いことか。一日の内で、幾度も噛み締める思いをおふじは、今もまたゆっくりと味わっていた。一日の終りを、天にも地にも手を合わせたいような心持ちで迎えられる。

あたしは何て果報な女なんだろう。

その果報をほんの少しだけ上乗せしても構わないだろうか。

早めに店を仕舞い、太助の賄《まかな》いをいただこう。それから、湯屋に行って汗を流して、寝入る前に按摩さんを呼んで、たっぷりと揉んでもらって……まぁ、極楽だこと。

思わず口元が綻んでしまう。

「あら、おとっつぁん」

おけいの声が手鞠《てまり》のように弾みながら、耳に届いてくる。おけいも一働き済ませた後の心地よい疲れを感じているはずだ。

「お帰んなさい。ちょうどよかった。早仕舞いして、夕餉の支度をするとこよ」

おやおや、うちの鉄砲玉亭主がやっとお帰りかい。まさか、丼飯を掻きこんで、また飛び出すなんて真似はしないだろうね。たまには、家でおとなしくしててもよかりそうなものだけど、まったく。

「おとっつぁん！」

おけいが悲鳴を上げる。同時に人の倒れる重い音が響いた。

「あんた！」

おふじは外した前掛けを投げ捨てると、台所から飛び出した。太助も続く。上《あ》げ床《どこ》の框《かまち》に顔を伏せて、伊佐治がへたりこんでいる。おけいが助け起こそうと肩に手をかけていた。

「あんた、どうしたんだよ」

伊佐治に近づくと強い酒の香がした。

「おとっつぁん、だいじょうぶ。おとっつぁん」

おふじは亭主の腕を掴んだ。

「あんた、どこでこんなに飲んだんだよ。へべれけになるまで飲んだりして、いったいどういうつもりで」

「うるせえ」

伊佐治が大きく腕を回す。振り払われて、おふじはたたらを踏んでしまった。

「うるせえ。酒ぐれぇ飲ませろ。飲んで何が悪ぃ。馬鹿野郎」

おけいが軒行灯《のきあんどん》を消し、店の戸を閉める。太助は脇に手を回し、父親の身体を持ち上げた。

「親父、何やってんだよ」

「うるせえ、放しやがれ。放せってんだ。おふじ、おい、おふじ」

「あいよ」

伊佐治が手を差し出す。その手をそっと握る。

「あったけえな」

くぐもった呟きが聞えた。

「おめえはあったけえな、おふじ」

「あんた……」

伊佐治の身体がぐらりと揺れた。受け止めようとしたが重過ぎて、一緒に床に尻もちをつく。したたかに尻を打ち、おふじは小さく呻いてしまう。腰のあたりまで鈍い痛みが走った。

胸に伊佐治の頭が乗ってくる。

「あんた、ほんとにどうしたのさ。あんたが酔い潰れるなんて珍しいじゃないか」

白髪の目立ち始めた頭にそっと手をやる。穏やかな物言いをしてはいるが、心は波立っていた。

伊佐治が泥酔する姿を見たのは何年ぶりだろう。酒に強い質《たち》ではないが、酒に飲まれるほど弱い男でもない。それは、長年連れ添ったおふじが一番よく知っている。

あたしの亭主は酒に溺《おぼ》れるほど、酒に流されてしまうほど柔ではないはずだ。それが、酒の匂いを芬々《ふんぷん》させて歩くことも覚束《おぼつか》なくなっている。よほどのことだ。

「木暮さまと、何かあったのかい」

問うてみる。それしか考えられなかった。しかし、伊佐治は身を起こし、何度もかぶりを振った。

「そうじゃねえ。旦那じゃねえんだ」

「だったら……」

「むしょうに飲みたかったんだ。酒を飲むより他に、手立てが浮かばなかったんだ」

「だから、何の手立てだよ」

「おふじ」

「なんだよ」

「遠野屋さんが……」

「遠野屋さん？　遠野屋の旦那がどうかしたのかい？」

伊佐治が大きく息を吐いた。

「おとっつぁん、これ」

おけいが水の入った湯呑みを差し出す。伊佐治がいつも使っている大振りの器だ。

「すまねえ」

一息に飲み干し、伊佐治はまた、大きく息を吐き出した。

「すまねえな、みんな」

その声音があまりに弱々しく消え入りそうだったから、おふじはまじまじと亭主を見詰めてしまった。心がさらに波立つ。ざぶりざぶりと波の音が聞えてきそうだ。鼓動が速くなり、息が詰まる。

この人、いったいどうしちゃったんだろう。

共に生きてきた年月《としつき》を振り返ると、喜怒哀楽の喜や楽より、怒や哀を分かち合う方がずっと多かった。どんなに怒ってもどうしようもない、哀しんでも取り返しがつかない、そんな諸々を二人で乗り越えてきた。たいていの夫婦が似た様なものだ。江戸の市井の片隅で細々と暮らしている者はみなそうやって、生きている。

伊佐治は強い男で、愚痴も弱音もめったに漏らしたりしない。おふじの覚えの中でも、太助の下に生まれた女の子が半年足らずで亡くなったときと、右衛門の急逝、それに続く信次郎への不信と戸惑いを抱えた一時の二度、伊佐治が意気地無く酒に頼り、愚痴らしきものを口にしたのは、それだけだった。

半年で娘を失ったとき、おふじも共に泣いた。泣いて泣いてとことん泣いてこれも定めかと諦めた。信次郎との確執に伊佐治が悩み込んでいたときは、敢《あ》えて放っておいた。放っておいた方がいいと心得ていたからだ。手札を返すも、貰うも、伊佐治の胸三寸ではないか。女房が口を出すことではない。ほんのたまに、「ちょっと、おまえさん、しっかりおしよ」「ほらほら、いいかげんに踏ん切りつけなきゃ前に歩けないよ」と、叱咤はしたが。

今はどうだろう？

酒の香りに包まれて、しゃがみこんでいる亭主を見下ろす。

この人をこんなに酔わせたものは、何なのだろう。この人の胸には今、何が溢れているのだろう。

怒でも哀だけでもないように思う。

見当がつかない。

遠野屋さん。あの若い商人が、どう拘わってくるのか。

「おふじ」

伊佐治が顔を上げ、おふじを見詰め返した。

「おれは、旅に出るぜ」

「旅？」

「ああ、しばらく留守にする。すまねえが、行かせてくんな」

「行かせてくれも鰯《いわし》の頭もあるもんかい。いきなり旅に出るなんて言われても、こっちは面食らうだけじゃないか。いったいどこに行こうってのさ」

「西だ」

「西ってことは……上方《かみがた》に？」

「もう少し西だ」

おふじと太助とおけいは、それぞれに顔を見合わせ、それぞれに瞬きを繰り返した。亭主の、父親の、義父の言うことが、三人ともとっさに解せなかったのだ。

旅に出るって？　上方より西って？

思ってもいなかった。

おふじは江戸から出たことがない。

死ぬまでにただ一度、お伊勢に参ってみたいとは密かな望みの一つだ。お伊勢が無理なら、せめて箱根七湯、江の島詣《もう》で、金沢八景、成田山新勝寺《しんしょうじ》……手形要らずの小さな旅を伊佐治と二人で楽しみたい。足腰がしゃんとしている今の内に出かけたい。そんなことを考えてもいた。日々の慌ただしさにかまけて、いつのまにか胸の奥底に埋もれてしまったけれど、消えてしまったわけではない。

明七つに江戸を発つと、最初の宿場町、品川あたりで提灯の灯を消すのだと聞いた。日本橋の南詰から京都まで百二十六里の道のりがあるのだとも聞いた。

「行かなきゃいけねえんだ。いや、おれは行きてえんだよ。行きてえんだよ、おふじ」

酔いに濁った眼で空を見据え、伊佐治が呟き続ける。その呟きは往来を過ぎる風に融けて、虎落笛《もがりぶえ》に似た音になる。冬の烈風を思い出し、おふじは身を震わせた。


遠野屋清之介の話を聞き終え、伊佐治は身震いした。

腹の底からしんしんと凍《い》ててくる。そんな話だ。

人は誰も途《みち》の中途に立っている。背後には歩いてきた途が、眼前にはこれから歩む途が延びている。途が背後にも眼前にも、延々と続いている者もいれば、僅か数歩で途切れる者もいるだろう。

長くても短くても、気高くあっても浅ましくあっても、何事かを為しても何事も為さなくても途は途、人は人だ。背後に続く途がどれほどの岨道《そばみち》、悪路であっても、前を向いて歩こうとする者は全て尊い。背後の途も含めて尊いのだ。

ずっとそう信じてきた。

しかし、今、聞き終えた話をどう捉えればいいのか、伊佐治には見当がつかない。

無残な、非情な、哀れな話だとは感じる。かといって、憐憫の情が湧いてくるわけではない。ただ、背筋が寒くなるだけだ。

血を分けた子を暗殺者に仕立てる父も、父の命のままに母親がわりの老女を斬り捨てた子も、伊佐治にはどうにも解せない、どうにも了察できない相手だった。

そら怖ろしい。

その辺りが偽らざる心情かもしれない。

この世には、そら怖ろしい方々がいるものだ。

くっくっく。

くっくっく。

信次郎が笑った。ここで、どんなものであれ笑い声を聞くとは思ってもいなかったから、驚いた。文字通り、ひょいと腰を浮かせるほど驚いてしまった。

「なかなかに、おもしれえ話じゃねえか。おかげで退屈せずに済んだぜ、遠野屋」

「畏《おそ》れ入ります」

「全て、真だな」

「はい」

「では、ここから本題に入らなきゃならねえ」

「はい」

信次郎は懐紙を取り出すと、その上に原鉱を並べた。清之介の差し出したものと、自分の懐にあったものと。すげという老女が守り物として譲り渡したものと、若い武士が己の腹に押し入れてまで隠し通そうとしたものと。

光を浴びて、どれもがまさに瑠璃色に輝いていた。

「同じだと思うか」

「おそらく。少なくともわたしには見分けがつきません」

「おめえを育てた婆さんと、おめえの兄貴の家臣の弟、それぞれが瑠璃を持っていた。出処が違うとは十中八九、考えられねえな」

「はい」

「てことは、おまえの生国では、どこかに瑠璃を産する地があるってことか」

清之介がわずかに首を傾げる。

「それも十中八九、考えられますまい。瑠璃は全て外つ国から運ばれてまいります。日本の国に産出場があれば、金山、銀山と同じくどこであれ幕領となりましょう。生国にそのような地は一箇所たりともございませんでしたから」

「だな。とすれば、抜け荷か。ご禁制の品々を藩ぐるみで……いや、それもちっと考え辛いな。抜け荷の品を山里出の婆さんが持っているわけがねえか」

「はい。山重の里の女は瑠璃を守り物として代々伝えていると、すげは言いました。確かに、そう言いました。ご禁制の品を守り物とするのも、いささか解せぬ話ではございませんか。それに、藩ぐるみとなれば、わたしの父が深く拘《かか》わるは必至。しかし」

「そんな素振りはなかったか」

「はい。父だけでなく兄からもそのような話を聞いたことは一切、ございません」

「……だな。抜け荷の線も薄いか。では、婆さんからちっと離れて、若侍の方に移ろうか。なぶり殺しにされたあの若え侍は、命がけでこれを江戸まで運んできた。おめえの兄貴に渡すためにな。そうだろう」

「伊豆さまの弟御であるとすれば、間違いないでしょう」

「それを取り戻すためか、奪うためか、敵は襲撃をかけてきた。敵……敵ってのは、誰だ？　おめえの兄貴を追い落とし、おめえの父親にかわって、筆頭家老の座に座った何とかという」

「今井《いまい》福之丞《ふくのじょう》義孝《よしたか》さま。兄はそのように申しておりました」

「おめえ、そのなんたらって輩を知っているのか」

「知りません。今井家の名ぐらいは存じておりましたが」

「ふーん、まぁいい。その今井ってやつとおめえの兄貴は敵同士。いがみ合ってるわけだ。今のところ勝ちは今井側、兄貴は追い落とされて江戸まで逃げてきた。そういう図だな。兄貴とすれば雌伏《しふく》し虎視眈々《こしたんたん》と雄飛の機を狙っているわけだ」

信次郎は原鉱を一つ、摘まみ上げた。

「これがそのための一手になる、今井も兄貴もそう踏んだ」

「はい。だからこそ、どちらも遺体を手に入れたかった。むろん、伊豆さまだけは肉親の情に動かされての振舞いでしょうが」

「どうだかな。人の心だけは、わかったもんじゃねえからな。おめえの兄貴だって、父親同様、おめえの人斬りの腕を欲しがってんだろう。そういうもんさ。みんな己の身が可愛いんだよ。権勢にしがみついて、その悦楽を覚えちまったやつらは特に、な。己の保身、己の欲のためにはなんだってやっちまう。娘を側室に差し出すのも、弟を捨て駒に使うのも、なんだってな」

清之介は黙っていた。

「おめえの父親も、兄貴も、今井って男も、幕臣の面々もみんないっしょさ。天辺から滑り落ちたくねえんだ。一度手に入れた力を失くしちまうのが怖くてしょうがねえんだよ。ふふん。そして、このきれいな石塊は、おまえの兄貴と今井にとって、命取りにも返り咲きの道具ともなるわけだ。権勢の亡者同士の諍いさ。見ようによっちゃあ、おもしれえかもしれねえ。ただ……ただ、ここから先だ。遠野屋、ここから先、どう進む？江戸の町中での一件なら、どうにでもなる。しかし、これは遠い西国が絡んでの件だ。しかも筆頭家老なんて物騒な手合いが拘わった、な。手の出しようがねえぜ。言いたかないが、町方の役人じゃ手も足も出ねえ」

清之介は無言のままだ。

伊佐治はその横顔をそっと窺う。

息子とそう年端のかわらぬ若者の語った旧時は、あまりにおぞましく、怖ろしかった。腹の底からしんしんと凍てる。最初に出逢ったときから、遠野屋清之介という男に尋常でない何かを嗅いではいたが、ここまで異形《いぎょう》であったとは。

そういうお人であったのか。

思う。思えばもうこれ以上、拘わりたくないとも、この場から逃げ去りたいともさらに思う。けれど、その思いの底の底から、清之介を見事だと称揚したい思いもまた、ふつふつと湧き上がってくるではないか。

よくぞ、ここまで生き延びた。よくぞ、全てを曝《さら》け出した。

「遠野屋さん」

そう呼び掛けた声は掠れて小さくふにゃりと語尾が萎《しぼ》んでいた。自分でも呆れるほどに情けない。それでも、若い耳はそんな声音を確かに捉えたらしく、清之介が顔を向けた。

「はい」と答える。

「あんた、何で、あっしたちにしゃべったんです？」

清之介の双眸が僅かに見開かれた。

「黙っていたって済むことじゃねえですか。瑠璃の原鉱だけのことなら、どうでもぼかして話ができるじゃねえですか。それを……何で、洗いざらいしゃべっちまったんです」

しゃべれるようなことじゃねえだろう。老女を殺し、見知らぬ男を幾人も殺し、父親まで殺した来し方など、口が裂けても曝け出せるものじゃねえ。

「あんたは、ずっと隠し通してきたじゃねえですか。必死に、断ち切ろうとしてたんじゃねえんですかい。何で今さら、曝しちまうんです。それも、あっしと旦那に……」

清之介が睫毛《まつげ》を伏せた。

「ぼかして通用するようなら、そうしていたかもしれません。けれど、要をぼかした話が木暮さまに通用するとは、とうてい考えられませんでしたので」

「けど……、遠野屋さん、あんた、さっきあっしたちに災厄が及ぶって言ったじゃねえですか。どう及ぶんです。このままの話なら、旦那が言ったとおり、あっしたちには手も足も出ねえ。どんなに拘わり合いたくても、拘わり合えねえってわけです。早《はえ》え話、あっしたちが瑠璃について口を噤《つぐ》んでしまえば、どこにも……少なくとも、あっしたちの暮らしには災厄どころか、波風一つたたねえ。そうじゃねえんですかい」

「おっしゃる通りです」

「だったら、うちの旦那に通用しようがすまいが、どうだっていいじゃねえですか。そうでやしょ?」

清之介が口元を結び、顎を引く。

静寂が訪れる。

遠野屋の店からざわめきが伝わってくるけれど、それも気配として漂うだけだ。

静かだ。

「聞いていただきたかったのです」

清之介が言った。静寂の内に吸い込まれそうな、穏やかな声だった。信次郎が身じろぎする。

「木暮さまと親分さんに、聞いていただきたかった。そして、見ていただきたかったのです」

「見る？　何をでやす」

「遠野屋清之介が本物の商人になる様をです」

清之介の眼差しが伊佐治から信次郎へと流れて行く。

「わたしは商人として生き抜き、死にたいのです。遠野屋という店と共に生を全うしたい。店を守り、義母を守り、それがおりんへの何よりの供養だと自分に言い聞かせてまいりました。けれど、そうではない、まるで違《ちご》うておりました。わたしは誰のためでもなく己の願いとして、商人の途を貫きたいのです。品を商い、銭《ぜに》を儲《もう》け、その銭で若い職人や商人を育てる。江戸の人々のささやかな暮らしの中に入り込んで、品々を手渡す。

そういう一生を送りたいのです。どういう生き方をしても罪が贖《あがな》えるとは毛頭、思うておりません。罪は罪。取り返しのつかないものなら、背負うてまいります。木暮さま、わたしはどういう罪を背負っても、商人でいたいのです。木暮さまがつまらぬとお嗤《わら》いになるような、隙だらけの、本物の商人になりたいのです。おりんのためではなく、すげのためでもない。わたしはわたしの心のままに、そういう者でありたいのです。そのことに……やっと気が付きました」

伊佐治は胸の内で低く唸った。

そうか、この男は己の本質をついに探り当てたのか。

おりんという女から、ようやく解き放たれたのか。

おりんのためではなく。

その一言に辿りつくために、どれほどの日々とどれほどの煩悶が入りようだったのか。

「親分さんに言われました」

清之介の眼差しが再び返ってくる。

「怯えて逃げ回るのではなく、向かっていかなければいつまでも付け入られると。頬を打たれたような気がしました。若いお武家さまとすげ、二つの袋の中の瑠璃が繋がったとき、さらに打たれた気が致しましたよ。親分さんの一言が骨身に染みました。逃げていては、いつか捕まるのです」

「遠野屋」

信次郎が背を起こした。

「おめえ、何を考えている」

「生国に戻ります」

信次郎の眉がそれとわかるほど、顰められた。眉間に深い皺が寄る。

「いや、戻るのではなく、行く、ですね。江戸の商人、遠野屋清之介として足を踏み入れてみようと考えております」

「この瑠璃の謎を解くためにか」

「はい」

「商人として一儲けしようって腹か。欲に目が眩《くら》んでちゃ、足元が覚束なくなるぜ」

清之介がふっと笑った。

「一儲けできるなら、それにこしたことはございませんが。おそらく、世間はそれほど甘くはないでしょう。ただ、瑠璃は幸運をもたらす宝石だと言われております。万人を救済できる石だと。これはやはりわたしの勘に過ぎませぬが、もしかしたらこの瑠璃が、兄と今井さまとの深い確執を取り除いてくれるやも……いや、確執そのものを無用としてしまうかもしれません」

「まさか。何を寝惚《ねぼ》けてんだよ」

信次郎が唇を歪める。

「ええ、ただの寝言でしかない気も致します。どちらにしても、わたしは一度、あの国に行かねばならないのです。商人としての目で、あそこに残っているわたしの昔日《せきじつ》を見定めて参ります。そう決めました」

「あっしもお供いたしやす」

身を乗り出していた。

え？　おれは、今、何て言った？

信次郎と清之介が同時に顔を向ける。どちらも一驚《いっきょう》を面に浮かべていた。しかし、一番、驚いたのは伊佐治自身だ。

おれは、今、何て言った？

口元を押さえる。

驚き、慌てはしたけれど、取り消す気はまるで浮かんでこない。

供をしよう。

その決意だけが、さらに強く湧いてくる。

第六章　残更《ざんこう》の男たち

庭に出ると、虫の音が一際、耳に響いた。

ついさっきまで、朱色に染まっていた夕空はすでに暗く、藍と黒の狭間の色に変わっている。

闇が地を包み込み、その闇を言祝《ことほ》ぐように虫が鳴く。

「いつの間にか」

呟いてみる。

いつの間にか、季節が移ろっている。

当たり前なのに、神妙だと感じてしまう。

冬から春への一時、日が長くなり風が和らぐころは、季節の移ろいにさほど思いを動かされはしないのに、夏から秋、さらに冬へと江戸の季が急ぐこの時期、なぜか心も急いてしまう。

おうのは、鬢のほつれをそっと撫で上げた。

安房《あわ》の漁師町から江戸に出て来て、かれこれ二十年近くの月日が経った。

過ぎ去った日々を惜しむ気持ちも、悔いる思いもないけれど、年々時の脚が速くなっている、とは感じる。

歳を取った証だろうか。

干した魚の匂い、海風の音、潮騒、板間に敷いた筵の目に詰まり、掃いても掃いても尽きない砂粒、日に焼けこんで油紙色になった人々の顔、海の果てに沈む夕日、臙脂《えんじ》と紅に彩られた空と海が一つに重なり合い融け合う彼方、黒く浮かぶ島影、鷗の鳴き声、傷に染みる潮風……。

とうに忘れていたはずの、古里の音や匂いや風景や人、そんな諸々が不意によみがえり胸を騒がすのも、やはり、年齢が積み重なった証だろうか。

漁師の娘にしては美しく生まれつき、芸事の才にも恵まれていた。それが幸《さいわい》だったのか仇《あだ》になったのか、今でもわからない。十になるかならずで口入屋《くちいれ》の男に買われ、江戸に連れてこられた。それからずっと身を売り、芸を売り、生きている。

今は殿と呼ばれる武家の傍らに侍《はべ》り、身辺の世話をするために雇われていた。むろん、床《とこ》の相手もする。

殿と呼ばれる武家が誰なのか、武家を殿と呼ぶ男たちが何者なのか、おうのは知らない。知りたいとも思わない。知ろうとすれば必ず厄介事になるとは、知っている。この世には知ってはいけないことがごまんとあるのだ。そういうものに、うかうかと近づかない。江戸で覚えた処世の手立ての一つだ。

虫の音が賑やかだ。

古里の音に重なり、匂いを導き、風景を浮かばせる。おそらく、二度と帰ることのない古里の……。

いやだねえ。

もう一度、髪に手をやる。

辛気《しんき》臭いことは嫌いだ。

来た途を振り返り、未練を募らせるのも嫌いだ。

嫌いなこと、忌《い》むことからは背を向けるのが、一番だ。これも江戸が教えてくれた智恵だった。

下女のおとよに言いつけて、酒の燗《かん》でもつけさせようか。

虫の音にふっと引かれて庭に降りたけれど、闇と秋の気配しかなかった。

母屋に向かって歩き出そうとしたとき、名を呼ばれた。

「おうのさん」

一瞬、心の臓が縮まった。

胸を押さえ、振り向く。

闇しか見えなかった。

思いの外長く、庭に佇んでいたらしい。日はとっぷりと暮れて、仄かにでも明るさを残しているのは西空の際だけだ。

目を凝らしてみる。

四つ目垣が黒い塊としてしか目に映らない。その塊の向こうから、再び、声が聞えた。

「驚かせてしまいましたか。申し訳ありません」

「あら、まあ、遠野屋さん」

動悸がすっと治まっていく。胸は凪《な》いでしまうのではなく、そのまま軽やかに鼓動を刻んだ。

まあ、こんな風に逢えるなんて。

思いもしなかった。

この人の声を聞いて、こんなにも胸が鳴るなんて。

やはり思いもしなかった。

おうのは、声に向かって一歩一歩、足を進めた。そうすると、意外に易々と木戸まで辿りつけた。身体が庭の作りを覚え込んでいるのだ。垣根近くにおとよが拵《こしら》えた畑も、母屋までの小道に沿って並べられた苔《こけ》むした石も、小さな石灯籠も何一つ見えないのに、在《あ》り処《か》がわかる。

この仕舞屋《しもうた》にすっかり馴染んだ自分を、おうのは改めて感じた。

「遠野屋さん、どうなすったんですか。ここに訪ねておいでになるなんて、何事です」

弾もうとする声音を抑え込み、おうのはわざと抑揚《よくよう》のない冷めた物言いをする。

「兄者にお目通りを願いたいのです」

「殿さまに？　殿さまなら、この数日……そうですね、もう四、五日はお見かけしておりませんが」

「ご不在か……」

「はい。このところ、こちらにお帰りにならない日が続いておりますの。今日もお見えになっておられません」

「そうですか。やはり、おいでにならなかったか」

闇の中で、男は密やかに息を吐く。それが安堵のためなのか、落胆ゆえなのか、おうのには窺い知れない。

「あの……お入りになりませんか」

木戸を開ける。

夜の風が首筋を撫でて過ぎた。

「もしかしたら、今夜、殿さまがおいでになるやもしれません。中で、お待ちになりませんか」

あたしったら、何を言ってるんだろう。

頬が火照《ほて》る。

肌寒いのに、腋《わき》に汗が滲《にじ》んできた。

これじゃ、まるで誘い言葉じゃないか。あたしは、殿さまの弟御を誘い入れようとしている。

嘘をついてまで。

闇でよかった。陽の光の下でなら、耳朶まで紅く染まった顔を曝さねばならなかった。

閨《ねや》に誘おうなんて思ってるわけじゃない。ただ、もう少し、もうあとほんの少しだけ、この人と話がしたいだけだ。

「おうのさん」

不意に肩を摑まれた。

強い力だった。

あたしの名前を覚えていてくれたんだ。たった一度、告げただけの名前をちゃんと覚えていてくれた。

軽い眩暈《めまい》を覚える。男の指先を熱いと感じた。

「お逃げなさい」

「できるなら、いや、できるできないじゃない。今すぐ、荷物を纏《まと》めてここから逃げるんです」

「え？」

「逃げる？　なぜ、あたしが逃げなきゃいけないんです」

「危険だからです」

「危険？　遠野屋さん、いったい何をおっしゃってるんですか。あたしには、さっぱり合点が」

「逃げるんだ」

遠野屋の声が張り詰める。そうすると、物静かな商人の殻を押し破って、生々しい若さが溢れた。

「一刻も早く、この家を立ち去るんです。それが身のためだ」

おうのは半歩後退《あとずさ》り、肩を摑んだ指にそっと触れた。それから、ゆっくりとその指を外す。

「どこに逃げればいいんです？　あたしには、ここより他に行くところなんて、ありませんよ」

挑むように顎を上げる。闇に慣れた目が、向かい合う男の顔を辛うじて捉えた。

「わかってますよ、遠野屋さん。殿さま、もう、ここには帰ってこないんでしょ」

遠野屋が身じろぎする。

闇が揺れた。

「わかってますよ。ええ、あなたに言われるまでもなく、よぅく、わかってるんだ」

素足の親指の先に草葉が触れる。枯れかけ萎《しお》れた秋の庭草だ。

「三日前に、殿さまからまとまった金子をいただきました。女一人、十年はゆうに暮らしていけるだけの金子です。それで……去れと言われました。ここから早々に立ち去れと。けどね、遠野屋さん、あたしには行く場も帰る家もありません。あたしにあるのは、この家だけなんです」

おうのは軽く唇を噛んだ。

「あたしはどこにも行きませんよ。ねぐらを探してあちこち流れるなんて、もう飽き飽きしてるんだ。新しいねぐらを探して潜り込めるほど、若くもないし、気力もありませんからね。それにね、あたしは、ここが気に入ってるんですよ。今まで、住んだどこよりもここが好きなんです」

口にすれば、あぁ本当にそうだと思う。しみじみと思う。

静かな家だった。

裏には雑木の林が広がり、その林を縫って疏水《そすい》が流れる。風が強く吹くと雑木は小枝を揺らし、ざわめいた。そのざわめきがときに、潮騒に聞える。幼いころ耳に焼きついた響きだ。「潮が満ちてくる」。海辺近くの苫屋《とまや》で息を引き取った母の最期の言葉だった。潮騒に包まれ、母は娘に言ったのだ。

「おうの、潮が満ちてくるよ」と。

風音が潮騒に聞える。

虫の音や鳥の声が座敷を満たす。

静かな、穏やかな家だった。

殿さまが訪れたときだけ、護衛のためか数人の若侍が付き従い、どこか荒ぶれた、どこか生き生きとした空気が満ちる。その、落差もおもしろい。

殿さまは寡黙で、ここに来てさえ座敷に閉じこもり人を遠ざけたりもするけれど、冷徹ではなかった。女を食い物にする卑劣さなど微塵もなかった。男としては上等だ。

ここを終《つい》の住処《すみか》にできたら。

このままの暮らしが続けとは望まない。けれど、あたし一人、この家でひっそり生きて行くぐらいは叶《かな》えられるんじゃないか。叶えて欲しい。

決して口には出さないけれど、密かにそう願っていた。

「遠野屋さん、お心遣いはありがたいですけれど、あたしはここから動きません。それで何かがあったとしても悔いはしませんよ。ええ、怨みから幽霊になってとり憑《つ》いたりなんて、決してしませんから。ご安心下さい。もし」

おうのは闇を吸い込んだ。

「もし、遠野屋さんが殿さまにお会いすることがあれば、伝えて下さいな。おうのがそう申しておりましたと。殿さまが買い与えて下さったあの家で一生を閉じる覚悟をしておりましたと、伝えて下さいな。お武家さまにお武家さまの覚悟があるように、女には女の心構えがございますからね」


三日前、おうのは殿さまとの縁を切られた。

「これを持って、好きな処に去るようにとの、おおせだ」

そう言って、袱紗《ふくさ》包みをおうのの膝元に置いたのは若い武士の一人だった。確か、伊豆と呼ばれていた若党で、常に殿さまの後ろに侍っていた男だ。堂々とした体軀《たいく》の男でもあった。

「あたしに暇を出すと？　殿さまはそうおっしゃっておいでなのですか？」

見上げたおうのの視線から目を逸らし、伊豆は、

「殿はこれからご多忙になる」

と、答えた。偉軀のわりに小さく、掠れた声がおかしかった。

このお武家さまは、殿さまに棄てられようとしているあたしを憐れんでいるんだわ。

「であるから……今までのように、度々、こちらにお出でになることはまず、できまい。

そなたを飼殺しにするわけにはいかぬとのご配慮だ」

「あたしはよござんすよ、飼殺しでもね。年に一度でも二度でもお出でになるなら、お待ちしておりますけれど」

「そういうわけにはいかん」

「なぜです」

「けじめだからだ」

「けじめ？」

「武士のけじめだ」

大声で笑いそうになった。

大枚の包みを手渡して去れと命じることが、けじめになるのか。

男という者は、武家であっても町人であっても考えることは大差ない。女にも男と同じ、意地があり覚悟があり節《せつ》があることなど、ちらりとも心に掛けない。

渡された袱紗包みを脇に回し、おうのは軽く目を閉じた。

雨が降っていた。目を閉じると雨音が身の芯まで染みてくる。ゆっくりとゆっくりと身体を冷やしていく音だった。

「森下町に来られますか」

遠野屋の声が耳に滑り込んできた。濁りのないいい声だ。ただ、とっさに何を言われたか解せなかった。

「え？　何と？」

「しばらく、遠野屋に逗留《とうりゅう》されてはどうです。身の振り方はそれからじっくり考えればいい」

「あたしが遠野屋さんに？　いえ、それは……ご遠慮いたします。遠野屋さんはお独り身でござんしょう。あたしみたいな女が転がりこんじゃあ、世間の口が黙ってちゃくれません。好き勝手なうわさを流されたりしたら、お商売に障《さわ》りゃしませんか」

「それはご心配なく。根のないうわさで差し障りが出るような商いは、しておりませんので」

遠野屋はさらりと言ってのけた。大口をたたいたわけではない。短い一言に、控え目で強靭な自信が滲んでいる。

「それに、わたしは暫く遠野屋を留守にします。その間、おうのさんのことは、店の者によく申しつけておきます。いや、もちろん客人としてお迎えする気はありません。実はおうのさんさえよろしければ、お頼みしたい仕事があります」

「仕事？　あたしにですか？」

「ええ」

「あたしは三味《しゃみ》を弾くぐらいしか能のない女ですよ。他に何にもできやしません」

「化粧はいかがです」

「化粧？」

「はい。おうのさんはとても品の良い化粧をしていらっしゃる。最初、お目にかかったときからそう思っておりました。薄化粧なのに行灯の明かりに美しく映えている。おそらく、陽の光にも同じように映えるでしょう。その化粧のやり方をうちのお客さまに手ほどきして欲しいのです」

「化粧の手ほどきですか」

「そうです。ご存知のように、うちは小間物屋です。白粉《おしろい》、紅、眉墨、化粧道具も扱っています。それを自分の顔形や召し物に合わせて、上手く使いこなす、その手ほどき、指南をお願いしたいのです」

「化粧指南……」

口にすると何だかおかしい。

ふっと笑いそうになる。

おまえは美しいとも、見事な身体だとも褒《ほ》めそやし、金の力で囲い込み、おうのを貪《むさぼ》るだけ貪り、楽しむだけ楽しんで、ある男はさっさと背を向け、ある男はぷつりと姿を見せなくなった。そして、殿さまは袱紗包みを郎党《ろうとう》に預け、別れの一言もなく消えようとしている。

男とはそういうものだと、ぼんやりとだが悟って生きてきた。しかし、遠野屋清之介は仕事を頼むと言う。おうのが思ってもいなかった仕事をやってみろと言う。おうのの美しさや身体ではなく、化粧の術に目を向けた。

不思議な人だ。とても、おもしろい。

風が吹く。

雑木が鳴る。

あぁ、潮騒の音だ。

おっかさんが最期まで聞いていた海の鳴る音だ。

おうのは二度三度、かぶりを振った。

「遠野屋さん、ありがとうございます。あたしみたいな女をそこまで気遣ってくださって……。でも、あたし、本気でここを離れたくないんです。ここは殿さまがあたしのために買ってくれた家です。あたしが初めて手にした家なんですよ。亭主も子どももいないけれど、それでも、家なんです。どこにも行きたくはありませんね」

「おうのさん、しかし、ここは」

「どんなに危なくたって、何が起ころうとかまやしません。覚悟はとっくにできてるんです。遠野屋さん、あたしは」

「しっ」

遠野屋が不意に動いた。庭に滑り込んでくる。

「静かに」

男の身体が寄り添ってくる。おうのを背に隠すように立ち、遠野屋が垣根越しに道を窺う。

その背中にそっと頬を押し付けてみたい。

疼《うず》くように思った。

膝に力を込め、身を引く。この男は、おうのの手に負える者ではないのだ。触れてはならない。

「動かないで」

遠野屋の低い声が、おうのを縛る。たった一言なのに、足が動かなくなる。

いったい、何事ですか。

囁こうとした口を閉じる。

おうのにも見えた。

闇に閉ざされた道にぽつりと一つ、提灯の明かりが見えた。そして、聞えた。草地を踏む重い足音が確かに聞えた。

提灯は無紋、ゆらゆらと揺れながら近づいてくる。

よく、気が付いたこと。

道は数間先で緩く曲がり、雑木林に入っていく。そこを抜けると人や駕籠の行き来する通りに出るのだ。どれほど遠目が利いても、角を曲がってしまわなければ提灯の明かりを捉えることはできない。

遠野屋が動いたのは、道の先に明かりが現れる寸前だった。

提灯ではなく気配に気がついたというわけか。

そういえば……。

この人はどうして、あたしだとわかったのだろう。庭に佇んでいたあたしは、闇に包まれていたはずなのに、どうして、あたしだとすぐにわかったんだろう。

「あれは尋常ではない」

殿さまがそう言った。

酌をしながら、おうのが何気なく「弟さまは、もう、いらっしゃらないのですか」と尋ねたときだ。

殿さまは何も答えず酒をあおった。

尋ねてはならないことを尋ねてしまったのかと、おうのが自分の軽率を悔やんだとき、殿さまが、

「あれは尋常ではない」

杯《さかずき》を置き、呟いた。

酌の手が止まる。

「生まれつき尋常ではなかったのだ。おれは気が付かなかったが、親父は早くに見抜いていた。そのあたりは、さすがと言うべきだろうな」

尋常でないとは、異形であるということか。異形とは、人でなく鬼であるということか。問いを重ねることが躊躇《ためら》われて、おうのは黙りこむ。

「尋常でない者は尋常でない生き方をせねばならぬ」

さらに呟き、深く息を吐き、殿さまは脇息《きようそく》にもたれかかった。そうしないと、自分の身体を支え切れないかのようだった。その夜、殿さまはおうのを苛《さいな》むように抱いた。あまりの荒々しさにおうのは声を上げ、身をよじった。殿さまの呻きに似た声を聞きながら、自分が辛いのか恍惚の中にいるのか定かでなくなる。

殿さまが弟について語るのを耳にしたのは、後にも先にもそれ一度きりだった。少なくとも、おうのは一度きりしか耳にしなかったし、尋ねもしなかった。

あれは尋常ではない。

いいえ、違う。

胸の内でそっと否《いな》む。

殿さまは間違っている。この人は異形なんかじゃない。あたしの知っているどんな男より、ずっとまともじゃないか。まともだから、近づいちゃならないんだ。

「一人か……」

遠野屋の身体からすっと力が抜けた。

提灯が揺れる。

足音が大きくなる。

風が吹く。

ざわんざわんと雑木たちが鳴き続ける。

見上げた空に星が瞬《またた》いていた。

足音が止まる。

息を呑む気配が確かに伝わってきた。同時に、空気が強く張り詰める。息を噴き出す音がして、闇に灯った微かな明かりが消えた。

「伊豆さま、遠野屋でございます」

遠野屋が名乗った。


燗をした酒をおとよが運んできた。

受け取り、おうのはまず上座に座った伊豆の杯を満たす。それから、遠野屋の杯に銚子の口を傾けた。

「美しい銚子ですね」

「ええ」

短く答えたけれど、遠野屋の一言が嬉しかった。

朱塗りの銚子は蓋《ふた》に野菊が小さく描かれている。古道具屋で見つけ、一目惚れして買い求めた。おうのが自分のために購《あがな》った数少ない品の一つだ。

その銚子で、今夜、男たちに酒を注ぐ。

「伊豆さま」

杯を傍らに置き、遠野屋が頭を下げた。

「過日のご無礼、何とぞご容赦ください」

「過日とは……おれが訪ねた折りのことか」

「はい」

「あれは無礼とは言うまい。よくよく考えれば、遠野屋どのにとって一分《いちぶ》の利どころか……確かに禍《わざわい》しかもたらさぬ願い出だった。断られて当然だったのだ」

「さように言われますと、身が縮む思いがいたします」

「律儀だな」

「あのとき、わたしは逃げることしか……、伊豆さまを始め生国に繋がることごとくを捨て去ることしか念頭になかったのです。それが遠野屋を守る唯一の手立てと、考えておりました」

酒を一息に飲み干し、伊豆は軽く肩を揺すった。

「今は考えておらぬというわけか」

「怯えて逃げ回ってばかりでは途は閉ざされる。向かっていってこそ拓ける途があるのだと、諭してくれた方がおりました」

「ふーむ、おぬしが他人《ひと》の諭しに易々と乗るとは思われんが」

「そうでございますか」

「他人の言葉など、所詮《しょせん》、他人の言葉に過ぎぬ。どのように諭されてもそうそう心動かすものとはなるまいに」

「他人の言葉が仏や神の言葉より響くこともございます。人だからこそ、人の言葉に動かされる。そういうものではございませんか」

「詭弁《きべん》だの」

「わたしにとっては真実でございますよ」

遠野屋が身を起こし、伊豆と目を合わせる。

「……向かっていくとは、どういう意味か、遠野屋どの」

しばらくの間があり、遠野屋が答える。

「三日後に江戸を発ちます」

伊豆の眉尻がひくりと動いた。自分の眉も同じように震えたのではないかと、おうのは眉にそっと手をやった。人の妻でも母でもない女の眉は、剃《そ》り落とされぬままだ。江戸を発ってどこに行くのだと、伊豆は尋ねなかった。酒をあおり、酌をしようと傍に寄ったおうのをちらりと見上げる。

「今夜、おぬしがここに来たのは、おうのどののためか」

「そうです。万が一、ここにおられるようなら、あまりに剣呑かと思いまして」

「ふむ」

「伊豆さまも、同じでございましょうか」

「どうかな」

伊豆がにやりと笑う。行灯に照らされた笑みは怪異でさえあった。

おうのは、そっと肩を竦める。

ほんの一時だが、この侍が自分のために夜道を歩いたのではと考えた。その甘さを恥じる。

「おぬしと同じなのは、今夜あたりこの家が騒がしくなると踏んだところまでよ。まさか、おうのどのがまだ居座っておるとは思わなんだでの」

「あら、居座っていて悪うござんしたね。まるで野良猫みたいな言われようですね」

おうのの軽口を伊豆はとりあわなかった。笑みを消した凄味《すごみ》の漂う眼を向けてくる。

「おれは逃げろと忠告したはずだ」

「あたしは嫌だと言いましたよ」

「馬鹿な女だ。これから何が起こるか、知りもせずに」

「何が起こるんです」

伊豆と遠野屋を交互に見やる。

何が起こるんです。

風が鳴る。

潮騒ではなく、荒ぶれ吹きすさぶ風音だ。

何が起こるんです。

伊豆が杯を持ち上げる。おうのは僅かに身を傾げ、空の杯に酒を満たした。

「遠野屋どの」

「おぬしは、おうのどのの身を案じてここに来た。それはつまり、あれのことを知っているということでもあるな」

手の甲で口元を拭い、伊豆は息を吐いた。

「しかも、敵方にあれが渡っていないと確信している証でもある。とすれば、あれはおぬしの手元にあるわけだ。違うか？」

「わたしは持っておりました」

遠野屋が杯を口に運ぶ。

「ずっと、昔から持っていたのです」

伊豆の眉間の皺が深くなる。その顔つきは、遠野屋よりよほど老けて見えた。

苦しげだわ。

と、おうのは呟きそうになる。

目の前の、おうのよりは十は若いだろう侍が、何かにがんじがらめに縛られて喘《あえ》いでいるように感じられたのだ。もっとも、人は誰でも何かに縛られている。場末の遊女であっても、高貴な姫君であっても、豪商であっても、公達《きんだち》であっても、みなそれぞれがそれぞれの桎梏《しっこく》を抱える。抱えて生きるしかないのが、人なのだ。身分の高低も、出自の貴賤《きせん》も拘わりない。

おうのは遠野屋をそっと窺う。

姿勢を崩さぬまま、杯を重ねている商人は、何に縛られ、何に捕らえられているのかと、考える。

「昔からとは、いかなる意だ」

「伊豆さま。伊豆さまが先ほど仰せになった敵方とは、つまり今井ご家老のこと。そう考えてようございますね」

「尋ねているのは、おれだぞ」

伊豆は露骨に苛立ちを含ませ、声を荒らげた。

おやまぁ、これでは太刀打ちできないねえ。

とまた、余計な隻語《せきご》を呟きそうで、おうのはそっと口元に手を当てた。

森下町の小間物問屋遠野屋のうわさは、おうのの耳にも入っている。安価な匂い袋から高直《こうじき》な簪《かんざし》や櫛《くし》、あるいは紅や眉墨といった化粧の品まで、遠野屋の商品を身につけることが女たちにとって、一種の流行とも粋《いき》ともなっていると聞いた。

最初に遠野屋と出会ったとき、それほどの店の主がこんなに若い男であったのかと、驚いた。この若さで、店の名をこうまで高め、人口に膾炙《かいしゃ》するまでに為したというなら、怖ろしいほどの商才ではないか。

その商人の面前で、感情を露《あら》わにして色めき立つようでは……。

伊豆さま、まだまだでござんすねえ。とても敵いませぬよ。

「答えろ、遠野屋。いかなる意なのだ」

伊豆が腰を浮かし、膝を立てる。遠野屋は懐から小さな包みを取り出すと、畳の上に広げた。

「まぁ……」

おうのは小さく叫び、伊豆は息を呑み込んだ。

碧《あお》い石が行灯の明かりを浴び、煌めく。

「介弟《かいてい》が命がけで届けようとしたものとは、別です。わたしは、これを幼いころより身につけておりました」

「なんと……。このことを殿はご存じなのか」

「いえ。お知りにはなりますまい」

伊豆の喉元が上下に動く。

おうのは思わず手を出し、石に触れそうになった。

何と美しい。

人を眩《くら》まし、心を惹《ひ》きつけてしまうほどの美しさだ。

これは、瑠璃？

遠野屋と目が合う。そうだという風に、遠野屋がうなずいた。伊豆は腰を落とし、黙り込む。

「兄者の話によれば、今井さまは姦計《かんけい》を以《もつ》て兄者を陥《おとしい》れたとか。この瑠璃は、兄者と今井さまの確執のさらなる一因となるものなのでしょうか。そして、兄者の後ろには江戸御留守居役の」

「知らぬ」

伊豆が吐き捨てるような口吻《こうふん》で、遠野屋を遮《さえぎ》った。

「おれの役目は、いざという折り殿をお守りする。それだけだ。政《まつりごと》に拘わる一切をおれは知らぬし、知りたくもない」

「では、何をご存じですか」

「うむ？」

「伊豆さまは何をご存じなのでしょうか。兄者の近くにおられるのです、何も耳に入らぬ何も見ぬというわけでは、ございますまい。たとえば」

遠野屋が瑠璃を包み、懐に仕舞いこむ。落ち着いた仕草だった。

「あの瑠璃が現れた経緯がいかようなものか。伊豆さまなら、ご存じでしょう」

「それを聞いて何とする」

「あの石を抗争の具とするのではなく、領民全ての栄となす。その手立てを探りたいと思うております」

「馬鹿な」

伊豆が乾いた声を上げて笑う。

「おぬし、辣腕《らつわん》の商人と評判ではないのか。それが何を寝惚けた世迷い言を口にする」

「さる方にも同じことを言われました。けれど、その方は、わたしが本気であることをわかっていらっしゃる」

「本気？　おれを謀るつもりではないのか」

「伊豆さまを謀ってもわたしには何の益もございません。ただ、商人として、新しい商いの途となるかもしれぬとは考えております。だからこそ、あれをただの抗争の具にするのは、あまりに惜しゅうございます。兄者と今井さま、どちらが勝つにしろ、一握りの者たちだけを肥えさせて終《しま》いになるのでは、あたら宝を溝《どぶ》に捨てるようなもの」

「おぬしは、殿の血を分けた弟御ではないのか」

「確かに」

「ならば、なんだその言い様は。殿も今井も同じに並べるつもりか」

「兄者は、万人に心を馳せてはおりますまい。今井憎しの一念に凝り固まり、仇を討つこと、今井さまを追い落とし再び執政の中枢に返り咲くこと、それだけに縛られておられましょう」

「く……それは、今井が殿に為したことを思えば当然ではないか。殿は今井の放った刺客によって、奥方さまと若さまを殺されたのだ。仇を誓うは、武士の道ではないか」

「兄者が今井さまと果たし合いをなさるなら、それも然り。けれど、政敵を倒し藩政を意のままに操ることが目途《もくと》となるのなら、武士の道など虚しいだけにございます」

「おぬし、まさか、今井の側に付くと言うのではあるまいな」

「そうではありません。ただ、今井さまがどのような人物なのか。何を考えておられるのか、それを知りたいとは思うております」

伊豆が身を乗り出す。

「知ってどうする。知って、万が一、今井がおぬしの意に適《かな》うような人物であったのなら手を組む所存か」

「はい」

明快な答だった。

伊豆が弾かれたように動く。

傍らの刀を摑み、柄を握る。白刃《はくじん》が煌めき、おうのの膝近くに黒塗りの鞘が転がった。

「今の一言、聞き捨てならん。おぬしが敵方に回るというのなら、ここで斬る」

「以前、申し上げました。伊豆さまでは、わたしは斬れませぬ」

「ふざけるな。殿の弟御であると思えばこそ遠慮もしてきたが、敵であるのならこの場で斬り捨てても文句はあるまい」

「敵に回るなど言うてはおりませんが」

「うるさい。今さら命乞いなど無用ぞ」

「いいかげんにして」

おうのは立ち上がり、腹の底から叫んだ。二人の男が同時に顔を向ける。

おうのは腕を真っ直ぐに上げ、庭を指さした。

「二人とも出て行って。出て行け、今すぐ」

喉を突き破る勢いで、叫びがほとばしる。遠野屋は目を見開いたまま、伊豆は瞬きを繰り返し、おうのを見詰める。

「ここはあたしの家だ。あたしの座敷なんだよ。それを、斬るだの何だの好き勝手なこと、言いやがって。ちくしょう、ふざけんな。あたしの家で斬り合いなんかしてみやがれ、ただじゃおかないよ。だから男なんて嫌いなんだ。斬り合いや政の話がそんなに好きなら、他所《よそ》でやりな。とっとと、出て行け。出て行っておくれ」

男は大きな話ばかりする。

政がどうの、人の途がどうの、大商いがどうの。けれど、座敷一間を血で汚されたくない。静かにひっそりと生きていきたい。そんな女のささやかな想いになど僅かも思い至ろうとしない。平気で踏みにじり、顧みない。

人のささやかな想いが抜け落ちた論議などどれほど熱く語られても、駄弁と大差ない。聞くのも腹立たしい。

遠野屋が息を吐いた。

「おうのさんのおっしゃるとおりです。いささか無粋に過ぎました」

伊豆が鞘を拾い上げ、白刃を納める。押し黙ったまま、腰を下ろす。

「出て行けって言ってるでしょう。早く、出て行ってください」

「出て行くのはそっちだ。ぐずぐずしていると命を落とすはめになるぞ」

「あたしを脅してるつもりですか。お生憎《あいにく》さまですよ、そんな脅しにのるもんですか」

遠野屋が立ち上がり、おうのの腕を押さえる。

「いや、伊豆さまのおっしゃるとおりだ。おうのさん、そろそろここを出た方がいい」

「だから、何が起こるって言うんです。ほんとに、いいかげんにして。二人してわけのわからないことばっかり言って。あたしをからかって喜んでるわけですか」

腕を払い、奥歯を噛みしめる。

「そんなにこの家が気にいっているのですか、おうのさん」

「ええ、気にいっていますとも。人と家にも相性ってものがあります。あたしとこの家は相性が合うんです。あたしはここを終の住処と決めてるんです。出て行けと言われて、はいそうですかと引き下がるわけには、いきませんよ」

「わかりました。それなら、去ってしまうのではなく、しばらく離れるぐらいはできますね」

「しばらくって？」

「わたしが旅から帰るまで。三月《みつき》、四月《よつき》はかかるでしょうか。その間、遠野屋で働いていていただきたい」

「三月……そんなにですか。遠野屋さん、伊豆さま、いったい何が起こるんです。どうして、あたしに何も教えてくれないんです」

遠野屋が首を横に振った。

「何も起こらないかもしれません。しかし、今夜、賊が押し入る公算もかなりあるのです」

「賊？　賊って押し込みの類ですか？」

「今井の手のものだ」

伊豆が手酌で酒を注ぎ、飲み干す。

「今井派は我が弟、吉之進《きちのしん》の遺体を持ち去った。遺体を切り刻んでも瑠璃を探しだそうとしているのだ。見つかれば、この家などに用はあるまい。が、見つけることができねば、やつらは必ず、ここにやってくる」

「それは……殿さまのお命を奪うためにですか」

「それもあろう。殿が瑠璃を手にしたとなれば、やつらにとってこれほどの打撃はない。いっそ、殿を亡き者にと考えても不思議はなかろう。あるいは、この家のどこかに瑠璃があると考えるかもしれぬしの。やつらは、殿の隠れ家はここ一箇所しか知るまい。他所のお住まいをまだ摑んではおらぬはずだ」

おうのは、こぶしを握り締めた。

「ここは囮《おとり》のための家だったんですか。いざというとき、敵の目を欺くための囮……殿さまがここにいるように見せかけるために、あたしをここに住まわせていたんですか」

「最初はそうであったかもしれん。しかし、殿はおうのどのに去れと言い渡された。それは、おうのどのを争いに巻き込みたくないというご意思であろう。そのご意思を無下《むげ》にするなど、愚かの極みだ。しかし、今はそんな瑣末《さまつ》なことなどどうでもよい。刺客が放たれたとなると、いつまでもここで酌をしているわけにはいくまい。どこであろうと、逃げ込める場所に引っ込んでいろ」

「あなた方はどうするんです」

「おれは、ここでやつらを待つ」

伊豆が刀を立て、にやりと笑った。遠野屋の面が曇る。

「介弟の仇を討つおつもりですか」

「そうだ。そのために、やってきた。やつらは吉之進をなぶり殺しにした。許してはおけん。その仇が束になって、現れてくれる。これ以上の機会はあるまい。ことごとくを斬り捨てて、弟の無念を晴らしてやる」

「刺客が何人いるかわからぬではありませんか。しかも、刺客となると選りすぐりの手《て》練《だ》ればかりでしょう。伊豆さまがどれほどの剣士であっても、至難でございますよ」

「おぬしが加勢をすればよい。十人、二十人の刺客など何ほどのこともなかろう」

「わたしは、斬り合いなどごめんこうむります。ただ」

「ただ、なんだ」

「伊豆さまがお一人で多勢に立ち向かわれるのを知りながら、放っておくのも憚られます。わたしとしては、おうのさん同様、伊豆さまも逃げ込める場所に引っ込んでいただきたいのですが」

伊豆は何も答えず、片頬だけで笑って見せた。遠野屋は腰を下ろすと、銚子を取り上げた。伊豆の杯に酒を注ごうとしたが、酒は数滴、落ちただけだった。

「空ですね。もう少し持ってまいりましょう」

「おうのさん。ここはもう結構です。早く、森下町にお行きなさい。店の者には、既に言いつけてあります。行けば、何の障りもなく招き入れてくれますから」

「ええ……でも、あと少しだけ」

おうのは空になった銚子を手に台所へと向かった。頭の中が半分白くなっている。足元もふわふわと頼りない。

男二人から聞いた話はどこか絵空事のようでありながら、生々しくもある。

「どうなるんだろうか」

呟いてしまう。

これから、あたし、どうなるんだろうか。

早く、森下町へ。

遠野屋の一言を噛みしめる。奥歯も噛みしめる。

あたし、行き場があるんだ。

そう思えば、心なし力が湧いてくるではないか。

負けてたまるもんか。

ここまで地を這うようにして生きてきた。生き抜いてきた。これからも、生きてやる。

負けるもんか。

おうのはさらに強く奥歯を噛みしめた。

「強情な女だな」

おうのが障子を閉めるのと同時に、伊豆小平太が舌を鳴らす。

「芯が強いのでしょう。兄者は人形のように唯々諾々《いいだくだく》となびく女子《おなご》より、芯の強い筋のある女人《にょにん》がお好きでしたから」

「どうだかな。殿があの女に惚れていたとは思えん」

「人の心の裡だけは見えぬものです」

「見たくもないが」

「伊豆さま」

清之介は僅かに小平太ににじりよる。

「あの瑠璃はどのような経緯で、兄者のもとに運ばれたのですか」

「なんだ。それが助っ人の見返りか」

「見返りなどいりません。しかし、伊豆さまの身に万が一のことがあれば、聞きそびれることになりますので」

小平太が顔を顰める。

「おれが斬り死にすると言うわけか」

「場合によっては」

「おぬしは生き残るつもりか」

「死ぬ気は毛頭、ございません」

小平太は鼻を鳴らし、横を向いた。

「千剛川《ちごうがわ》でございますか」

胸を押さえる。

「千剛川のどこかで、これが見つかった。そうでございますね」

小平太が目を剝く。心のありようが素直に表に出てしまう。若さのせいなのか、気性の根元が素直なのか。

やはり、千剛か。

清之介も驚いていた。ただし、その驚愕を毛一筋分も露わにはしない。

「遠野屋、川じゃねえのか」

木暮信次郎の乾いて冷たい声音がよみがえる。伊佐治と共に旅立つことが決まってから、信次郎は以前にも増して足繁く、遠野屋に顔を出すようになっていた。

昨日、言われた。

「遠野屋、川じゃねえのか」

「川？」

「そうさ。川ってのは石を集める。砂金も水晶もそうだ。この瑠璃も偶然に川から見つかったってこたぁ十分考えられるぜ。おまえの乳母の出処は、山近くだと言ったな」

「はい」

「そこに繋がる川はないか」

「川は……ございます。藩内を二つに分けるようにして流れる千剛という川が確かにございます」

「ふむ。そうだとしたら、何かの拍子に誰かが、川漁師かもしれねえし、川遊びをしていた子どもかもしれねえ、そいつが原鉱を見つけた。一悶着の種を拾ったってわけよ。おれの勝手な思い付きだが、当たらずと雖《いえど》も遠からず、じゃねえのかな」

信次郎は目を細め、空の一点を見詰めた。その、一心のような、惚《ほう》けたような顔つきを思い出す。

当たらずではなく、的の真ん中を射貫いたようだ。

あの方は、なにもかも見通してしまう。

怖ろしい。

ぞわりと背に、悪寒が走った。


おとよは既に寝入っていた。

おうのは台所で一人、酒のつまみを作る。燗酒とつまみができあがり、盆に載せようとしたとき、ふと手が止まった。

何かおかしい?

何かがちがう?

気のせいだろうか。でも……。

おうのは盆を摑む。

動悸が激しくなった。

虫が鳴いていない。

あれほど、騒がしく鳴き交わしていた虫の音がぴたりと止《や》んでいる。虫が……。

清之介は行灯の火を一息に吹き消した。

たちまち四方は闇に閉ざされる。

「来たか」

「はい」

「思いの外、早かったな」

小平太が脇差を鞘ごと清之介に押しつけてくる。

「これを使え」

「要りませぬ」

「素手で立ち向かえる相手ではないぞ」

「やれるところまで、やってみましょう」

「馬鹿な」

小平太が舌を鳴らす。

闇が音もなく蠢いた。

第七章　黎明《れいめい》の空に

その朝、江戸の空は見事に晴れ渡っていた。

まだ、夜は明けきらず、頭上には数多の星が煌めいている。それでも東空はすでに白み、濃紺から藍に、藍から澄んだ青に刻々と色を変化させていた。

一筋、二筋、明け空に棚引く雲が光を浴びて微かな金色に縁取られる。どこに急ぐのか、燕《つばくろ》が数羽、矢のように過《よぎ》って家陰に消えた。

美しい朝だ。

旅立ちには、うってつけの日よりかもしれない。

見送りなどいらないと何度も念をおしたのに、おふじは亭主の傍を離れようとせず、結局、道浄橋《どうじょうばし》の袂《たもと》までついてきた。

「あんた、くれぐれも水だけは気をつけるんだよ。あんたは、お腹が弱いんだから、変だとおもったらすぐに腹薬を飲むんだよ。それに早道《はやみち》や銭刀《せんとう》を失《な》くさないようにおしよ。それとね」

「うるせえな」

伊佐治は渋面を作り、虫を払う仕草で手を振った。

「おれは、洟を垂らした小僧じゃねえんだ。いちいち、つまんねえ指図をするんじゃねえよ」

「だって、あんた、東海道を上る旅なんて生まれて初めてじゃないか。いくら、遠野屋の旦那がついていてくださるたって、何が起こるかわかんないんだから……」

「何が起こるかわかんねえのが、旅の醍醐味《だいごみ》ってやつなんだよ。おれは、今からわくわくしてるぐれぇだ」

おふじが長いため息を吐く。

「また、そんな強がりを。ほんとに無理するんじゃないよ。特に旅の初めは、ついつい飛ばしがちになるって言うからね。歳を考えて、今日は川崎泊りにしときなよ」

「ばかやろう。川崎まで五里もねえんだぞ。女の足じゃあるめえし、そんな悠長な旅ができるかよ」

おふじが、ちらりと伊佐治を見上げてきた。

「あんた」

「何だよ」

「この旅、ほんとにお上の御用なのかい」

おふじの視線が尖る。念入りに研がれた包丁のように、鋭く光る。伊佐治は思わず顎を引き、口元を歪めた。

「おまえ、亭主の言うことを信用しねえつもりか」

「亭主ってのは、女房を誑《たぶら》かすようにできてるんだよ。信用なんてできるもんかい。遠野屋の旦那といっしょの旅がどうして、お上と拘わってくるのか教えてもらいたいもんだね」

「う……そりゃあ、おまえ」

「木暮さまは、ご一緒じゃないんだろ」

「そりゃあ、旦那には旦那の役目ってもんがあるんだ。そう簡単にお江戸を離れるわけには、いかねえんだよ」

「けど、あんただって」

「うるせえ」

女房を一喝する。

盤台を担いだ肴屋がちらりと伊佐治を見やって、走り過ぎて行った。おふじが、黙り込む。うつむいた拍子に、涙が一粒、ほろりと落ちた。

「ばか。こんな処で泣くんじゃねえ。旅の初めに涙なんて、縁起が悪《わり》ぃじゃねえか」

「わかってるよ。よく、わかってるよ。けど、出ちゃうものは仕方ないだろ」

おふじが目尻の涙を指先で拭った。

「おふじ」

伊佐治は女房の肩にそっと手をおいた。

「おめえ、何を案じてるんだ。詳しい話はできねえけど、おれは別に命懸けの旅にでるわけじゃねえ。ほんとに、てえした用事じゃねえんだ。子どもの使いに毛が生えたほどのもんさ。へへっ、正直なとこを話しちまえば、遠野屋さんの仕事にかこつけて、物見遊山をさせてもらおうかってのがおれの腹内なんだ。だから、つまらねえ心配なんぞするんじゃねえよ。いてっ」

伊佐治は鼻を押さえ、小さく叫んでいた。おふじの指が鼻の頭を思いっきりつねったのだ。

「な、なにしやがんだ」

「嘘をついた罰さ」

「嘘？　おれが、いつ嘘なんかついたよ」

「たった今だよ。何が子どもの使いさ。何が物見遊山だよ。馬鹿におしでないよ。女房相手に、すぐばれるような嘘なんかついてさ。伊佐治親分の名前が泣くってもんだ」

「おい、おふじ、あのな」

「ただの物見遊山に行く男が、眠れないで夜中に一人、考え事をしたりするもんか。あんた、あたしが何にも知らないって思ってるのかい。舐めてもらっちゃ困るね」

おふじの眼差しは、まだ尖ったままだ。ちくりちくりと刺してくる。伊佐治は目を伏せるしかなかった。

女房の方が一枚も二枚も上手だ。まともにぶつかって、勝てるわけがない。

確かに、このところ眠りが浅かった。夜中にふっと目覚めてしまい、そのまま眠れなくなることも度々だったのだ。けれど、それは旅の行く末を案じてのためではない。遠野屋清之介の生国への旅に、自分などが同行していいのかと悩み、幾ら悩んでも同行の意志は僅かも揺るがないと気付く。そんな自分に当惑していたからだ。

おれは、何をしようとしてるんだ。

自問する。

清之介の道連れとなり、遥か西国まで旅をする。

何のために？

伊佐治の島は、本所深川界隈だ。御用で飛び回るとはいえ、大木戸の外に出ることなどめったにない。出る必要もなかった。出たいとも思わない。

伊勢参りや大山《おおやま》詣での講に誘われたことは二度、三度あったが、さして考慮するまでもなく断った。ぞくりぞくりと心を動かす人も仕事も事件も、全て江戸の内にある。伊勢にも箱根にも鎌倉にも、まして遥か上方など何の縁《ゆかり》係《かか》りもない……はずだった。

遠野屋によれば、大坂まで陸路をとり、そこから船に乗り込んでの旅になるという。大事《おおごと》だ。二月の上、いや、三月を越して江戸を離れることになる。そんな大きな旅に、なぜ、何のために出立しようとしているのか、伊佐治は自分にも、だからむろん、おふじにも太助にもおけいにも他の誰にも、きちんと説くことができないのだ。

それでも、決意は揺るがない。

おれは、遠野屋さんのお供をして西国に下る。

自惚《うぬぼ》れてはいない。

遠野屋にとって自分が必要だとも、同行して何かの役に立つとも思っていない。実際、足手まといにはなっても資することは少ないだろう。わかっている。

おれも遠野屋さんも木暮の旦那も、よく、わかってはいるんだ。

しかし、遠野屋はあっさりと伊佐治の同行を諾《うべな》った。

「親分さんとご一緒なら、道中、退屈せずにすみます」と。信次郎は信次郎で、珍しく乗り気な様子を示した。

「できるならおれも道行きの連れになりてえが、どうやっても無理だからな。親分が代りになってくれるなら御《おん》の字だ。ちっと無念じゃあるけどよ、親分に託すしかねえな」

役に縛られて動けない身を口惜しがってさえ見せたのだ。信次郎が素直に胸内を曝すのは珍しい。もっとも、口にした言葉が本当に胸内の思いかどうかは、怪しいものだが。

ともかく、伊佐治は今日、江戸を発つ。

「いいさ、好きにおしよ」

亭主の鼻を摘まんだ指を、おふじはひらひらと振って見せた。

「おまえさんの命なんだから、おまえさんの好きに使うがいいさ」

「おふじ、あのな……」

「あたしゃ、辛気臭い男が一番、嫌いなんだ。難しい顔して考え込んでるような亭主なんて、ごめんだからね。おまえさんの気が晴れるなら、上方だろうが蝦夷《えぞ》だろうが行っておいでな」

おふじが提灯の火を吹き消す。辺りは既に薄明るく、提灯をかざさなくても、互いの顔を見て取れた。

「そう……行っておいでな。ただし、あんたが留守の間に『梅屋』が繁盛して、御殿を建ててるかもしれないからね。帰ってきて、びっくりするんじゃないよ」

「そりゃあ、豪儀《ごうぎ》だな。楽しみなこった」

「こっちも、土産《みやげ》話を楽しみにしてるよ」

昇ったばかりの朝日がおふじの笑顔を照らす。さっき空に棚引いていた雲のように、おふじの輪郭が淡い金色に縁取られる。

「水と疲れと、女には重々気をつけなよ。西の女は優しげに見えて、情が強《こわ》いって聞くからね。ごたごたに巻き込まれるんじゃないよ」

「何言ってやがんだ。女なんかに構う暇も金もあるもんかい」

「そうだね。遠野屋の旦那が一緒なんだ。ごたごたの心配はいらないだろうね」

おふじがすっと身体を引いた。

「じゃあね」

短く息を吐き出すと、背を向ける。そのまま、足早に遠ざかっていった。

『梅屋』に戻れば、嫁のおけいが心配顔で、尋ねるだろう。

「おっかさん、おとっつぁん、どうだった？」

「どうだったって、何がさ？」

「元気に出立したの」

「したんじゃないのかい。あたしゃ途中までしか見送ってないからね、よく、わからないよ」

「長い旅になるよねぇ……」

「そうだね。しょうがないだろう。本人が行くってんだから。まっ、あんな鉄砲玉亭主、どうだっていいよ。江戸にいたって、行方知れずはしょっちゅうだったんだからさ」

「でも、あたし、やっぱり淋しくて」

「おけい。淋しがってる暇なんてないからね。ほら、もうすぐ太助が仕入れから帰ってくるよ。あたしは店の掃除をするから、おまえは角を掃いておくれ」

「はい」

「おけい」

「はい」

「今日も一日、よろしく頼むよ」

「はい。こちらこそ、おっかさん」

二人の女は白い襷《たすき》をきりりと締めて、動き出す。

敵わねえなぁ。

遠ざかり、小さくなり、ついに見えなくなった女房に向かい、呟いてみる。

どう足掻いたって、おまえにゃあ敵わねえよ、おふじ。

軽く頭を下げ、伊佐治は歩き出した。歩き出したとたん、身震いをしていた。

ここから先に、何があるのか。

遠野屋清之介は、生国で何をしようとしているのか。

伊佐治自身はそこに、どう拘わってくるのか。

何もかもが霧の中だ。

伊佐治は足に力を込め、江戸の往来を一歩、一歩、進んだ。

清之介は約束通り、日本橋の袂に旅支度で立っていた。供はいない。名の知れた店の主とは思えない、質素な出で立ちだ。

「遠野屋さん、お待たせしてしまって、申し訳ありやせん」

「いや、わたしも今、着いたところなので」

魚河岸からの帰りだろう片肌を脱いだ肴屋たちが、忙《せわ》しげに行き交っている。江戸の朝はもう、とっくに始まっているのだ。

「それでは、親分さん、まいりましょうか」

清之介が手に持った菅笠《すげがさ》を軽く振る。伊佐治は身を屈め、へぇと一言、返事をした。

日本橋から中ノ橋、南伝馬町《みなみてんまちよう》、銀座四丁目、竹川町と江戸を抜けて行く。陽はすでに明るく、頭上には澄んだ秋空が広がる。

「良い日和《ひより》になりやしたね」

「ほんとうに」

「遠野屋さん、お怪我をなさったんで」

清之介の手首に白い晒が巻いてあった。さっき、笠を振ったとき、ちらりと見えたのだ。

「ええ、三日ほど前に。掠り傷ですが。それより、親分さん」

「へい」

「今日は品川泊りになりそうです」

「品川？」

頓狂な声を上げてしまった。

品川宿は、日本橋から僅か二里の道程だ。このままいけば、昼過ぎには着いてしまう。

そこで、草鞋《わらじ》を脱ぐというのか。

「遠野屋さん、もしかして、あっしのことを気遣ってくださってるんで？　もし、そうなら、そんな心配はご無用ですぜ」

「いや、まさか」

清之介が笑いながらかぶりを振った。

「親分さんはいつだって、江戸中を走り回っていらっしゃるではないですか。わたしより余程、健脚なのは、よく存じておりますよ」

「それなら、何も」

「木暮さまの命なのです」

「うちの旦那の」

「ええ、品川宿の『上総《かずさ》屋』という旅籠《はたご》に泊れと」

「そこに泊ってどうするんです」

「木暮さまが、いらっしゃるそうです」

「旦那が！　けど、何のために……まさか、同行する気じゃねえでしょうね」

清之介は、また、かぶりを振った。今度は、笑ってはいなかった。

「それはあり得ないでしょう。定町廻りのご同心である木暮さまが、わたしたち町人のように容易く、旅立てるわけがありませんから」

「……で、やすねえ。それなら、なぜ？」

「授けるおつもりなのでは、ありませんか」

「授ける？」

「これから、わたしたちがすべきことの示唆《しさ》を授けようと、そうお考えではないでしょうか。なにしろ、怖ろしいほど研ぎ澄まされた鬼眼をお持ちのお方だ。わたしたちには見えぬものを見通していらっしゃるのでしょう」

清之介が深く息を吐いた。つられて、伊佐治もため息を吐く。


品川は東海道第一の宿駅になる。

桜の御殿山《ごてんやま》、紅葉の海晏寺《かいあんじ》、天王祭神輿《みこし》洗いで有名な品川神社と名所には事欠かない一方、飯盛女《めしもりおんな》の名目のもとに五百人を数える女郎をおく、一大遊里でもあった。

品川に近づくにつれ、潮の香りが強くなる。

凪《な》いで青い鏡を思わせる海面に、弁才船《べざいせん》が幾艘《いくそう》も浮かび、帆を白く輝かせていた。

「お客さん、お寄りなさいませ。旅の垢《あか》を落とすなら、うちが一番だよ」

「いえいえ、こちらへ、こちらへ。今なら、海の見えるお座敷を用意いたします」

「そこのお客さん。お客さんったら。ちょいと遊んでおいきよ。品川を黙って通り過ぎるなんざ、野暮の骨頂ってもんだよ」

日はまだ中天にあるというのに、客引きの女の声が喧《かしま》しい。吹き抜ける潮風のせいなのか、青々と広がる海のせいなのか、女たちは誰も生き生きと明朗に見えた。他の岡場所の女のように崩れた色香がない。

しかし、伊佐治は女より男の方が気に掛かっていた。

「遠野屋さん」

それとなく背後を窺い、清之介にそっと声をかける。

「ええ、わかっています」

笠の陰で清之介はうなずいたけれど、後ろを気にする様子は見せなかった。

「日本橋を発ったときから、ずっとつけられていますね」

「え？　そうだったんで。あっしは品川の手前で、ようやっと気が付きやしたよ。男ですね」

「ええ。男です。付かず離れず、ずっと後ろにいますよ」

背中に人の気配を感じたのは、品川の海が見えてきた辺りだ。やはり旅立ちの昂揚に、勘が鈍っていたのかもしれない。

「どうしやす」

「気にせずともよろしいでしょう」

「よろしいんで？」

「ええ」

清之介は落ち着いていた。尾行者などいささかも頓着していない。

「遠野屋さん、もしかして」

「はい？」

「後ろの男が誰か、ご存じなんで」

「ええ、知っています」

そう答え、清之介がふいに笑った。僅かに俯き、密やかに笑う。いつものことだが、遠野屋清之介という男は笑えば、妙に若やいで見える。たぶんそれが、実年に近い顔なのだろうが、普段、名の知れた小間物問屋『遠野屋』の主人としての、若さより成熟を感じさせる立ち振舞いに接しているだけに、唐突に剝き出しになる清之介の若げに、伊佐治はいつまでたっても慣れることができない。目にする度に、戸惑いを覚える。

よくよく考えれば、遠野屋清之介も木暮信次郎も息子の太助とほぼ同じ歳になる。頭ではわかっているけれど、そのあたりがどうも、すとりと気持ちよく、胸に落ちてはくれないのだ。

笑みを浮かべたまま、清之介が路地に入っていく。『上総屋』の在り処を予め調べていたのか、信次郎から指示があったのか、迷いのない足取りだった。もっともこの男の足が惑うことなど、めったにないのかもしれない。

「遠野屋さん。何がおかしいんです？」

さり気なく尋ねてみる。

「いや、後ろのお武家さまが、あまりに露骨につけて来られるもので、つい、笑ってしまいました」

「お武家？」

では、この気配は武士のものだったのか。

堪らず伊佐治が振り向こうとしたとき、手首を摑まれた。細い女の指が食い込む。

思わず声をあげそうになった。

「お客さん、一休みしていらっしゃいよ」

顎の尖った小さな顔がすぐ目の前にあった。白粉の匂いが鼻の奥まで入り込んでくる。

伊佐治は声をあげる代りに、くしゃみを連発してしまった。

「お客さん、いい男だねえ。あたしゃ一目で惚れちまったよ。どうだい、波の音を聞きながら女と寝るのも乙なもんだよ。あたいが夢見心地にしてあげるからさ」

「いやいや、勘弁してくれ。おれは、これから先の長《なげ》ぇ旅なんだ。品川女郎を相手にしてる暇なんざ、ねえよ」

伊佐治がまといつく手を払った瞬間、女の眼が険しくなった。

「おや、言うじゃないか。ふん、爺のくせに、上総屋のお蔦《つた》姐さんを舐めるんじゃないよ」

「上総屋？」

清之介を見やる。若い女二人にもたれかかられながら、既に笠を取っていた。左右から腕を絡めようとする女たちを巧みに避けて、看板を指差す。

旅籠、飯　上総屋。

と掠れた黒文字の看板が潮風に揺れている。

「どうやら、ここのようですね、親分」

「親分？」

女たちのくねくねとした動きが止まった。

「そうさ。こちらはお上の御用を預かる親分さんだ。今日もお役目での旅になるんでね。お姐さん方、商売熱心なのは感心だが、あまり親分さんの邪魔をしないが得策だぜ」

清之介の一句に女たちが身を引く。

女郎たちは概して、〝お上〟という言葉を忌《い》む。それが自分たちを決して守ってくれないことを、むしろ、害するものだということを骨身に染みて知っているのだ。

お上とは剣呑で面倒なものだ。剣呑なものには近づかない。面倒事には手を出さない。お上も男も易々と信用してはいけない。男を信じるなら命をかける覚悟をする。

女たちは生きて行くために、さまざまな智恵と決め事を己の内に刻みこむ。

遠野屋がお蔦と名のった女の手に、金子を握らせた。

「お蔦姐さん、すまないが、木暮信次郎さまの客だと女将《おかみ》さんに取り次いじゃあ貰えねえか」

お蔦の眼から険が消えた。

「いいともさ。お安い御用だよ。おや、あんた、よく見るとずい分、いい男じゃないか。あんたも、お上の御用聞きなのかい」

「いや、おれはそこまでの器じゃないね。ただの商人さ」

「そりゃあ願ったり叶ったりだ。どう、今夜、このお蔦さんの客にならないかい。たっぷり楽しませてあげるよ」

「そうだな。仕事が早く仕舞えたら、姐さんに相手をしてもらうのも悪くはないな。そのためにも、さっさと取り次いでくんな」

「あいよ。すぐに、女将さんを呼んできてやるよ。中で待ってな」

お蔦は白粉焼けした顔に笑みを浮かべ、店に入っていった。清之介と伊佐治もその後に続く。

上総屋の店内は薄暗く、潮と化粧と干した魚の匂いが綯《な》い交《ま》ぜになって漂っていた。土間があり、板場《いたば》があり、狭い階段がある。いかにも場末の遊女屋という風情だ。それでも、小女が水の張った盥《たらい》を運んできて、草鞋の紐を解いてくれた。二里を歩いた足には、冷えた水が心地よい。

「うちの旦那の好きそうな店でやすね」

「そうですか」

「へぇ。きっと女将ってのは、暗《くれ》え眼をして、陰気だけどどことなく色っぽい、痩せぎすの女でやすよ」

「それが、木暮さまのお好みなのですか」

「旦那に好みなんてありゃあしませんよ。女であろうと、男であろうと他人を好くなんてお方じゃねえですから。ただ、選ぶのなら陽気で太り肉《じし》の女より、暗くて色っぽい女だってのは確かでやしょう」

「人を好く方ではない……ですか」

「へぇ。ですから、所帯を持つなんざ金輪際、あり得ねえでしょうねえ。あのお方は独りが一番性に合ってるんでやすよ。他人が纏わりついてくるのが鬱陶《うっとう》しくてならねえんだ。かといって、自分のことは好いているのかというと、そうでもねえ。心ってものが、つるつるなんですかね。氷みてえに」

「でも、親分さんだけは例外中の例外なわけですね」

「あっしが？　とんでもねえ」

はたはたと手を振ってみる。

信次郎が自分のことをどう思っているか、考えたこともなかった。嫌ってはいまいが好いてもいまい。重宝な手先だと喜んでいるのか、小うるさい爺だと疎《うと》ましく感じているのか。どちらにしても、下駄の鼻緒ほどにも気にかけてはいないはずだ。

「おまたせいたしました。上総屋の女将でございます」

明るい声がした。

奥の薄闇から、豊頬《ほうきょう》で涼やかな目元の女が現れる。色が抜けるように白いので、闇に開く花のようだった。

三十を幾つも出てはいないだろう。目元にも口元にも、まだ十分に若さの名残を留めている。

「上総屋の女将、仙《せん》でございます。お待ち申しておりました。木暮さまは先にお着きでございます。ささ、おあがりください」

お仙と名乗った女は、きびきびと小気味よい物言いをした。暗さも過剰な色気もない。むしろ、さっぱりと乾いた気性のようだった。

「こちらでございます」

お仙が先になり階段をのぼっていく。裸足の足裏が滑々《すべすべ》と美しかった。

「違いましたね」

清之介が耳元に囁く。

「へぇ、見事に違《ちげ》ぇやした。どうも、うちの旦那だけは何もかも掴みどころがござんせんよ」

「確かに、底の深いお方ではありますね」

「深いんじゃなくて、曲がってんですよ」

声を潜め、清之介と言葉を交わす。

お仙は廊下の突き当たりの部屋に二人を案内した。

「うちで、一番見晴らしのいいお部屋なんですよ。木暮さま、お客さまがお見えになりました」

お仙が障子戸を開けると、潮の香りが一際、強くなる。確かに見晴らしの良い部屋だった。海と路地に向けて窓があり、海側だけが大きく開かれている。そこから潮風が吹きこんでいた。

袖ケ浦《そでがうら》の水面は光を弾いて煌めき、眩《まばゆ》い。窓の外に枝を張り出した松の緑が煌めく青と鮮やかな対《つい》をなしていた。

信次郎は、胸元をはだけた着流し姿で壁にもたれかかり、一人、酒を飲んでいる。ちらりと二人を見上げ、

「遅かったな」

そう言い、また杯を口に運んだ。

「旦那はいつから、こちらに」

「昨夜からだ」

「昨夜？　昨夜は品川にお泊りだったんで」

「そうさ」

「何のために、わざわざ、品川なんかに」

「何のため？　おいおい、親分。野暮なこたぁ言いっこなしだぜ。ここは南蛮、品川宿だ。泊ってやるこたぁ一つだろう。昨夜はずい分と女将に世話になったわけよ。なぁ、女将」

お仙の頰に血の色が浮かぶ。小さな耳朶まで紅色に染まった。紅潮した頰のまま、信次郎の膝をぴしゃりと打つ。

「何を言ってるんですか。それより、お膳はどうします？　お酒が要りますか」

「いや、無用だ」

信次郎が唐突に立ち上がる。窓の障子を手早く閉める。

「こちらが呼ぶまで、近づかなくていい。客も女郎も二階に上げるな」

「心得ました」

お仙は軽く頭を下げると、足早に座敷を出て行った。

「旦那、あの女将、お武家の出なんで？」

「わかるかい、親分」

「わかりやすね。立ち居振舞いが町人のものじゃねえ」

「ふふ。さすがだな。そうさ、お仙は元は侍の女房だった女だ。亭主がつまらねえ事件に巻き込まれて、腹を切っちまってな。さんざん苦労した挙句、今じゃ、女郎屋の女将に納まってる。まっ、武家の奥方と女郎屋の女将に、さほどの違いはねえだろうが。けどな、今はお仙のことなど、どうでもいい。遠野屋、どうでえ。やはり、つけられていたか」

「はい」

清之介は路地側の窓に寄り、外を窺う。

「伊豆小平太さま。木暮さまも親分さんも、遠野屋で出会っておられますよ」

伊佐治はそっと身を乗り出し、路地を見下ろしてみた。旅姿の大柄な侍が『上総屋』の前で女たちに捕まっていた。

「止めろ、おれは忙しいのだ」

「忙しいから遊ぶのが、粋ってもんじゃないか」

「ほんとほんと、お侍さん。あたしと遊んでおくれよ。あんた、いい身体をしてるねえ。あっちの方も馬並みかい」

「放せ。止めろ、どこを触っている。無礼者が」

「馬鹿だねえ。品川女にただで触ってもらえるなんて、果報ってもんじゃないか。ほらほら、気持ちよくさせてあげるから」

「止めろというのがわからんか。叩き斬るぞ」

女たちの嬌声《きょうせい》と小平太の喚《わめ》き声が座敷まで届いてくる。

「なるほど、こりゃあ、笑っちまいますね。それにしても、でけえお人だ。あれじゃ、どこにいても目立ちやすね」

「あの瑠璃を腹に押し込んでいたという若者の兄上になる方です」

「え？　では、あっしたちの後をつけていたんじゃなくて、弟さんの仇を討つために旅を？」

「いえ、そうではありますまい。わたしたちが何をするか見届け、場合によっては、それを阻む。それが第一の目途のはずです」

「場合によっては斬れと、命じられているのさ」

信次郎が酒を飲み干し、薄く笑った。

「まっ、品川女郎相手にあたふたしているようじゃ、とても、おまえさんの相手にはなるまいがな。で、遠野屋」

「はい」

「その手はどうした？」

信次郎はもう笑んではいなかった。むろん、酔ってもいなかった。酒にも人にも情にも酔うような男ではない。

清之介は荷物を脇におくと、黙って白布を解き始めた。手の甲の半ばあたりから手首にかけて斜めに三寸ほどの傷が、まだ薄く血を滲ませて走っている。

「刀傷か」

「はい」

「切っ先が掠ったわけだ」

「避け損ねました」

「避け損ね？　おぬしがか？　ふふ、また、耄碌《もうろく》したもんだ」

「確かに、あの程度の刃が避けられぬようでは、いささか心許なくはございますな」

「どういう経緯《いきさつ》でぇ」

信次郎が手酌で酒を注ぐ。

女の嬌声と潮騒と松籟《しょうらい》が混ざり合い、縺《もつ》れ合い、座敷に流れ込んでくる。喧騒《けんそう》の中で、三人の男は暫く無言のまま向かい合っていた。

闇の動く気配が近づいてくる。

かたり。

雨戸の開く音がした。

「四人か」

小平太が呟く。

「五人です」

五人だ。

「どちらにしても、たいした数ではないな」

小平太は鯉口を切ると、僅かに腰を浮かせた。

夜風が吹きこんでくる。縁を踏む足音が耳に届いてくる。

一人、二人、三人、四人、五人……。

小平太がするりと動いた。闇をはらうように、抜刀する。ほとんど同時に悲鳴があがった。障子に血潮が飛ぶ。覆面をした男が一人、座敷内に転がり込んできた。身体を激しく痙攣させている。

容赦ないな。

刃のぶつかる音と男たちの怒声を聞きながら、清之介はまだ座していた。

伊豆小平太は、容赦なく賊全員を斬り殺すつもりだ。弟の復讐のためにここに来た。

あの一言は偽りではなかった。

悲鳴が上がる。人の倒れる音がした。男たちが闇をまとったまま縺れ合い、座敷に雪《な》崩《だ》れ込んでくる。

血の臭いが濃くなる。

闇と血は相性がいい。睦まじい男と女のようだ。容易く融け合い、一つになる。

「あうっ」

小平太がよろめいた。血に足を取られたのだ。

「死ねっ」

賊の一人が刀を小平太めがけて、振り下ろす。鋭く、速い太刀筋だった。一瞬速く、清之介は賊の懐に飛び込んでいた。がらあきの隙だらけの腹にこぶしをめり込ませる。声も無く倒れ込んだ男の背後から賊が一人、襲いかかってきた。

身をよじり、刃を避ける。賊は勢い余って、たたらを踏んだ。その首筋に手刀を叩きこむ。

「あ、ああうっ」

最後の一人は奇妙な悲鳴をあげて、雨戸から外に逃げ出す。清之介はその後を追い、竹垣近くで追い付いた。

「お待ちなさい」

「うわっ、うわぁ。うわわ」

賊が叫びながら白刃《はくじん》を振り回す。切っ先が思いの外伸びたのか、右手に鋭い痛みを覚えた。その刃を掻い潜り、手首を摑むと力の限りねじった。抜き身があっけなく、土の上に転がる。それを拾い上げ、腕をねじあげたまま賊の鞘に戻す。

若い男だ。

とても、若い。まだ、前髪を落としたばかりではないのか。

こんな若者を刺客に使うのか。

「放せ、放せ、放してくれ」

若者が叫ぶ。

清之介は手を放し、軽く背を押した。それだけのことなのに、若者はつんのめり、転がる。

「お侍さん、あんた、人を斬ったことがあるんですかい」

返答はない。返答など、どうでもよかった。

「どれだけ腕が立つか知らねえが、道場での稽古と人斬りは、まったく別のもんだ。そこをよく、考えてみるんだな」

荒い息遣いが聞える。若者の震えが闇を伝って届いてきた。

「あんたを刺客に仕立てた偉いさんに伝えな。森下町の小間物問屋、遠野屋清之介がいずれ目通りしたいと望んでいる、ってな」

若者が跳ね起きる。そのまま、脱兎のように駆け出した。さすがに若い。若者だけの俊敏な動きだ。

座敷に帰ると、既に行灯が明々と点いていた。

四人の男たちが血の中に横たわっている。だれも、既に痙攣さえしていなかった。

「何も皆殺しにする必要はなかったでしょうに……」

「こいつらが弟を殺したのだ。寄ってたかって膾《なます》のように切り刻んだ。許しておけるものか」

「殺して、胸が晴れましたか？」

「晴れる晴れないではない。武士として、仇を討つのは当たり前だ。おれはやらねばならぬことを為したまでだ」

「やらねばならぬから、人を殺したと？」

「うるさい」

小平太は小さく舌打ちをした。

「刃が欠けた。人を斬ると、刀はすぐに使い物にならなくなるな」

力任せに斬りかかるからだ。人の骨に当たれば、刃零《こぼ》れするのは当然ではないか。手首、首筋、太股《ふともも》。速やかに人を殺そうと思うなら、そのあたりにただ一息、ただ一太刀を見舞うだけでいい。血のりも付かず、刃も欠けない。

息を呑む音がする。

おうのが目を瞠ったまま、立っていた。屍人のような顔色だ。目も口も鼻も、虚ろな穴のように見えた。この血の臭いが、色が届いているだろうか。

「おうのさん」

色の無い唇がわなわなと震える。

「これが現《うつつ》です」

あなたの、そして、わたしの。

おうのの身体がぐらりと揺れた。そのまま、清之介の胸に倒れ込む。びっしょりと汗をかいていた。

「おうのさん、『遠野屋』に参りましょう。あそこなら、こんなものとは無縁でいられます」

おうのが喘ぐ。喘ぎながら、微かにうなずいた。

「なーるほどね。それで死骸の後片付けは、間抜けな侍にまかせて、引き上げてきたというわけか」

「伊豆さまの後ろには兄がおります。死骸の片付けなど、雑作も無いことでしょう。今ごろはおそらく、畳や障子まで新しくなっているはずです」

どれほど新しくなっても、きれいに血が拭い去られても、おうのがあの家に戻ることはあるまい。

おうのは今、おとよという下女と共に『遠野屋』にいる。そこから、新たに生き直すしか途はないのだ。

清之介は傷の上に布を巻き直した。

「江戸のごたごたは、それで粗方《あらかた》、お終《しま》いになるだろうよ。で、これからは、こっちの方だ」

信次郎が懐から一枚の地図を取り出した。

清之介の生国、嵯波《さなみ》藩の地図だ。

第八章　朝《あした》の月

目の前に広げられた地図に、清之介は見入った。

川がある。

山がある。

町並みがあり、田畑が広がる。

人の営みの匂《にお》いと音が立ち上る。

けれど、それはすぐに揺らぎ、淡々と消えてしまった。かわりに、清之介の耳に聞え、眼間《まなかい》に浮かんだのは、商家の賑わいや人々の姿だった。江戸のものだ。抱え職人たちの鑿《のみ》や小槌《こづち》の音、算盤の響きや、奉公人たちの声。

「おや、留蔵《とめぞう》さん。久方じゃないか」

「これは、おみつさん。ごぶさたで」

「この一月ばかりどうしてたのさ。また、おかみさんに逃げられて、お里に迎えにでも行ってたのかい」

「まったく、相変わらずきついねえ」

馴染みの荷運び人夫とおみつとの遠慮ないやりとりや、客を相手にした手代たちの丁寧な物言い。

「これはこれは美津《みつ》屋の旦那さま。おいでなさいませ。いつもご贔屓いただいてありがとうございます。何かご入り用なものがございましたか」

「さる女に簪を一本、用立てたいのだがね。どれが手頃なのか……」

「お若い方でございましょうか」

「若いんだよ。女房よりも二十も若い。娘ぐらいの歳になる。若い女の好む簪……すまんが、あんた見立ててくれんかね」

「かしこまりました。何本か見繕いましょう」

「頼むよ。あまり値が張らず、粋な品がいい。遠野屋の簪がどうしても欲しいとせがまれてしまって」

玻璃《はり》の風鈴の奏でる涼やかな調べ、柘植《つげ》の挿《さ》し櫛を手にした女客の思案顔、打ち水に濡れた土の黒さ、大番頭喜之助の白髪混じりの髷《まげ》や手代信三の若々しい笑み、そして、娘おこまとおこまを膝に抱いたおしの……次から次へととりとめなく、しかし、鮮やかに浮かび上がってくる。

おこまは、昨夜、ひどくぐずった。

父親が旅に出るのを幼子なりに、察したのだろう。いつもはおしのに抱かれて寝入るのに、宵の五つが過ぎても清之介から離れようとしなかった。

幼子の温かさや重さは、まだ、膝にも手にも残っている。この旅の間中、ずっと覚えているだろう。

ほっと安堵の一息を、吐きそうになった。

だいじょうぶだ、引き摺られはしない。

江戸での暮らしは確かな根として、清之介を支えている。過去に、古里に、引き摺られはしない。

信次郎と目が合う。

吐息を呑み込み、地図に視線を落とす。

「これが千剛川」

信次郎の指が城下を二つに割って、やや西寄りに流れる川を撫でた。「この上流が山重とかいう、おぬしの乳母の出処になるんだな」

「はい」

「千剛ってのは、かなりの幅のある川だな」

「はい。千剛というのは城下から内海に注ぐまでの呼び名になります。その前に三つの大きな支流が合わさり、藩内一の大河となります。ただ、ところどころで川底がせり上がり、船の行き来には不向きだと聞いた覚えがありますが」

「ふむ。やはり目途はこの川か。それにしても、細けえ支流が多いな。まるで逆さ箒《ぼうき》だ。おぬし、どう出るつもりだ？　まさか、三十里近くある流れをことごとく浚《さら》うわけにもいくまい」

「木暮さまは、いかようにお考えでございますか」

信次郎の黒眸が動く。

「遠野屋、おれを試しているのか」

「滅相もないことです。木暮さまを試せるなどと、そこまで驕《おご》ってはおりません」

本音だった。

信次郎が信次郎らしい薄い笑いを浮かべる。

松籟が高くなる。

海からの風が部屋の中に、濃い潮の香りを運んできた。

「まずは確かめること」

薄笑いのまま、信次郎が食指を立てる。

「あの瑠璃がおまえさんの乳母の里とどう結びつくのか、はっきりさせなきゃならねえ」

「はい」

「そこが明らかになると、ずい分といろんなものが見えてくるんじゃねえのか」

「はい」

信次郎は笑みを消すと、小さく舌うちの音を漏らした。

「けっ、殊勝な面しやがって、そんなこたぁ、おぬしなら先刻承知の件だろうが。どういう手を打った？　そこんとこを聞かせてもらおうじゃねえか」

清之介もまた、口の端をあげて笑いそうになった。

聞かせてもらおうじゃねえか、とは、笑える。おれの動きなど、それこそとっくにお見通しのくせに。

信次郎が物憂げに、息を吐き出した。伊佐治は身を乗り出し、全身で清之介の話を聞き取ろうとする。

この老岡っ引きはいい。

老獪《ろうかい》でありながら、一本気で生真面目で、度量が大きい。人を受け入れる間口が広いのだ。信次郎の底知れなさとはまったく別の意味で、人間が深いと感じる。

「吉井屋さんを通じ、城下に伝手《つて》を探りました。今のところ、わたしのやったことは、それだけです」

「吉井屋！」

伊佐治が腰を浮かせた。

「吉井屋ってあの海辺大工町の、でやすか」

「ええ」

「若侍の遺体を引き取りにきた搗き米屋の……」

「そうです」

「遠野屋さん、吉井屋をご存じだったんで」

「いえ、吉井屋という大店の名前はむろん知っていましたが、それだけのことです」

「けど、伝手というのは」

「吉井屋さんは、元が嵯波の出身。城下に遠縁の家が残っているとか。まずは、そこに顔を出すよう言われました」

「けど、遠野屋さん」

腰を浮かせたまま、伊佐治が手を横に振った。

「吉井屋ってのは、その、今井なんとかって城代家老に繋がってる商人でやすぜ。だからこそ、偽ってまで遺体を引き取りに来た。つまり、敵方じゃねえですか」

「敵、味方と人を分けるのは、お武家の、それも政の中枢に座る方々のなさること。わたしたち町人には何の拘わりもありません」

「拘わりのあるのは、儲《もう》け仕事だけか」

信次郎の一言をやんわりと換言する。

「商いだけでございますよ、木暮さま」

「ふふん。何をどう言い換えたって、同じさ。執政たちが己の保身や権勢を伸《の》すことに躍起になるのと、商人が銭儲けに走り懐を膨らまそうと血眼になるのと、どこが違うよ。おぬしが吉井屋に何をどう語り、どう説得したかは知らねえ。けどよ、吉井屋が瑠璃を前にして、莫大な儲けの胸算用をしていた、それだけは手に取るようにわかるぜ。おぬしが、その辺りを巧妙に突いたのもわかる。今井は、吉井屋と結託して地元でも江戸でも甘い汁を吸い上げようとしているんだろうが、吉井屋だとて利用されるだけの間抜けではないってこった。大きな儲けの臭いがするなら、敵も味方もねえ。右に左に、前に後ろに、どちらにでも転ぶさ」

清之介は息を詰め、信次郎をまじまじと見詰めた。

「なんだ、その面ぁ？　おれの言ったことが不服か」

「いえ。ただ、木暮さままでも的を外すことがあるのかと、いささか驚いた次第です」

「的外れ？」

信次郎の眼が細められる。頰に僅かに血が上った。

「木暮さま、商人は儲けのために動きます。けれど、儲けのためにだけ動くわけではありません。町人にも信義はございます」

「信義だと？」

「はい」

「おもしれえことを口にするじゃねえか、遠野屋。信義も大義も道義も、とうの昔に廃《すた》れた俗謡みてえなもんだぜ。古びて役にもたたない代物《しろもの》さ」

「そうでしょうか」

「あたりめえだ。何を寝惚けてやがる」

「木暮さま、正直に申し上げます。わたしは千剛の上流から、いや、藩内のどこからも瑠璃の鉱脈が見つかるとは思うておりません。それは、あまりに浮世離れした話です」

「あくまで新生の手立てとして、生国に足を踏み入れると言いてえのか」

「いえ。わたしなりに思うところはあります。あくまで商人の足で歩き、眼で見たい土地でございますから」

「どういう意味だ？」

「お伝えするには、まだ早過ぎるかと」

「けっ、ここまできて、勿体《もったい》をつけてくれるもんだぜ。では、商人同士、そのあたりは腹を割って話したわけか」

「はい」

清之介は口をつぐみ、目を伏せた。

吉井屋の主、十蔵《じゅうぞう》の商人らしからぬ日に焼けたいかつい顔や、肩幅のある逞《たく》しい身体つきを思い浮かべる。

歳は六十あまり。肌は弛《ゆる》み、白髪の目立つ老人だった。ただ、双眸《そうぼう》だけは黒々と艶があり、それが、吉井屋十蔵に若く張り詰めた風情を与えている。

「遠野屋さん」

これも商人らしからぬ濁声《だみごえ》で、吉井屋はぼそぼそとしゃべり始めた。清之介の話を一言も漏らさず聞き終えた後だった。

「わたしは、元々、ご城下は十日町《とおかまち》の生まれです。十蔵という名は、そこから付けました。ええ、江戸に出てから自分で名付けたものです。わたしの祖父も父も御用商人として藩政と深く繋がってきました。持ちつ持たれつ、豪商と執政の面々との、どのお国にでもある繋がりを代々、保ってきたというわけですな。あなたはご存知ないかもしれませんが、吉井屋といえば、かなりの名の通った大店でございましたよ」

「存じております」

清之介が物心ついたころ、吉井屋は既に身代《しんだい》限りとなり藩内から消えていた。しかし、城下一の豪商として栄えた吉井屋の名は、すげや女中たちから度々聞かされていたのだ。むろん、幼い日に耳にしたうわさ話、昔語りなどとうに忘れ、思い出すこともなかったのだが。

伊佐治から遺体の引き取り人の名を聞いた刹那、海辺大工町の搗き米屋とあの吉井屋が、清之介の中で繋がった。

繋がったからこそ、出向いてきたのだ。

吉井屋が生粋の江戸商人ではなく、まだ根を幾らかでも生国に残しているのなら、賭けてみる価値はある。

「遠野屋さん、あなた、宮原さまの御子《おこ》だと言われましたな」

「遺孽《いげつ》にございますが」

「お母上が、どのような身分であっても、宮原さまの御子であることに変わりはございませんでしょう」

さて、どうなのだろう。

清之介は少し皮肉な心持ちになる。

あの広大な宮原家の屋敷の内でだれが、おれを宮原忠邦《ただくに》の子として認めていたのか。兄者とすげと……他はいまい。父上でさえ、我が子とは思うてなかったはずだ。

「これをごらんなさい」

吉井屋が袖をめくる。剝き出しの腕に矩形《くけい》の引き攣《つ》れができている。

これは、焼き印？

「宮原さまと今井さまは、すさまじい政争を繰り広げ、結局、宮原さまが今井さまに代り、執政の中枢に昇られた。それまで、わたしどもは今井さまと繋がり、様々に便宜をはかっていただき、それに見合うだけのお返しをしておりましたよ。政を司る者と商人は、おそらく、いつの世も同じような拘わり方をしてきたのでしょうな。今までも、これからも。ともかく、わたしたちは今井さまのおかげで身代を太らせ、今井さまはわたしどもの金で懐を肥やされた。宮原さまは、それをお赦しにならなかったのです。今井さまに繋がる全てをご城下から一掃しようと決めておられたのでしょう。それはそれは熾烈《しれつ》を極めた取り調べ、処分を断行なさいました。吉井屋もむろん、見逃されるわけもなかった」

吉井屋はそこで一口、茶をすすった。「苦いな」。一言呟く。

「わたしたちは全ての財産を没収され……その中には、藩に貸し付けていた三千両も含まれておりましたが、家、屋敷をとりあげられ、罪人の証として、この焼き印を賜りましたよ。自分の肉の焦げる臭いをあのとき初めて嗅ぎました。その月の内に、わたしたち一家は所払いとなり、領内から追い出されたのです。親父は所払いの前日、庭の井戸に飛び込み命を絶ちました。おふくろが数年前に他界していたのだけが、まぁ、救いと言えば救い。そんな有り様でしたなぁ」

吉井屋の濁声には怨みも憤怒も混じっていなかった。昔語りをする古老のように、淡々とした口調だった。

「いや、別に宮原さまを恨んでいるわけではないのです。政とはそういうもの。非情だからこそ、成り立つものなのでしょう。吉井屋も盛りのころは、それはもう良い目を見させていただきましたからな。それに、今井さまが返り咲かれてからは、この江戸においても、何かと目をかけていただきましたしな。おかげで、今、この吉井屋があるわけですから」

「帰りたいとは思われなかったのですか」

「思いませんでしたな。嵯波に帰れば、また、藩政と深く拘わりあわねばならなくなる。身代が大きくなればなるほど、政と無縁ではいられなくなります。その点、江戸は良い。ここでは、吉井屋など雑木の一本にしか過ぎません。雑木だから、好き勝手に根を張り、枝を伸ばしていける。今、ひとたび、藩内で抗争が起き、今井さまが失脚なさっても、吉井屋はさほど手傷を負わずにすみます。栄枯盛衰、栄えがなければ枯れもせず、盛りがなければ衰えもせず、です。遠野屋さん」

「はい」

「政とは怖ろしいものです。商人は、付かず離れず程良い間合いを見定めなければなりません。べたりと癒着しても、かけ離れてしまっても、商いは成り立たない」

「はい」

「けれど……このごろ、わたしはやっとわかった気がするのですな。商人が、本当に見なければならぬのは政ではなく、人なのだとね。店に足を運んで下さるお客さま方、あなたの場合なら品を作りだす職人衆、わたしの場合なら、米を作る百姓衆。目を向けるべきは、そこでしたよ。わたしも、わたしの親父も、見るべき人たちをすっぽり抜かして、吉井屋の身代を太らすことだけに邁進《まいしん》してきた。この、焼き印はその戒《いましめ》だと今では思えるようになりました」

戒。自分の口にした言葉が疼《うず》くかのように、吉井屋十蔵は低く呻いた。

「わたしがこの歳でやっと摑んだ真を、あなたはその若さで、既に知っていらっしゃる。大したものですな。遠野屋というお店が、僅かの年月で世に知られるまでになった。その理由がようく、わかりましたよ。なるほどと、納得もいたしました」

「畏れ入ります」

「ただ、まだ甘い」

吉井屋の弛んだ瞼《まぶた》がひくりと動いた。眼差しが、尖る。

「どのように言葉を並べてもね、遠野屋さん。商いは、儲けてこそ商い。商人は利を生み出してこそ、商人と呼べるのです。それを揺るがすわけにはいきません」

「はい」

「あなたの話に乗れば、わたしにどれほどの儲けを約束して下さる？　どれほどの利を信約して下さいますかな」

清之介は吉井屋の眼差しを受け止め、気息を整えた。

「巨万の富か一文にもならぬか、そのどちらかです」

「それは、また……無茶ですな。まるで答になっておりませんよ」

「無茶は承知で申し上げました」

「あなたの提案は、商いの枠を越えております。商いではなく、大きな賭けだ」

「まさに。けれど、勝算のない賭けではないはずです」

吉井屋がまた、低く唸った。

「一つ間違えば、店が潰れますぞ、遠野屋さん」

「店は、わたしの命です。潰しはいたしません」

「なぜ、そこまでなさる。あなたは、古里を捨てた身だとおっしゃった。それなら、なぜ……」

「試す価値があるからです。商いのために、人のために、試す価値がある。瑠璃の導きだと、わたしは思うています」

「瑠璃の導き……」

吉井屋は腕組みをしたまま、暫く目を閉じていた。暫くの瞑目の後、目を開け、腕を解き、一言、

「よろしいでしょう」

と、口にした。そしてまた、束の間、黙り込む。それから、ふいに軽やかな口調で問うてきた。

「遠野屋さん、あなた、お子は？」

「娘が一人、おります」

「お幾つで？」

「三つです」

「可愛い盛りですな」

「あ、はい。いや、あまり親馬鹿を曝すのもお恥ずかしい限りですが、ときに蕩《とろ》けるような心持ちにさせられます」

「でしょうな。残念なことに、わたしには子がいない。亡くなった女房にも、後添えにも、他の女にもできないところをみると、わたしに子種がないのでしょうよ。吉井屋もわたしの代で終りです。ずっと、そう考えてきました。その最後に、大きな賭けに出るのもおもしろいかもしれませんな」

「では、吉井屋さん」

「ええ、あなたに賭けてみましょう。宮原さまの血を引くあなたにね。わたしどもから全てを奪ったお方の子に賭ける。それも、人の世のおもしろさでしょうな」

清之介は無言で、頭を下げた。

「江戸吉井屋はわたし一代で築いた身代だ。無茶に散らすもよし、大輪に咲かせるもよし、全て是、よし、です」

下げた頭の上から、吉井屋の豪快な笑いが降り注いできた。


「遠野屋、おぬし、何を企んでいるんだ」

信次郎が音高く舌を鳴らした。

「江戸では、自分の昔日を見定めるだの、瑠璃の謎を解くだの御託《ごたく》をならべたがよ、おぬしが見ているのは来し方ばかりじゃあるめえ。むしろ、行く末……これからに目が向いているんじゃねえのか。まっ、こちらがどう尋ねても、答えやしめえがよ。おれに言わせれば、商人の信義など嗤うしかねえ代物、がらくたでしかねえ。どのみち、瑠璃に代る儲け仕事を嗅ぎあてたんだろうが。おぬしも吉井屋もな」

「木暮さま」

「何だよ」

「わたしは、伊豆さまの弟御の無念を晴らしたいのです」

「……今井を斬ると……そんなわけがねえな。そんな容易い仇討ちをおぬしが選ぶわけもないか」

信次郎は肩を竦め、壁に凭れかかった。

「まあ、いい。好きにするさ。どっちみち、おれはここから先には行けねえ。けどよ、遠野屋。あまり夢は見るなよ」

「夢、でございますか」

「夢さ。人が無為に死なぬ世の中を商いの力で作る。嗤うしかねえような夢、ほら話の類《たぐい》だぜ」

どんと胸を突かれた気がした。あるいは、背中から一太刀を浴びせられたような気が……。なぜ？

胸の内に波が立つ。肌が粟立つ。背筋に悪寒《おかん》が走る。

なぜ？　吉井屋以外には誰にも漏らさなかった胸襟《きょうきん》の秘め事を、この男はこうも易々と見抜いてしまうのか。

人ならぬ鬼の眼をどこに隠し持つのか。

幾度、経験しても慣れない。見抜かれる度に怖《お》じてしまう。

頬から血の気が引いて行くのがわかる。冷えて強張った頬の、指先の震えを必死に抑える。

なんて面だと嘲笑《あざわら》うかと思ったが、信次郎は無表情のままだった。

「脇差一本ぐれえは、携えていきな。誰かを生かすためには誰かを殺さなきゃいけねえ、獣でも人でも同じ。それが理《ことわり》ってもんさ。おぬしみたいに、頑《かたく》なに刀を拒んでいちやぁ、いずれ命を落とす。己の身一つ守れなくて、夢もへったくれもねえだろう。生き残って初めて大口がたたけるってもんだぜ、遠野屋」

「ああ」

伊佐治が不意に頓狂な一声をあげた。

「何だよ、親分。藪から棒に」

「やっと、わかりやした」

「だから、何がだよ」

「旦那が、あっしたちを品川宿で足止めしたわけでやすよ。今の科白を遠野屋さんに伝えたかったからでやすね」

「はぁ？　親分、昼間っから、なに寝惚けてんだ」

「違うんで？」

「違うに決まってんだろう。馬鹿馬鹿しい。ここに呼んだのは、お仙に逢う口実が欲しかったのが七割、この地図を餞別《せんべつ》代りにくれてやるためが一割、あとの二割は旅の出立をここで祝ってやろうって腹づもりさ。この店、海からあがったばかりの貝、魚を使って、わりに美味い料理を出すからな。たっぷり食って、その気がありゃあ潮の香りのする女を抱いて、旅路の厄払いにするがいいぜ」

「へぇ、旦那が奢《おご》ってくれるんで」

「馬鹿言え。なんでおれが、奢らなきゃならねえ。そんな義理はねえよ。掛かりは全て遠野屋が持つに決まってんだろうが」

「それじゃあ、ただの集《たか》りじゃねえですか。餞《はなむけ》にもなにもなってねえですぜ」

「知るかよ。そんなこと」

信次郎が横を向く。

一瞬、ほんの一瞬だが、拗《す》ねた子どもの横顔に見えた。

よかった。このお方も人なのだ。

鬼ではない。

何だか安堵してしまう。

そんな風に動く己の感情を清之介は、おかしくも楽しくも感じていた。様々な、さやかな、細やかな情が自分の内で広がり、脈打っている。

おかしくも、楽しくも、清々《すがすが》しくもある。

夢を現《うつつ》に突き立てる。

夢という一筋の光で現を貫くのだ。

そういう生き方も悪くはあるまい。

清之介は、胸元に手をやった。すげの守り袋が入っている。色褪《いろあ》せた袋の中で、瑠璃は碧《あお》く輝いているはずだ。

女たちの嬌声が一際、高くなった。秋の陽は、落ちるのが速い。まだ、中天にある陽も直に傾き、日暮れが始まる。女たちは聡く、夜の気配を感じ取り、男の袖を引く。

さて、伊豆さまはどうなされたか。

伊豆小平太に心を馳せる余裕が、清之介に戻ってきた。

明日、品川の大木戸を潜れば、長い旅が始まる。今度、江戸の地に戻ってきたとき、この身の内と外、なにがどう変わっているか。

楽しみではある。

「今井に逢うつもりか」

信次郎が物憂げな口調で問うてきた。

「上手く事が進めば」

「上手く進めるんだな。いいな、決しておぬしから動くな。今井から仕掛けてくるのを待つんだ」

「はい」

「おぬしは今井の手の者を斬った」

「わたしでは、ありませんが」

「おぬしだろうが、あの間抜けな大男だろうが同じよ。吉井屋を通じて、江戸は森下町の小間物問屋遠野屋清之介の正体が、宿敵の息子、あるいは弟であることは、既に今井の耳に入っているだろう。むろん、そのあたりはおぬしの算段に入っているよな」

「はい」

伊佐治が顎を引き、顔を顰める。

「けど、旦那。吉井屋さんは遠野屋さんの力になると約束したんですぜ。それなのに」

口をつぐみ、伊佐治はひょいと肩を窄めた。

「まっ、吉井屋ほどの商人が、そう一筋縄でいくわきゃあねえか」

「そうさ。吉井屋にすれば、遠野屋に肩入れはする。しかし、火の粉を被るのは御免こうむるってとこだろう。今井との繋がりを無下に断ち切るわけにはいかねえからな。だから、遠野屋清之介について知り得たことだけは注進する。反面、必要とあらば今井の動きもおぬしに知らせる。まぁ二重の間諜《かんちょう》って役だろうな」

「吉井屋さんには、はっきりそう言われました。今井さまを敵に回すつもりは毛頭ない。吉井屋の耳が聞いたことは、ある程度は今井方に筒抜けになると覚悟してくれ、と。わたしは、それでも構わぬと答えました」

「そうさな。公儀《こうぎ》の隠密じゃあるめえし。ばれるものはばれた方が、すっきりすらあな。吉井屋がなにをしゃべり、なにを黙しているか。その辺りも、ちゃんと摑んじゃいるんだろうな」

「はい」

「しかし、嵯波の領内に入ったら、当分の間はここに近づくんじゃねえぞ」

信次郎の指が地図の上、城を中心とした武家地に沿って動いた。

「知らぬ振りをするんだ。向こうが痺れをきらすまで、な」

「はい」

「今井も迂闊《うかつ》には手を出してこないはずだ。あいつらは、まだ瑠璃を手に入れてねえ。当たり前だ、あの石はこっちが持ってんだからな。おそらく、瑠璃については碌《ろく》に何も知っちゃあいねえんじゃねえか。出処も、どんな石かもな。だからこそ、じたばた動き回っている。若侍を斬り殺したり、おぬしの兄貴の隠れ家を急襲したり、とな。おぬしの動きを暫く静観するかもしれん。けど、それがいつまでも続くとは思えねえ」

「はい」

「ごく普通に商人遠野屋として動け。ただし、用心だけは怠るな」

「はい」

女たちの嬌声がまた響く。潮騒に負けぬ賑やかさだ。

「間抜けな大男のこたぁ気にすんな。死のうが殺されようが拘わらねえほうが得策だぜ。もっとも、向こうから拘わっちゃあくるだろうけどよ」

信次郎が立ち上がる。

「おれの言いてえことはそれだけさ。まっ、どっちにしても、おまえさんが動くことで今井方も兄貴方も、眼は全ておまえさんの生国に向く。お江戸は静かになるな。こっちに火の粉が飛んでくる憂いもなくなった。やれやれだぜ。そう言ゃあ、遠野屋。おぬしに預けた瑠璃、事が全て済んだあかつきには、返してもらうぜ」

「旦那。瑠璃をどうなさるんで」

伊佐治が信次郎の懐あたりに眼をやる。

「もらっとくさ。駄賃がわりにな。事が片付けば、瑠璃はただの瑠璃。禍《わざわい》の因《もと》にならねえと思えば、きれいな石塊《いしころ》じゃねえか。女にでもやれば、喜ぶだろう」

「仏さんの腹から出たものを猫糞《ねこばば》しなさるんで」

伊佐治が呆れたように首を振る。

信次郎は何も答えなかった。かわりに、大きく伸びをする。

「さて、湯屋にでも行ってくるか。今夜は美味い魚が食えるぜ、親分。楽しみにしてな」

そのまま、座敷を出て行く。

清之介は、着流しの背中に深く頭を下げた。

翌朝、大木戸の開くのを待って、清之介と伊佐治は品川を発った。

信次郎が『上総屋』の離れ、お仙の部屋で目を覚ましたのは、二人の旅立ちから二刻近くが経ってからだ。

「お見送りしなくて、よかったんですか」

身仕舞いをしたお仙が、遠慮がちに声をかける。

「そんなものは、どうでもいいさ。朝は女将と一汗流したかったんだ。男の見送りなぞ、願い下げだ」

「まぁ、木暮さま」

「おかげでいい汗、かかせてもらったぜ」

お仙の手首を握り、引き寄せる。胸の中に、女の細い、熱い身体が倒れ込んでくる。手のひらに、肉の重みが伝わってきた。

「木暮さま、止めてください。せっかく結った髷が……」

唇を強く吸うと、お仙の身体は柔らかく脱力し、さらに熱く重くなる。鬢付け油の匂いが揺れた。裾を割って手を入れると、肌は既に汗ばんで、信次郎の指に吸いついて来る。

「だめ……」

お仙は身じろぎし、太股を固く合わせた。

「これから、仕事があるんです。仕入れもしなきゃいけないし、女たちを湯屋に行かせなくちゃ……」

身を起こしたお仙の目元はうっすらと赤らんではいるが、眼差しは、女ではなく女将のものになっていた。

現を強く見据えられる眼だ。

「ほんとに、いつだって、女が好きなように扱えるなんて思わないでくださいよ」

「思っちゃいねえよ。女ほど扱い難い生き物はねえからさ。男の方がよほど、容易いぜ」

「どうだかわかりゃしませんよ。いつだって、ぶらりとやって来て、あたしの都合なんてお構いなしなんだから。三月も四月も顔を見せないと思ったら、ずっと居続けたりして……。ほんと、どうしてやろうかって思いますよ。憎い人」

お仙の黒眸に光が走る。

憎しみが閃いたのか、愛しさが溢れたのか。

「おれが居続けたら、女将が迷惑するだろうが」

「あたしが？　どうしてです？」

信次郎をちらりと見やり、乱れた髪を手早く直し、お仙はため息を一つ、吐いた。

「居続ける気なんかないくせに」

「もう一日はいるさ」

「あら、ほんとに？　本気にしていいんですか」

「いいさ。別に江戸に帰らなくても構わねえんだ」

帰っても、なにもねえしな。

心内で呟く。

江戸に帰っても、伊佐治も遠野屋もいない。

そう考えれば、自分でも驚くほどの倦怠を感じる。

二人は今ごろは西に向かってひたすら歩いているだろう。武士である身では、大木戸の先にはそう簡単に踏み出すことはできない。煩雑な手続きがいる。

僅かな扶持で働く下級役人でありながら、見えぬ幾つもの紐に繋がれて、思うがままに動けない。

息が詰まる。

女郎屋の主に納まれば、その紐を断ち切れるのか。

さて、どうだろう。

遠野屋は、己の力で己の縛《いましめ》を断ち切れるのか。

さて、それも、どうだろうか。

「お天気が続くと、いいですけどね」

お仙が窓の障子を開ける。

潮の香りと海音が強くなる。

「よしな」

信次郎は夜具に横たわったまま、眉を顰めた。

「あら、なぜです？　海の景色、嫌いじゃないでしょ」

「海の音を聞くと、また、女将を抱きたくなる」

「まぁ……」

お仙は頰を上気させ、障子戸を閉めた。閉める直前、海鳥の甲高い声が信次郎の耳に届いてきた。

妙に猛々しい、そのくせ物悲しい声だった。


清之介は大坂から海路を選んだ。

この時季、外海は荒れることが多い。しかし、大坂から内海に入る路なら、大きな荒れはまず、ない。

「船旅ってのは、初めてでやす」

駕籠と馬を使って、十日余りで大坂まで辿り着いた。強行ともいえる旅の疲れも見せず、伊佐治は目を輝かせた。

「まもなくですね、遠野屋さん」

「はい、まもなくです。内海は波が静かだ。そう、難儀な旅にはなりませんよ」

潮風に髪がなぶられる。

清之介も伊佐治も日に焼け、少し痩せた。

「温けえや」

伊佐治が両腕を伸ばし、内海の風を吸い込む。

「江戸じゃ、そろそろ冷てえ風が吹き始める時季だ。それなのに、温けえ」

「ええ、この辺りでは、めったに雪も降りませんしね」

海沿いは温かい。しかし、川を遡《さかのぼ》り、山に近づくにつれ気候は徐々に変わり始める。すげが言った。

「わたしめは、遠く山重の村の出でございますからな。ご城下よりよほど多く、雪が降ります。今ごろは人の背丈ほども積もっておりましょう」と。

すげの古里はもう秋の盛り、いや冬のとば口にあるのだろうか。

「もうすぐで、やす」

伊佐治が海の彼方を見詰める。凪《な》いだ海のあちこちに、小島が幾つも浮かんでいた。漁師の住処《すみか》らしい苫《とま》屋が幾つか寄り添うように建っている島も、明らかに無人だと知れる島もあった。

穏やかな風景の中を帆船が進む。

「もうすぐだ」

清之介は、風に向かって顔を上げた。

第九章　星消える

坂路を登り切ると、ふいに視界が開けた。

伊佐治は足を止め、眼下に広がる風景に目を細めた。

既に稲刈りの終った田に落ち穂を拾うのか、数人の影が動いている。藁《わら》屋根の百姓家が点在し、どの家からも薄く煙が上がっていた。そろそろ夕餉の時刻なのだ。

紅く葉色を変えようとしている木々の向こうに、黒い甍《いらか》の連なりが見える。遥か遠く、重なり合う山々の頂きが夕日を浴びて、朱と金色《こんじき》に染まっていた。

「これは、また、きれいな処でござんすねえ」

思わず知らず吐息が漏れていた。

美しい処だ。

風の柔らかさ、入日の煌めき、一日を終えようとする安息、人々の営み。風景の中に全てが含まれている。

豊かで、美しい。

伊佐治はふと懐かしさを覚えた。胸の奥底から懐古の情がじんわりと滲みだして来る。長い長い旅をして、やっと古里に帰りついたような心持ちになったのだ。

馬鹿な。そんな馬鹿なことがあるもんかい。

こぶしで胸を叩いてみる。

伊佐治は江戸生まれの江戸育ちだ。この歳になるまで、箱根より西へ足を踏み出したことはない。遠野屋清之介との旅が生まれて最初の、そして、おそらく最後の箱根越えとなるはずだ。

なのに、懐かしい?

何を寝惚けてんだよ。

自分を叱る。

「親分さん、お疲れでしょうがもう一息です。ここから一里も歩けば城下に出ます。そこで宿をとりますから」

遠野屋の言葉にふと我に返った心地がした。やはり、眼下の風景に心を半ば奪われていたらしい。ずいぶんと呆けた面をしていたのだろう。遠野屋はその顔様《かおざま》を疲れから来る放心と読み違えたのだ。

「あ、いえ。でえじょうぶです。あっしはくたびれてなんかいやせん。むしろ、何というかこう清々しい気持ちがしやすねえ」

「清々しい、ですか」

「へえ。江戸にいたときより、むしろ、身体の調子がいいくれえで」

強がりではない。言葉通りだ。

調子は極めていい。身体は痩せたというより引きしまった感がある。

「贅沢な旅をさせて頂きやしたからね。これで、調子を崩したりしたらお天道さまの罰があたりまさあ」

駕籠、馬、船。江戸を発《た》ってからこの出水《いずみ》峠と呼ばれる場所に立つまで様々な乗り物を利用した。

「できるだけ日数を切り詰めねばなりませんから」

遠野屋はそう言った。それはそれで嘘ではないだろうが、旅慣れていない伊佐治を慮《おもんぱか》ってくれたのも事実だと思う。一晩だけ茶店と宿を兼ねた一軒家に宿泊したが、後はどこも上等な旅籠に泊らせてもらった。

なにより旅の相方が上質だ。

遠野屋は饒舌《じょうぜつ》ではないが寡黙でもなく、何より聞き巧者だった。東海道を西へ向かう道中、小田原を過ぎたあたりで伊佐治は自分の身の上や家族、信次郎の父親右衛門についてあらかたしゃべり尽くしていた。気が付けば、女房のおふじとの馴初《なれそ》めや、亭主の估券《こけん》からおふじにさえ言えない愚痴や失敗談まで、滑々と口にしているではないか。

岡っ引きが稼業のようになってから、他人の話に聞き耳をたてることはあっても、自分のあれこれをじっくり語ったことなどなかった。誰かに聞いて欲しいとも望まなかったし、聞かせる話などないと思っていた。それが遠野屋といると、自然に口が緩んでしまう。聞いてくれる相手がいること、思いの丈をしゃべれることがこれほど心地よいとは知らなかった。

物見遊山の旅ではないとむろん強く胆に銘じてはいるが、二人旅の心地よさにふっと流されそうになったことが一度ならずあった。

「用心しなよ、親分」

その度に信次郎の声と顔が脳裡を過った。

品川宿を発つ前夜に、耳元で囁かれた声だ。

「遠野屋の手の内でいいように転がされるんじゃねえぜ」

「遠野屋さんが、あっしをいいように転がそうと思いますかね」

「ほら、それよ。そんな甘いこと考えてるようじゃ、これから先が覚束ないぜ」

「あっしのどこが甘いんで」

「遠野屋を頭っから信用しているところだよ」

「旦那……」

伊佐治は右の手を軽く握った。

「旦那はまだ、遠野屋さんを信用してねえんですかい」

「信用？　あいつの何を信じろって言うんだ」

「旦那、何度でも言いやすが、遠野屋さんはまっとうな商人、まっとうなお人でござんすよ。そりゃあ、昔にはいろいろとあったかもしれやせんが、大切なのは今がどうかってことで」

「違《ちげ》えよ」

信次郎が苛立たしげに舌打ちをする。

「なに見当違いの戯言《ざれごと》をしゃべってんだ。おれは人柄や生き方の話をしてんじゃねえ」

「じゃあ何なんで」

「さぁ何なんだろうな。おれも、よくわからねえ。よくわからねえが感じるんだよ。あいつは、この世の誰よりも剣呑な男だ。あいつ自身がどう生きようと、どう心を定めようと拘わりなく、な。前にも言ったろう。あいつは死を引き寄せる。用心しなよ、親分。どれほど用心してもし過ぎるってことはないぜ」

信次郎はいつもの薄笑いを浮かべていなかった。生真面目に引き締まった表情で言ったのだ。

用心しなよ、親分。

その顔が声が、伊佐治を現に引き戻す。

旅の心地よさにふと緩む心を鞭打つ。

「あぁそうか」

思わず声をあげていた。

「旦那がいねえからだ」

「え？」

遠野屋が問うように首を傾げる。

「このところずっと旦那が傍にいねえんで、それも調子のいい事訳《ことわけ》の一つですよ、遠野屋さん」

「なるほど……と、納得してもいいもんでしょうかねえ」

遠野屋が笑う。

峠の下から風が吹き上げてきた。江戸の風のように肌を刺す強さはない。柔らかく、仄かに花の香りさえ孕んでいる。

伊佐治と遠野屋は花香る風の中を嵯波藩城下へと下って行った。

「着きました。今夜の宿です。当分の間、ここに逗留することになりますから」

遠野屋が振り返る。

「へぇ、けど……」

伊佐治は意外な心持ちで網代垣《あじろ》の仕舞屋を眺めた。

軒《のき》で瞬く掛け行灯の明かりが、掃き清められた前庭や玄関先を淡く照らし出している。地味な造りだが上等な家屋のようだ。

遠野屋が戸を開けおとないの挨拶《あいさつ》をすると、廊下の奥から五十がらみの老女が現れた。

「江戸から参りました遠野屋清之介と申します。これから、こちらでしばらくご厄介になります」

「へぇ、お待ちしておりました。どうぞ、草鞋《わらじ》を脱ぎんして。今、濯ぎ水をお持ちしますでな」

老女は里言葉らしい円《まろ》やかな物言いをした。

「遠野屋さん、ここはどちらのお家なんで」

家は見た目よりもずっと奥行きがあった。老女の後ろから廊下を歩きながら、そっと尋ねてみる。

「吉井屋さんの家作です」

「吉井屋の？」

「ええ、嵯波にいる間、ここを貸してくださるそうです。すきなように使えと言われました」

「そういうこってすか」

伊佐治は小さな吐息を漏らした。

ここに至るまでの遠野屋の段取りは、まったくというほどそつのないものだった。

おれは何をやってんだ。ただ、遠野屋さんの段取りに乗っかって、ふらふらしてるだけじゃねえか。

どうしても、一緒に行かなければならない。そう思った。込み上げてくる思いに衝き動かされ、遠野屋と共に江戸を出た。それなのに何の役にもたたず、ただ漫然と日を重ねただけではないのか。

思えば焦りもするが、この見知らぬ土地で為すべきことが伊佐治には、何一つ掴めなかった。信次郎からも具体的な指示はない。

情けねえ。

伊佐治は自分がどうしようもない能無しに思え、いたたまれない気分になる。

遠野屋が僅かに声を潜めた。

「親分さん、これからですから」

「へえ？　これからと言いやすと」

「これから、親分さんに助けていただきたいのです」

「へえ……、けど、あっしにできることがありやすかね」

「親分さんでなければ駄目なのです。他の者では務まりません」

遠野屋の物言いは静かだけれど、強靭な力を感じた。おざなりな世辞や慰めではない。

「遠野屋さん」

伊佐治は唾を呑み下し、長身の遠野屋を見上げる。

「教えてくだせえ。あっしは、何をすればいいんで」

遠野屋の眼が翳《かげ》った。日が雲に隠れた刹那に似て、暗みが濃くなる。

「親分は、いてくださるだけでいいのです」

「へ？」

「江戸にいたときと変わらぬ伊佐治親分でいてくだされば、わたしにとってこの上ない助けとなります」

「遠野屋さん、どういうこってす？」

遠野屋の言葉は判じ物のようで、伊佐治には俄《にわ》かに解せなかった。

「今はまだ何も言えません。ただ、わたしが親分さんを頼りとしている。それだけは忘れないでいただきたいのです」

遠野屋は伊佐治から視線を逸らし、横を向いた。

一度は捨てた古里に戻ってくる。

かつて、若い武士としてあの出水峠を越えたとき、遠野屋は二度とここには戻るまいと覚悟したのではないか。覚悟を胸に、古里の風景に背を向けた。

時が経ち、ひとかどの商人として、再び生国の地を踏んだ今日、何を思ったのか。そこに心を馳せる。むろん窺う術はないけれど。

「こちらでございます」

老女が廊下の突き当たりの障子戸を開けた。

畳を替えたばかりなのか、藺草《いぐさ》の匂いがした。瑞々《みずみず》しい緑の匂いだ。床の間の付いたこざっぱりした部屋だ。反対側にも廊下があり、苔むした石の並ぶ庭が見えた。

「二間続きのお部屋になっております。襖で仕切れますのでお二人でお使いください。

風呂場は東の端にございますすで」

「風呂場まであるんでやすか」

「ございますよ。もうご用意は整うておりますで、いつでもお入りくださいませの」

「へえ、どうもご厄介になりやす」

伊佐治が頭を下げると、老女が口元を押さえくすくすと笑った。

「お江戸のお方っていうのは、ほんまに歯切れのええ物言いをなさいますのやなあ」

老女の髪は半ば白くなっているけれど、肌は艶やかで目元にそこはかとない色気が漂っている。

伊佐治は今度は黙って、低頭した。

遠野屋と老女に促されるままに風呂を使い、汗を流す。部屋に戻るとすぐに、夕餉の膳が運ばれてきた。

　酒が美味かった。

　諸白《もろはく》だ。

　舌触りが良いのに香りが強く、一口一口が五臓六腑に沁《し》みわたるようだった。伊丹《いたみ》から運ばれた酒だと、老女が控え目な口調で教えてくれた。

「いい処でござんすね」

　ほろく酔った口が軽くなる。

「酒は美味い、米は美味い、景色はきれいだ。文句なしのお国じゃねえですか」

「そうでもございませんよ」

　遠野屋が手を止め、かぶりを振る。

「開けているのは城下を中心とした数里四方に過ぎません。そこから先の山間部は、人の通れる道すら無い場所も多くあります」

「山でござんすか」

　江戸は平たい。

　雲に邪魔されなければ、遠く富士が望める。江戸生まれ、江戸育ちの伊佐治にとって山よりも海の方が、馴染みは深い。

「それに人々の暮らしはかなり逼迫《ひっぱく》しているようです。親分さん気がつかれましたか？」

「落ち穂を拾ってた百姓たちですか？　ええ……みんなひどく痩せちゃいやしたね」

「ここ数年、米の出来がよくないのだそうです。昨年は凶作一歩手前であったとか。今年もさほどの出来ではなかったようです。特産の品というものがあまりない処ですので、米が不作だと痛手となります。もし、来年も同じような有り様なら、餓えて死ぬ者がかなり出るやもしれません」

伊佐治は思わず肩を窄めていた。あの一見長閑な美しい風景の中に困窮がある。追い詰められた人々がいる。暢気《のんき》に酒の美味さを喜んでいた身を恥じる。遠野屋が猪口《ちょこ》を置き言った。

「明日、千剛を遡り山へ入ります」

酣暢《かんちょう》が完全に吹き飛んだ。伊佐治は膝に手を当てた。

「あっしもお供して、ようござんすか」

「もしや、山で野宿することになるやもしれませんが」

「構いやせん。ぜひお連れくだせえ。万が一、足手まといになるようなら、その場で引き返しやすから」

老女が伊佐治に笑みを向けた。

「今の時季、山には熊が出ますで。お気をつけやし。この前も、茸《きのこ》採りに山に入った者が二人、襲われて大怪我をしたと聞きましたでの」

笑顔のまま、さらりと怖ろしいことを口にする。

「おときさん」

遠野屋が老女の名を呼んだ。

「へえ」

「お願いしていた厚手の足袋《たび》と脚絆《きゃはん》はご用意いただけましたか」

「へえ、ちゃんと整えておりますで。山用の強草鞋《こわらじ》を揃《そろ》えております。何なら、今、お持ちしましょうかの」

「お願い致します。明日は夜明けと同時に出立するつもりですので」

「では弁当もそのときまでに用意しておきましょうの」

「お手数をかけて申し訳ないですが」

「いえいえ。旦那さまからは、できる限りのおもてなしをするよう言いつかっておりますで。どうぞ、お気兼ねなく」

おときは軽く会釈をして部屋を出て行った。

「おときさんってのは、吉井屋とどういう関係なんでやしょうね。遠縁じゃやすまされないような気がしやすが……。おっと、いけねえ。また、詮索癖が出ちまった」

人の後ろにある関係や昔をつい窺ってしまう。岡っ引き根性がどうやっても抜けない。

「さて、どうなのでしょうか。吉井屋さんは、痒《かゆ》いところまでちゃんと手の届く女だとおっしゃっていましたが」

「昔、痒いところを掻いてもらった女ってとこですかね」

「おそらく」

「なんだか、羨《うらや》ましい話でやすねえ。こちらは女房一人で手いっぱい、しかも尻に敷かれてあたふたしてるってのに」

「いいのですか、そんなこと言って。おふじさんに言い付けますよ」

「うへっ。それだけはご勘弁を。女房に睨まれるより、うちの旦那の皮肉を聞いてる方がまだマシでやすからね」

伊佐治の冗談に遠野屋が白い歯を覗かせる。それから地図を取り出し、畳の上に広げた。

「ここを上って行きます」

千剛川に沿って遠野屋の指が動く。

北から西へと流れる川は山裾を巡り、城下を縦断し、海へと向かう。遠野屋は川上へと指を滑らせた。そこには実に無数の枝流れがある。信次郎の言ったように、まさに逆さ箒だ。

「ずっと、田畑がありやすね」

「ええ、でも、昨年の秋、このあたりは大きな嵐に見舞われたそうです。それが凶作の一因ともなったようですが……。水が出て、山が崩れたとも聞きました。今はどうなっているか」

「昨年の秋、山崩れが……」

「ええ」

「遠野屋さん、それと瑠璃とは何か拘わりがあるんですかね」

「今のところは何とも言えません。だからこそ、歩いてみようと思います。この目で見て、この足で歩く。それしかありません」

「そうか……、そうでやすね」

鬼が出るか、仏が出るか。はたまた、思いも掛けない宝玉を手に入れるのか。伊佐治の想像もできない何かに遭遇するのか。神仏でなければ見通せない。

見通せない明日というものも、なかなかに心惹《ひ》かれるではないか。

「明日から忙しくなります。今夜はゆっくりお休みください」

遠野屋がゆっくりと胸元に地図を仕舞った。

虫の音が響く。

この地では秋が長い。

古里を出奔したときも秋だった。虫が鳴き、月が煌々《こうこう》と地を照らしていた。

一度も振り向かなかった。

兄の用意してくれた荷物を背に、ただ黙々と前にすすんだ。

江戸へ、江戸へ。

「あの……お武家さま……」

両国橋の上で、おりんから声を掛けられた。

おりんに出逢い、商人となり、おりんを失った。

今、清之介には遠野屋という小間物問屋と義母と血の繋がらない娘が残されている。

一人ではない。

おりんと巡り合えたことで、清之介は守り通すべきものたちを手に入れた。信次郎はそれを幻影だと嗤う。おまえは幻影に縛られて、夢を見ているに過ぎないのだと。

そうかもしれないと時折、思う。

おれはただ美しい夢を見ているだけなのかもしれないと。

けれど、木暮さま。

昏《くら》く、そのくせ、底深い光を宿した眼を持つ男に語りかける。

夢が儚《はかな》いとも、現が盤石とも限らぬではありませんか。現の脆《もろ》さを、夢の強靭さを、あなたはちゃんと知っておいでなのではありませんか。知った上で嗤うておられる。わたしはこのごろ、そう気が付きました。手前勝手な思い込みではございませんでしょう。信次郎に、そして、己自身に語りかけるのだ。

虫の音が止んだ。

静寂と闇が重なり合い、さらに静かにさらに黒々と夜を支配する。

立ち上がり、耳を澄ます。

襖の向こうから、微かな寝息が聞えてきた。伊佐治はぐっすりと寝入っている。昼間の疲れが深い眠りを誘っているのだ。

清之介は夜の庭に降り立った。

空を見上げる。

月はなかった。

月のないせいで、さんざめく星々がくっきりと眼に映る。

尾を引いて一つ、星が流れた。

「源庵《げんあん》」

風が吹いて、松の枝を揺らす。

「いるか」

片隅の闇が蠢いた。地から湧き上がるような低い声が答える。

「ここに」

「もう少し、近くに来い」

「行ってもよろしゅうございますか」

「どうした」

清之介は僅かに笑ってみる。

「おれは徒手だ。ふいに斬り付けたりはせん」

「我ではなく、清弥さまの身を案じておるのです」

「おれの？」

「お傍近くに寄れば、それがしが斬りかかるやもしれませんぞ」

「やってみればよかろう」

「よろしいのですかな」

「構わぬ」

気配が消えた。虫の声が再び響く。さまざまな声が絡まり合い、うねる。星が煌めく。

風が松を揺らす。

影が飛んだ。

鞘巻《さやまき》の刃先が鈍く光を弾いた。

身を屈める。頭上すれすれを一陣の風が吹き通った。殺気を孕んだ疾風だ。身を起こす間もなく、影は風となり襲いかかってくる。

清之介は頭を庇《かば》うように腕を持ち上げた。

「そこが隙《すき》じゃ」

低い声が叫ぶ。

刃が振り下ろされる。一瞬速く横に跳び、跳ぶと同時に手刀を影の喉元に叩き込んだ。

「ぐふっ」

くぐもった呻きがして、風が凪ぐ。鞘巻が地面に転がった。拾い上げる。並みのものよりかなり重い。

「……お見事にございます」

暫くして、喘ぎと共に不明瞭な掠れ声が聞えた。

「お腕はいささかも……衰えておられませぬな、清弥どの」

声に向かって鞘巻を投げる。

「おれを試そうなどと二度と思わぬことだな」

「……承知」

「源庵、訊きたいことがある」

「なんなりと」

「父上が作り上げた闇の組は、まだ健在なのか」

しばらくの沈黙のあと、答が返ってきた。

「統《す》べる者のおらぬ組は組にあらず。とうに瓦解しております。ある者は病で死に、ある者は日の下で生きようとしてしくじり、ある者は自らの生き場所を求めてどこぞに姿を消しました」

「しかし、おまえはまだここにいる」

「わかっておったのです」

にやりと源庵が笑った。

闇の中を見通す視力が戻ってきている。隻腕《せきわん》の男の姿も表情も確かに見てとれた。

「あなたさまが帰って来られることも、我が闇でしか生きられぬことも、ようわかっていたのです」

「おれを待っていたと」

「待っておりました」

源庵がひれ伏す。

「清弥さま、なにとぞ、我らをお統べりくだされ。伏して願い申しあげまする」

同じ懇願を江戸でも聞いた。

清之介は蝦蟇《がま》のように這《は》いつくばる男を見下ろし、気息を整える。

おりんを殺した相手だ。

清之介にとって唯一人の女を葬った輩だ。

手のひらを広げてみる。

乾いていた。

汗が滲みだすことも、鼓動が速まることもない。

闇を吸い込む。胸の底に闇が溜まる。

「我らと言うからには、おまえの他にまだ組の生き残りがいるわけだな」

「我を含め六人。しかし一人は、明日をも知れぬ病人でございます」

「では、五人。まだ、この地に残っているわけだ」

「はっ」

「集めろ」

「はっ」

清之介は懐から、小袋を取り出した。中には砂金が詰まっている。

「これを使え。首尾よく事を為したあかつきには、さらに報酬を与えると伝えよ」

「はっ」

源庵が顔を上げ、片膝を立てた。

「して、獲物は」

「獲物？」

「葬るべき相手でございます。誰を殺《や》ればよいのか、ご指示くださいませ」

「江戸城の主」

源庵が眉根を寄せた。顎の先がひくりと動く。

「おれがそう命じれば、将軍の命を狙うか、源庵」

「ご命令とあらば」

りーっ、りーっ、りーっ。

足元で一際高く、虫が鳴いた。

「いらぬ」

短い言葉を投げつける。

「他人の命などいらぬ。おまえたちにやってもらいたいのは、暗殺などではない。もう少しわずらわしい仕事だ」

「わずらわしい……とは」

「探れ」

源庵の眉間に、深く皺が彫り込まれる。

虫がさらに鳴く。

りーっ、りーっ、りーっ。

「おまえが仲間を束ね、暗殺ではなく探索のために動かすのだ」

「探索とは、何を探れとおおせでございますか」

「千剛だ」

「千剛……川を探れと」

「そうだ。川底の詳細な知らせが欲しい。とくに、水の氾濫、遭難の多発する正確な場所を知りたいのだ」

何のためにと源庵は尋ねてこなかった。片膝をたてたまま、清之介を窺っている。

「水に潜れる者はいるか」

「おります。河童のように自在に水に潜れる者が一人。水中に獲物を引き摺《ず》りこみ溺死《できし》させることを得意としておりました」

「その者を使って、川底の地形を探ることはできるか」

「おそらく」

「それともう一つ。これを」

源庵の手に瑠璃の欠片を載せる。

「七宝の一つ、瑠璃だ。千剛に沿って、これの出処と人の手に渡った経緯を調べてもらいたい」

「委細承知」

「できるだけ早くだ」

「おまかせくださいませ」

「頼みたいことはまだある」

「なんなりと」

「藩の財政は今、どんな状況なのか、なるべく詳細に知りたい」

「かしこまりました」

源庵が闇の中に退く。

「源庵。訊き残したことがもう一つあった。おまえの名は何という。いつまでも仮の名で呼ぶわけにもいくまい」

「……我は闇に生きる者。名前などございません。いかようにもお呼びくだされ」

りーっ、りーっ、りーっ。

「清弥さま」

「何だ」

「お父上さまに、よう似てこられましたな。あなたさまは主馬さまより余程濃く、忠邦さまの血を受け継いでおられる」

気配が消えた。

清之介は星空の下に一人、佇んでいた。

地面に鞘巻が突き刺さっている。

なぜ、殺さなかった。

己に問いかける。

おりんの仇を討とうと思わなかったのか。

おまえから最も大切なものを奪い取った男が、憎くはなかったのか。

もう一度息を吐き、鞘巻を引き抜く。

源庵を討っても、おりんは生き返りはしない。

その事実が清之介の内に穴を穿《うが》つ。底なしの暗い穴は、憎悪も復讐心も呑みこんで砕いてしまう。

源庵を抹殺するのではなく、利用する。

穴の穿たれた心とは裏腹に、頭は冷静な思考を続け、そこに辿り着いた。

源庵たちを暗殺の道具にするのではなく、もっと生きた使い方をしてみせる。もしかしたらそれが、唯一の復讐かもしれない。そこにも辿り着いた。

忠邦さまの血を受け継いでおられる。

源庵は言った。

背中を一筋だけ冷たい汗が流れる。

父のようにはならぬ。兄のようにもならぬ。おれにはおれだけの生き方があるのだ。

座敷に戻る。

伊佐治の寝息に耳をそばだてる。

平穏で安らかな音だ。

伊佐治からは、陽の香りがした。闇を裂く陽の匂いだ。夜具の上に座り、清之介は静かに乾いた芳香を吸い込んだ。

第十章　暁の山々

道は川に沿って蛇行しながら続いていた。

山に分け入ると聞いたときから、かなり難儀な道程になると、伊佐治は覚悟していた。遠野屋さんの足手まといにだけは、なっちゃいけねえ。

自分に言い聞かせ、それなりの支度も整えてきた。膝が時折、痛むのが気にはなるが、山歩きに差し障りはないだろう。身体の基は、頑強だ。しぶとい性根も持っている。

よし、やるぞ。

そう意気込んで臨んだ山道だったが、伊佐治は少し拍子抜けしていた。意気込んでいただけに、余計に気が抜けてしまった。

道は確かに岨道《そばみち》ではあったが、人一人が通れるだけの幅はあり、さほど急でもない。

頭上には、半刻ほど前に明けた空が広がる。よく晴れた、美しい空だ。薄く紫の混ざった青は、艶やかに広い。

木々の枝から朝露が滴り、伊佐治の肩や月代《さかやき》を濡らす。名も知らない小さな鳥が高く澄んだ囀《さえず》りを残し、その枝影に消えて行く。

美しい朝だった。

江戸ではお目にかかれない空の色だ。明るく、深い。

腰にはおときが拵《こしら》えてくれた弁当が、しっかりと結びつけてある。

何だか、ほんとうに物見遊山に来たみてえだ。

伊佐治は胸の内で、呟いた。その呟きが届いたかのように、遠野屋が振り返る。

「親分さん、物足らないって顔ですね」

表情にも声音にも、仄かな笑みが含まれていた。

「え……あ、いや、そんなこたぁござんせん。ただ、あっしなりに覚悟はしてきたつもりだったんでやすがね」

「覚悟してたより、よほど歩き易い道なんで、ちょいと気が削がれた。そんなところですか」

「へぇ、その通りでやす。遠野屋さんも、うちの旦那に負けず劣らず、読みが鋭うござんすね」

遠野屋が手を左右に動かした。

「とんでもない。木暮さまには、到底、及びません。わたしは、親分の顔に書いてあることを読んだだけです。あの方のように底の底まで見通すことなど、できません」

「てことは、あっしがわかり易過ぎるってこってすかね」

「まぁ、そうなりますか」

「なかなか言うようになりやしたね、遠野屋さん」

「木暮さまに、ずい分と鍛えられましたから」

遠野屋がまた、微かに笑んだ。朝方の初々しい光が、その顔を照らす。憂いも翳りもない若い男が、伊佐治の前に立っていた。

伊佐治は顎を引き、視線を逸らせる。

遠野屋があまりに朗々と見えたからだ。

この影のなさはなんだろう。

生国に帰り、身の内に溜まっていた澱《おり》を全て流したというわけか。

いや、まさかと、伊佐治はかぶりを振る。むろん、これも胸の内で、だ。そんなことはあり得ない。この男に沁み込んだ闇が、そんなに容易く消えるわけがないのだ。おそらく、一生という年月を費やしたとて、失せはしないだろう。

そうでなければ、信次郎があまで執着するわけがない。

容易くはらえるような闇など、信次郎にとっては何の価値もないのだ。

「遠野屋さん」

「はい」

「何か……」

何かありやしたかと尋ねようとした口を、伊佐治はつぐんだ。尋ねても詮ないことだし、尋ねてはいけないことなのだ。理屈でなく、伊佐治の勘が耳の奥に囁く。触れてはいけない、黙っていろ、と。

遠野屋が肩の荷を軽く揺すった。伊佐治の結んだ口元をじっと見詰める。二人の間を風が過った。

「親分さん、実はこの先で人が二人、待っています」

「は？　人？」

「はい。わたしが呼びました。一人は猟を生業《なりわい》としている四平《よへい》という男。もう一人は、わたしの店に出入りしている仲買人で茂吉《もきち》という者です。四平は、この辺り一帯を我が庭のように熟知しておりますので、案内人として雇いました」

「わざわざ、案内人を雇いなさったんで」

「はい。怖いですからね」

「怖い？」

「ええ。山は怖いものです。人に様々な恵みも与えてくれますが、思わぬ災厄ともなります。木曽や信州の山々にくらべれば、嵯波の山は丸くも穏やかにも見えますが、山は山。用心に越したことはございません。この時季、頻繁に熊が出ると、おときさんにも言われました。四平は、半里離れていても、熊の匂いを嗅ぎとれる男です」

熊。

伊佐治はちょっと身震いをした。

子どものころ、両国橋の広小路に立った見世物小屋で羆《ひぐま》を見たことがある。檻《おり》の隅で丸くなって寝ていた。毛はぼさぼさで痩せ、ひどくみすぼらしく見えた。

伊佐治たち子どもが囃《はや》し立てても、丸くなったままいっこうに動こうとしなかった。調子に乗った悪童の一人が、格子《こうし》の間から木の枝を差し込み、つつこうとした瞬間、熊は突如起き上がり、一声吼《ほ》えた。ものすごい声だった。地が揺れたような気さえした。

熊をからかっていた悪童は枝を持ったまま地面に転がり、後ろ頭を石に打ちつけた。

血が飛び散った。

その血の色と羆の吼え声が不意によみがえる。

舐めちゃいけねえのは獣も人も同じだ。舐めてかかると、手痛いしっぺ返しをくらう。

「そりゃあ心強《づえ》ぇや。で、もうお一人の茂吉って人は、何のためにお呼びになったんで」

「それは、おいおい説明いたしましょう。ほら、そこで待っておりますので」

道は数歩前で、やや広くなり、やや急になりながら、草藪の中を続いている。その先に、松の大樹が二本並んでそびえていた。この時季でありながら、目に染みるほど艶やかな緑葉を茂らせている。

その樹の間に二人の男が立っていた。

一人はずんぐりとした体躯の、やけに眼の鋭い男だ。ほとんど禿頭《とくとう》に近く、禿《は》げあがった額に傷痕が白い筋となって残っていた。背中に火縄筒を括りつけている。

これが、猟師の四平だろう。

もう一人の男も小柄だった。四平ほどではないが、よく日に焼けこんだ肌をしていた。月代をきれいに剃り、こざっぱりとした身なりをしている。しかし、眼つきはやはり、鋭かった。

「仲買人の茂吉さんです。あちらが四平さん」

遠野屋が簡単な紹介をすると、茂吉は軽く頭を下げたが、四平は知らぬ振りをしていた。小さな眼が一度だけ、ちらりと伊佐治を見やっただけだ。

檻の中にしゃがんでいた熊を思い出させる眼であり、仕草だった。

「では、行こうか」

遠野屋の一言に、四平が無表情のまま歩き出す。

四人の頭上で、松の枝が風に鳴った。

草藪を抜けると、道はまた幅を狭める。

川音が一段と強く、耳に響いてきた。流れが速くなったのだ。里では緩やかな流れであった川は、渓流となり、急湍となり、激しく音を奏でる。

「これも、千剛って川の支流なんでやすね」

「ええそうです。無数にある支流の一つです」

「この上流に、その……乳母さんのお里があるんで」

「はい」

「遠野屋さんは」

前を行く茂吉の背中を窺い、声を潜める。

「瑠璃がこの川のどこかにあると、お考えなんで」

「いや、考えてはおりません。瑠璃は七宝の一つ。遠く、異国から運ばれてくる石です。前にも申し上げましたが、嵯波だけでなく、この国のどこにも無いとおもいます」

「そうでやすか……」

「今、探らせております」

「え……あの瑠璃の出処をでやすか」

「ええ。川沿いの村を探らせております。漁師の網に引っ掛かったのか、川遊びの子が拾ったのか……直に、わかりますでしょう」

「探らせるってのは、誰にです?」

遠野屋は答えなかった。

伊佐治は口をつぐむ。短袴《たんこ》に脚絆《きゃはん》姿の遠野屋は、伊佐治に背を向け歩いている。四平も茂吉も寡黙で、伊佐治が黙り込むと、周りは山の音に包まれた。

風が騒ぐ。

水音が響く。

鳥が鳴き、時折、鹿の啼声《なきごえ》が聞える。

四人の男たちは、黙々と山道を登る。

陽はいつの間にか高く昇り、穏やかで温かな光を地に投げかけた。

汗ばむほどだ。

「ちょっと」

茂吉が足を止めた。

立ち止まり、あたりをぐるりと見回す。

半ば枯れかかった草が茂ってはいるが、雑木は途切れ、晩秋の光が燦々《さんさん》と降り注いでいる。草の丈には段差があって、伊佐治にも、このあたりが昔は田畑であったのだと解せた。山奥に苫屋を建て、畑を耕して生きていた者がいたのだろうか。

茂吉がしゃがみこみ、土を手に取る。指先で潰し、口に含みさえした。眉を寄せ、口を一文字に結ぶ。別の場所の土をほじくり、今度は臭いを嗅ぐ。

納得したように一人うなずくと、矢立から筆を取り出し、帳面に何かを書き込み始めた。

「少し時がかかりそうです。わたしたちも、休みましょうか」

遠野屋の言葉に四平が鼻を鳴らした。山々を駆け巡る狩人からすれば、一刻ほどの山歩きなど散歩の類にも入らないのだろう。

「まったく、里の者は……日が暮れんでよ」

呟き、さらに鼻を鳴らす。

ひくひくと鼻を蠢かせる。

「旦那」

遠野屋の方にひょいと顔を向ける。

「変な臭いがするけどもよ」

「熊か」

「いんにゃ。熊はええ匂いだて。こりゃあ、人の臭いだてなよ」

「そうか……、人なら銃で撃つわけにもいくまい。おまえの仕事ではないな。気にするな、四平」

「旦那は、気が付いただがや」

「まあな」

遠野屋と目が合い、伊佐治は深くうなずいた。

気が付いていた。

人の気配が一つ、付かず離れず背後にある。山のとば口に差し掛かったときから、感じていた。

「そうやで。人なら、うらには拘わりないで」

四平は手を伸ばし、草の葉を千切った。口にくわえ、音をたてて噛む。伊佐治は一歩、遠野屋に近寄った。

「どうしやす」

「熊ほど剣呑ではありますまい」

遠野屋が僅かに、笑んだ。


茂吉の仕事は思いの外、長引きそうだった。

清之介は斜面を伝い、川辺に下りてみた。

「遠野屋さん、あっしもお供しやす」

谷底を覗き込む伊佐治をやんわりと押し止めて来た。一人の方が、都合がいい。

谷に下りたつと、空気までたっぷりと水を含んでいた。澄んだ速い水が、岩場の間を縫うように疾《はし》っている。

指をつける。鋭い冷たさが伝わってくる。そのせいなのか、魚影は見当たらなかった。

この支流が集まり千剛と呼ばれる川になると、川幅は何倍にもなり、流れも緩やかに深くなる。

使えるだろうか。

水面を覗き込みながら、思案する。

あの川が役立ってくれるだろうか。

ぽちゃりと水音がした。

小さな魚が跳ねた。また、一匹、また一匹。それを餌として狙うのだろう、上流の岩には白鷺が一羽、微動もしないで佇んでいる。

思いの外、命を豊富に抱えた流れなのかもしれない。

背後で気配が蠢く。

殺気が走った。

風が耳元をかすめる。

砂地に突き刺さった小柄《こづか》は、流れに押されてすぐに倒れた。拾い上げ、振り向く。

「伊豆さま、お久しぶりでございます」

伊豆小平太は清之介を見下ろし、喉の奥でくぐもった音をたてた。日に焼け込んだ顔や無精髭が、この偉軀《いく》の男をさらに猛々しく、人外れた者のように見せている。

山中で不意に出会えば、たいていの者は物の怪《け》とも山男とも思い、肝を潰すのではないか」

「清弥どの。いや、その形《なり》では遠野屋と呼ぶ方が相応《ふさわ》しいか」

「畏れ入ります」

軽く頭を下げる。

視界の隅で光が閃いた。

白刃が風音をたてて、向かってくる。切っ先が清之介の喉仏近くでさらに伸びる。しなる鞭のような、絡みつく蛇のような剣筋だった。ここまで自在に動く剣を、清之介は初めて目にした。

身をよじり、辛うじてよける。

「ほう、さすがだな」

小平太が口元を歪めた。

笑ったのだ。ひどく苦しげな笑みに見えた。

「おれの突きをかわしたのは、おぬしが初めてだ」

「かわされるとは、思うておられませんでしたか」

「五分と五分。そうふんではいたが」

小平太が足を引き、正眼に構える。

「遠野屋」

「はい」

「なにを企んでいる。ことごとくを今、白状してもらおうか」

「企みとは、また、大仰《おおぎょう》な言い方でございますな」

「惚《とぼ》けるな」

小平太が吼えた。手負いの狼の咆哮《ほうこう》にも似た声が、谷間に響く。小魚が銀鱗を煌めかせ、高く跳ねた。

「おぬしの惚けにには、もう飽き飽きした。いい機会だ。ここできれいに始末してやる」

「兄者がそのように、命じられましたか」

小平太の眉間に深く皺が寄った。

「殿の命ではない。殿はただ、おぬしから離れるなとだけ仰せであった。離れずその動きを逐一、知らせよとな」

「では、そのようになされませ。主君の命に背くは、伊豆さまの本意ではありますまい」

「ほざけ」

小平太が跳ぶ。跳びながら剣を上段に移し、斜めに斬り下げてくる。清之介は剛剣をかわし、一間近く退いた。

小平太の剣は伸びる。しかし、間合いさえ見極めれば避けきれぬ剣ではなかった。

「おぬしはいつも、そうやって」

小平太が苛立たしげに叫んだ。

「逃げ回っておる。いつまで、逃げ続ける気だ。遠野屋」

「伊豆さま。わたしは逃げぬためにここにおるのです」

「戯言だ。おぬしの言うことは、全て戯言だ。ごまかしに過ぎん」

「伊豆さまがどう思われようと、それは、伊豆さまのお心のままにございます。わたしは、わたしなりに己の信じた途を行くのみ」

「今井と結託して、瑠璃の富を一人占めしようと画策することがおぬしの途か。犬畜生にも劣るぞ」

「今井さまには、近いうちにお目通り願う所存にございます。しかし、伊豆さま」

清之介は小柄を握りしめ、小平太を見据えた。

「瑠璃の富などどこにもありませぬ。全て、幻でございますよ」

「この期《ご》に及んで、まだ謀《たばか》ろうとするか。瑠璃が幻であるなら、弟は……吉之進は何のために死んだのだ。幻のために、あたら命を散らしたということか」

「はい」

小平太の目が大きく見開かれる。

頬から血の気が引いていった。

「遠野屋……今、何と言うた」

「吉之進さまは幻のために命を失われました。伊豆さま。今一度、申し上げます。瑠璃の生み出す富などここにはないのです」

顔色が青白くなればなるほど、血走った目の色が赤く浮かび上がる。頰が僅かに痙攣した。

「それが証拠に、今井さまも兄者も、未だに何も見つけられないではありませぬか。むろん、探索はおおっぴらにはできない。幕府の目を盗み、内密に進めるしかなかった。藩内から瑠璃が産出されたとなると、嵯波は幕領として幕府の支配下におかれる。今井さまも兄者も、それだけは避けねばならぬとお考えだったのでしょうから」

「……だからだ。人手と時間をかけ、大々的に探すことができぬがゆえに、見つからぬのだ。もう少し時間をかければ……しかし、執政として藩政を牛耳っている今井に比べ、わが殿のお立場はあまりに不利。そう考えたからこそ、吉之進は手に入れた瑠璃を携えて、江戸に出てきたのだ。今井より先に手を打つためにな。全て、秘密裏に事を進めたつもりだったのに、まさか、今井の手の者が待ちうけているとは……」

「お仲間の内に、裏切り者がいるということでしょうか」

「そうだ。今井の間者が紛れ込んでいるのだ。くそ、江戸に帰り次第、正体を炙《あぶ》りだしてやる」

「お互いさまではございましょうが」

今井の側にも、兄が送り込んだ間者がいるはずだ。

お互いさまだ。

互いを探り、牽制しあい、息の根を止める機会を窺う。

政争とは、蛇の絡みあいのようではないか。どちらが倒れるにしても、互いに深い嚙み傷を残す。

兄者。

心の裡で、主馬に語りかける。

兄者。あなたは何のために、誰のために戦うておられる。あなたの戦いは何を生み出し、何を作り上げるのですか。復讐なのか、怨念なのか、為政者としての欲望なのか。

それとも、わたしなどには窺い知れぬ深慮がおありなのか。

主馬の胸中に思いを馳せるたびに、清之介は立ち竦むような心地に囚われる。

寒くはないか、清。

幼い冬の日、弟を気づかって問いかけてくれた兄の声がよみがえる。冴え冴えと明るい月の下、江戸で生き直せと諭してくれた声が、さらに重なる。

「瑠璃は幻などではない。確かにあるのだ」

小平太の叫びがこだまする。

「吉之進は殿のために命をかけた。武士の道を貫いたのだ。無駄死にでも、犬死にでもない。主への忠義のために散ることは、潔し。それこそが武士の道義ではないか」

「ならば、なぜ、そのようにお苦しみなのですか」

清之介の眼差しを受け、小平太の眦《まなじり》が微かに震えた。

「伊豆さまご自身が介弟の死を、いや、ご自分の生き方を疑《うたご》うておられるからではありませぬか」

「何を戯《たわ》けたことを……」

「伊豆さまは、兄と今井さまとの政争をただ虚しいとお感じなのでしょう。その虚しいもののために死なねばならなかった介弟を哀れとお思いになっているのでは」

「黙れ」

風が唸り、白刃が煌めく。

清之介の胸元一寸先を、小平太の剣が掠めた。

「黙れ、黙れ。小賢しい商人が。それ以上、減らず口をきけぬようにしてやる」

死ねっ！

小平太は一度退《ひ》いた剣を踏み込む勢いのまま、再び繰り出してきた。風を二つに分かつような激しい一撃だった。

清之介は身を屈め、前に出る。

頬に熱い痛みが走った。

小平太の剣筋は鋭く、疾い。しかし、渾身の一撃の後、僅かな隙が生まれる。必殺を信じて放つがゆえに、防御が疎《おろそ》かになる。

過信はいつでも自滅への門となるものだ。

小平太の猛々しい気迫の一点が崩れ、穴が穿《うが》たれる。清之介はそれを見定め、跳び込んだ。

小平太が声にならない声を上げる。清之介を振り払おうと身を捩《よじ》る。荒い息が吐き出された。

逃さぬ。

束の間、清之介の内に狩る者の昂《たか》ぶりがうねった。小平太の手首を押さえ、喉元に小柄を当てる。

「申し上げましたでしょう、伊豆さま」

耳元で囁く。

「あなたでは、わたしを討つことはできぬと」

小平太の身体は石像のように固まり、微動だにしない。黒眸だけが清之介を捕らえようと横に動く。

「千剛には無数の支流、渓流があります。一つが二つに割れ、さらに枝分かれしている。

その一つ一つを幕府の目を盗み探り尽くそうと思えば、二十年いや三、四十年はかかりましょう。それほどの年月をかけて追うことは、ほぼ不可。兄も今井さまもそのようなこと、とっくにわかっておられるはず。ただ、互いを牽制するあまり、退くに退けない……蛇が睨みあい竦んでいるように、どうにも動きがとれなくなっている。それが偽りのない現状ではございませんか」

「……知らぬ」

小平太が呻いた。

刀が手から滑り落ち、石に当たり音をたてる。澄明《ちょうめい》な音だった。

「おれは何も知らぬ。ただ、殿の御《おん》ために……」

「変えてごらんにいれましょう」

小柄を引き、清之介は一歩、退いた。

「変える?」

「はい。わたしが変えてみます。わたしなら、変えられる。兄者にも今井さまにもできぬことを遠野屋が成し遂げてみせましょう」

「遠野屋、おぬし……」

浅黒く焼けた肌の上を汗が伝う。

小平太は喘いでいた。一里を走り通した者のように、切れ切れの息音を漏らす。

「やはり、瑠璃の在り処を知っておるのだな」

「見当はついております。無数にある千剛の支流のどこを行けばいいか、わたしなりに目算はございますよ」

「幻と言うたその舌の根も乾かぬうちに、目算があるとはな。笑止千万。瑠璃を一人占めし、巨万の富を手に入れる腹か。ふふっ、狡猾《こうかつ》な正体を見せたな、遠野屋」

「いえ」

清之介はかぶりを振った。

今、幾ら言葉を尽くしても、小平太には何も伝わるまい。しかし、伝えようとする意だけは捨てたくなかった。

伝わらぬと諦めれば、そこで終る。

清之介はこの若い頑なな男を見捨てたくはなかった。

肉親の情に翻弄される弱さも、剣への自負も、武士として背負い込まざるを得ない重荷も、重荷に呻く心根も、わかり過ぎるほどわかる。形こそ違え、それは在りし日の清之介自身の苦痛であり、戸惑いであり、迷いそのものではないか。

覚悟を決められなかったがために、小平太の真摯な願いを退けてしまった。その負い目もある。

甘いな、遠野屋。

信次郎の嗤いが耳底に響いた。

一々、そんな細けえことに引っ掛かっていてどうするよ。この世は蜘蛛の巣だらけ。今に、蜘蛛の糸に搦《から》めとられて動けなくなるぜ。まっ、それもまた、見物じゃあるがな。くっくっくっ。

あの毒を含んだ、そのくせ軽やかな笑声を、もう久しく耳にしていない。

「瑠璃は幻です。わたしは商人でございますから、幻に踊らされるわけにはまいりません。現にある宝こそが商人の求めるものでございますからね」

「何を言っている」

小平太が猛った。

「おれには、おぬしが何を言っているのか、さっぱりわからん。異国の言葉とかわらぬ。もっと、わかり易く言え」

「ついておいでになりますか」

「なに？」

「わたしに最後までついておいでなさい。そして、伊豆さまご自身の目で真実を見届ければよろしいかと」

「真実……」

「はい。そして、それを兄者にお知らせください」

さわり。

風が吹いた。

谷間《たにあい》の木々が揺れる。

小平太の眼光がまた、尖った。刀を拾い上げ固く握りしめる。

「遠野屋」

「はい。囲まれておりますね」

「今井の手の者か」

「そうとしか考えられませぬ。伊豆さまと同様に、痺れをきらせたものと見受けます」

ちっ。

小平太が音高く舌打ちした。

腰から脇差を抜き、鞘のまま清之介に投げる。

「いかにおぬしでも、身を守るのに小柄一本では足りまい。おうのの家のときとは、数が違うぞ」

清之介は潤塗《うるみぬり》の鞘を摑み、静かに息を吐いた。

何人いる？

五人か、十人か。

気配を拾う。

「ちょうど十人、おりますな」

「ふふん。それだけの討手しかよこさぬとは。ずい分と舐められたものよ。それとも、今井のやつ手勢が足らぬのか」

小平太は鼻を鳴らし、大きく声を張り上げた。

「出てこい。鼠ども」

ぴちょり。背後で小魚がまた跳ねた。小さな光の塊になり、水中に消えていく。光の小魚を呑み込み、水面もまた煌めく。

「いつまでこそこそと隠れている。陽の下に現れるが、怖いか」

「伊豆さま」

慌てて小平太の袂を引く。

「何もそのように挑発せずとも。これでは、こちらから喧嘩を売っているようなものではありませぬか。言葉が通じぬわけでもなし、まずは話し合うてみては、いかがです」

「馬鹿め。大人しく話し合いができるような手合いではないぞ。聞く耳など一つも持ち合わせてはおらんのだ」

「いや、それは伊豆さまも同じでは……」

「何だと、遠野屋、何か言ったか」

「いえ、別に」

草むらや木陰から人影が走り出る。川を背にして、清之介と小平太は十人の刺客に囲まれた。全てが黒布で顔を覆い、抜き身を手にしている。抜き身はどれも暗く青い光を湛えていた。さきほどの小魚のように、光を弾かない。光を吸い込み、閉じ込めてしまう。

それが刀というものだ。

「伊豆さま、お殺しあるな」

「何だと、殺さずしてどう、この場を切り抜ける」

「今井さまが欲しいのは、我らの命ではなく瑠璃の在り処です。とすれば、そう簡単に我らを斬り捨てるとは思えませんが」

「ならば、なぜ、こんなにぞろぞろと現れる。しかも、みな臭うほど殺気を放っているではないか。臭くてたまらんぞ」

「血の気が多いのでしょう。潜んで後を付けるのに耐えきれず、手っ取り早くかたを付けたいと焦ったのではありませぬか」

「ふん。考え足らずのやつらばかりだ。腕はたつが、刀を振り回すしか能のない輩ばかりを集めたと見える。こういう配下しか集められぬとは、今井もたいしたことはないな」

「ですから、伊豆さまも同じようなものですので」

「遠野屋、口が過ぎるぞ」

小平太は身体をねじり、睨みつけてくる。

その動きを隙ととったのか、刺客の一人が踏み込んできた。

小平太が吼える。

刀背《みね》を返し、跳び込んできた男の肩口をしたたかに打つ。

骨の砕ける音と男の絶叫が響いた。

剣のあまりの速さに、刺客たちが一瞬、怯む。

清之介は鞘を払い、真正面にいた男に斬りつける。

「とうっ」

男が悲鳴とも気合いともつかぬ声をあげた。その胸に脇差の刃先が浅く血の筋をつける。着物の前を断ち割られ、男がよろめいた。へたりこみ、清之介を見上げた目からたちまち戦意が消えていく。

振り向きざま、背後に迫って来た男の鳩尾《みぞおち》に肘を叩き込む。こちらは一声もたてず、河原に転がった。

これで、残りは七人。

刃の打ち合う音がした。

小平太が大柄な男と斬り結んでいる。小平太にさほど見劣りしないほどの巨軀だった。二人が縺《もつ》れ合い浅瀬に走り込む。水しぶきが四方に散った。

「うおうっ」

小平太が男を刀ごと弾き飛ばした。転倒した男の頭が岩にぶつかり鈍い音をたてる。男はそのまま動かなくなった。

「伊豆さま」

清之介は小石を摑み、投げる。小平太の後ろに忍び寄っていた刺客が顔を押さえて、水の中に尻もちをついた。すかさず、小平太が刺客の顎を蹴り上げる。

残り五人。

鉄砲の音が響いた。

崖を伊佐治と四平が下りてくる。四平の耳が、諍《いさか》いの物音を聞きつけたのだろう。

「動くでねえぞ。動くと撃つでよ」

四平の声が響く。よく響く声だ。

刺客たちが一瞬、動きを止めた。

「聞け！」

清之介は脇差を鞘に納め、動かぬ五人に言葉を投げる。

「おまえたちのやっていることは、全て無駄だ。我らを殺しては、瑠璃の秘密は明らかにならんぞ」

覆面から覗いた両眼だけが清之介に向けられている。だれも、声を発しなかった。

「おまえたちはこのまま去れ。去って、今井どのに伝えろ。明後日夜、遠野屋清之介が屋敷に伺《うかが》うとな」

刺客の一人が身じろぎした。

「撃つぞ、撃つぞ。熊に比べりゃあ、人なんて容易いもんだて」

四平が銃口をまっすぐに向ける。火縄の匂いが鼻をついた。

「伝言を携えてこのまま去るか、無駄な戦いを続けるか。道は二つに一つだ」

「……このまま、おめおめ戻るわけにはいかぬ」

覆面の下からくぐもった声が漏れる。

「役目を果たさずして戻れるわけがない。戻れば……腹を切らねばならん」

清之介は懐から一通の書状を取り出した。昨夜の内に書きしたためたものだ。

「明後日夜、屋敷に伺う。そうも伝えろ。そのとき、全てを明らかにしてみせる。今井どのの欲したものの全てをだ。おまえたちの役目は、我らを皆殺しにすることではあるまい。我らが何をするかを探ることだったのではないか。全てが明らかになったとき、始末しろと、そう命じられていたはずだ」

刺客たちは何も答えなかった。沈黙の底から、地に倒れた男たちの呻きが這い上ってくる。目の前の男の足元に書状を投げる。

「刺客を放つのではなく、暫しおとなしく待たれよ。さすれば、知りたいことのことごとくをお教えする。この伝言を持ち帰るのが、おまえたちの役目だ。それで、なお腹を切れというのなら、今井どのの器が知れる……と、その書状にしたためた。口を開けば全てが言い訳になると思うなら、それを黙って渡せばよい」

再びの沈黙と呻き声。

男が書状を拾い上げた。引きちぎるように覆面を取る。四角ばった壮年の顔が現れる。額にびっしりと汗を浮かべていた。

「退け」

男が顎をしゃくる。

刺客たちは倒れた仲間を抱え、引きずりながら、木陰に消えた。

「わざわざ言い逃れの文を書いてやるとは、お優しいことだな」

小平太が肩を揺する。それから、抜き身を一振りすると緩慢な仕草で、腰に仕舞った。

「あの男たちのためではありません。今井さまをおとなしくさせるための文です」

「ならば、もっと早く渡しておけ。そうすれば余計な立ち回りをしなくてすんだ」

「最も効のあるやり方で渡したかったのです。これで、今井さまは本気でわたしの話を聞うとするでしょう」

「やはり、今井と手を結ぶつもりなのか」

小平太はこれもどこか緩慢な口調で、問うてきた。

「執政としての今井さまに申し上げたいことがある。ただ、それだけでございます。今井さまにお味方する気も兄者に肩入れする気も、毛頭ないことです」

「今井と殿の争いなど、眼中にないというわけか」

「はい」

小平太は横を向き、先刻より大きく舌を鳴らした。

「暢気なものだ。二度も今井の手の者に襲われたというのに」

「伊豆さま」

「何だ」

「刀背をお使いになりましたな」

小平太はしゃがみ込み、流れで手を洗い始めた。口に水を含み、含漱《がんそう》する。

「遠野屋、今井の屋敷にはおれも同行するぞ。おぬしの言うことが本当かどうか、この目、この耳で確かめてやる」

「お好きなようになさいませ」

清之介がうなずくと、小平太はもう一度、音をたてて口を漱《すす》ぎ顔を洗った。

「遠野屋さん」

伊佐治が手拭を差し出す。

「頬に血が滲んでやすぜ」

「え？　ああ、だいじょうぶです。たいしたことはありません」

「なまくら刀の傷だからな。そりゃあ、たいしたことはなかろうよ」

伊佐治の手拭をひったくると、小平太は乱暴に自分の顔を拭う。

「江戸からずっとつけてきたお侍でやすね。確か伊豆小平太とかいう名だと」

伊佐治が囁く。

「ええ、よく覚えておいでですね。品川宿で女に捕まっていた方ですよ」

「これから、道連れになるんで？」

「伊豆さまはそのおつもりのようです。まぁ、それほどの邪魔にはならないでしょう。な、四平」

「うらは別にかまわんで。けどよ、今みたいなごたごたはもう勘弁だからよ。面倒臭いったら、ありゃしねえよ。まったく、火縄を一本、無駄にしちまったで」

四平がぶつぶつと文句を言う。

「もう二度とない。しっかり道案内を頼みますよ」

「ほんとけ？　侍ってのはやたら刀を抜きくさるから、危なっかしくてたまらねえ。熊の方がよっぽど、扱い易いでの」

「まったく、その通りだな」

思わず苦笑してしまった。伊佐治も笑っている。小平太だけが憮然《ぶぜん》としたまま立っていた。

「茂吉さんって人は、ここから別に動くと言って、山を下っていかれましたよ。調べたいことがあるとかで」

伊佐治が崖の上に目を向ける。

「ええ、承知しています」

「何でも、あっしたちよりずい分と前にこっちに入っていたとか。やたら土を触ったり舐めたり、川の流れを気にしたり、あのお人は何を調べておいでなんです」

「そうですね。間もなく……親分さんにも、お話しできると思いますよ」

「そうですかい。じゃあ、ついでにもう一つ、お訊きしたいことがあるんですがね」

「はい」

「遠野屋さん、さっき、瑠璃の出処を探らせているとおっしゃいましたね」

「申し上げました」

「誰にとは、もう訊きやせん。けど、それって……瑠璃がどこで見つかったかなんて、遠野屋さん、あんた、本気で知りてえと思ってるんですかい。もっと言っちまえば知らなきゃならねえことなんですかい」

清之介は伊佐治を見下ろし、唇を軽く結んだ。

「確かに千剛って川は、地図を見ても箒の先みてえにたくさんの支流がありやす。それを一つ一つ探るなんざ、人の手に負える仕事じゃねえでしょう。瑠璃の出処がわかれば見当はつけやすい。その上流を探せばいいことでやすからね。けど、出処を知っているはずの今井なんとかという家老も、遠野屋さんの兄《あに》さんも探す場所の見当なんてちっともついてねえじゃねえですか。見当がつかねえから、遠野屋さんを見張ってるわけでやしょ」

伊佐治の黒眸がちらりと小平太を見やる。小平太は知らぬ素振りで空を仰いでいた。

「たぶん、瑠璃は支流ではなく本流で見つかったんじゃねえんですかい。だからこそ、どの支流を探ればいいか誰も見当のつけようがねえんだ」

「……ええ、かもしれません」

「けど、遠野屋さんにはわかっている。少なくとも十の内八、九あたりまでは見定めていやすよね。それは、お話しくださった乳母さんの出処と拘わってくるんでやしょう」

「ええ……親分のおっしゃる通りです。わたしは、すげ……わたしを育ててくれた女の名前です。すげの里を目指しております。そこしか、行くべき道はありません」

「そこに瑠璃があると？」

「瑠璃の山があるとは思いません。しかし、瑠璃にまつわる何かがあるはずです。すげは、わたしに守り神として瑠璃の欠片をくれました。七宝の一つを山深い里の女が持っていた。その謎がわかれば、瑠璃の謎もおのずとわかりましょう」

「そうでやすね。けど、遠野屋さんには行き先が見えていた。何も瑠璃が見つかった場所や経緯を調べる必要はなかったんじゃねえですか」

なるほど、な。

清之介は胸の内でうなずく。

なるほど、納得できる。

信次郎がこの老岡っ引きを手放さない理由が納得できた。伊佐治は、決して信次郎のように鋭く真実を突いてはこない。その力はなかった。けれど、ぼそりぼそりと問いかけてくる。思いをそのまま、何の飾りも、含みもないままにぶつけてくる。それがときに的を射ぬき、ときに深く真実へと切り込んでくる。伊佐治の朴訥《ぼくとつ》な物言いが、嘘や罪や過ちを内に隠し持っている者をじわりと追い詰めるのだ。

「あれ？　笑ってんですかい、遠野屋さん」

「え？　笑っておりましたか。いや、その……、木暮さまと親分さんは本当に見事な対だなとふっと思いまして」

「あっしと旦那がですかい？　止めてもらいてえもんだ。旦那と対だなんて、肌に粟粒が浮きやしたよ。あっしはね、仕事と割り切って、旦那にくっついてんでさ。ええ、そうですよ。しょうがねえでしょう。これがあっしの仕事なんですから」

「ええ、わかっております。木暮さまと江戸の町で生きるのが親分さんの仕事です。親分さん、誰にでも仕事は必要です。日々の糧を手に入れるためだけでなく、自分を律するためにも、支えるためにも仕事は入用なのですよ」

「はぁ……そこのところは、よくわかりやすが。遠野屋さん、いってえ何をおっしゃってんで」

「さっきの瑠璃の探索のことです。わたしは瑠璃の見つかった場所を探すことをある者に仕事として命じました。その者がやり遂げれば、その者の前に途は拓けます。その者さえ知らなかった己の行くべき途がおぼろにでも見えてくる。わたしは、そう考えたのです」

「男でやすか」

「男です」

「使える男なんでやすね」

「使いようによっては猛毒にも良薬にもなる男です」

伊佐治の目が瞬く。

その瞬きに誘われるように、言葉が零れた。

「あの男を毒ではなく薬として使う。それが、おりんへの唯一の供養になると信じております」

「おりんさんの……」

伊佐治が息を呑み込んだ。男の正体が頭を過ったのだろうか、目を瞠り、表情を硬くする。「まさか」と唇が動いた。

「いつまで、ぐずぐずしてるつもりだね」

四平が苛立たしげに煙管《キセル》の灰を足元に捨てる。

「こんなことしてたら、山重に着く前に日がくれちまわぁな」

「あぁ、わかった。出発しよう。道案内を頼むぞ、四平」

「たっぷりぜぜこ、貰っとるで。それだけのこたぁ、するでよ。うらにちゃんと付いて来たら、二刻もしねえ間に着くでや」

四平が銃を背に歩き出す。清之介はその後に続く。

「お侍さんは、しんがりを歩きなせえ」

「何を言う。町人風情の尻を見ながら歩けるか」

「尻を見なきゃいいでしょうが。江戸からずっと、あっしたちの尻を追いかけてきたくせに、今さら何を言っててんですよ」

伊佐治と小平太のやりとりを背後に聞く。やりこめられ、小平太が黙り込んだ。

後は風と水の音だけが響いていた。

終章　東雲《しののめ》、たなびく

目の前にあるのは、山に呑み込まれる寸前の集落だった。家らしきものの痕跡がぽつりぽつりと残っている。しかし、痕跡に過ぎなかった。もともと、苫屋に過ぎなかったのだろう家々は雑木や草むらの間に崩れ落ち、蔦《つた》に絡まれ、草々に埋もれている。この時季だから、辛うじて落葉の中に集落の跡を探すことができる。しかし、次の夏にはさらに山に同化し、山重は猛々しい緑に没していくのだ。

人々はここを捨てどこかに逃散《ちょうさん》して行ったのか。徐々に人減りしてついに無人となったのか。

どちらにしても、すげの古里はとっくに息絶えていた。

一つの集落の骸《むくろ》が目の前にある。

「これじゃ、もう、人は暮らせやしませんね」

伊佐治の呟きに答えたのは、猟師の四平だった。

「あたりまえっさ。山重なんて村はとっくに無くなってんだ。名前を覚えとる者もだんだん少なくなってるでよ。正直、山重に行きてえって話を聞いたときゃあ、たまげたもんさ。なーんのために、こんなとこ、来てえのか、うらにはさっぱりわからんで」

「何年前まで人がいたのだ」

清之介の問いに、四平は首を傾げ、指を折った。

「十二、三年前までは人が住んでたはずだで。山重の連中は、あまり里には下りてこんで、自分たちだけでひっそり暮らしとった。んだもんで、詳しいことはうらは、知らん。ただ、十年も前から、ほとんど人はいなかったでねえかの。そう言えば、三年ほど前にこの辺りで山崩れがあったでな。そんときでも、山重の里から誰も逃げてこんかったで、きっと、もう無人になってたんだな」

「山崩れか……」

清之介は四平の褐色の顔に、目をやった。

「どの辺りだ？」

「沢のとこだ。あそこは去年も崩れたでな。崩れ癖がついちまったで、これからも危ねえな」

「案内してくれるか」

「ええよ。けど、崩れたとこがどうなっとるか、うらも知らんでな」

四平が猿《ましら》を思わせる身軽さで草やぶを掻き分けて進む。すぐに、岩があちこちに顔を覗かせている斜面の上に出た。

「ほら、あの辺りだ」

四平が指差したのは対岸の崖だった。中腹あたりから大きく抉《えぐ》られているのが、見てとれる。細い木々が数本、土の中に横倒しになっていた。

「おまえは、昔から山重の里に出入りしてたのか」

「出入りってほどじゃねえ。親父も猟師だったでな。連れられて、このあたり一帯の山々は隈《くま》なく歩いたでの。たまに山重にも寄って、休ませてもろうたりした。あぁ……そういやあ、山重の衆は親切で、うらも、食い物もろうたり、傷の手当てをしてもろうたりしたもんだな。はは、思い出してきたで。あっ、そうだそうだ、祠《ほこら》だ」

「祠?」

「祠だ、祠。ちょうど崖の崩れとるあたりに祠があった。山重の者は朝な夕なにお参りしとったでよ。祠の前に膝折って、一心に祈っとったで。うらも一度、お参りしようとした。山の神さまが祭ってあると聞いたでな。けど、親父にこっぴどく叱られてよ。何でかわからんけど、えらく叱られた。ははは、いろいろと思い出すもんやでの」

四平の顔つきが一瞬、明るく幼くなる。父親と共に、山から山を渡り歩いていた少年の顔だ。

「あそこまで行けるか」

「沢の水が少ないで、行けるのは行けるで。でも、あんなとこ行ってどうすんでや」

「崖を下りる道を教えてくれ」

まったく江戸の人間のやることは、わけがわからん。

そう言いたげに四平は首を振った。

四平、清之介、伊佐治、小平太の順に崖を下り、山崩れの場所に近づいていく。

がさっ。

草むらが揺れた。

四平の鼻の孔《あな》が膨《ふく》らむ。

「狸だ。狐もいる……人もいる。臭いがする」

「人はおまえを入れて四人もいるぞ。しかも、汗まみれの男ばかりな。臭いもするさ」

小平太が半分茶化しながらも、半分真剣な口調で言った。四平はにこりともしない。

「生きた者の匂いじゃねえ。屍体だ」

「屍体？」

清之介は崩れた土砂に目を凝らしてみた。雑草の間に、幾つもの獣の足跡が残っている。土を掘り返した跡もある。

しゃがみこみ、素手で石をどけ、土を掻いてみる。四平も無言で同じように、しかし、清之介よりよほど手際よく掘り始めた。

伊佐治と小平太は顔を見合わせ、自分たちも土に手をつっこんだ。暫くの間、四人は黙々と作業を続けた。

「うおっ」

小平太が小さく叫ぶ。

「骨だ」

泥にまみれ黄ばんだ骨を土の上に投げ出す。下顎の一部らしく数本の歯がついていた。

「こっちも出たで」

四平がほぼ完全な形の頭蓋骨を捧げるように持ち上げる。

「どっちも人の物だな」

小平太が僅かに顎を引いた。

「当たり前だ。人に決まっとる。猿でも猪でもねえぞ」

四平は鼻から息を吐く。伊佐治が軽く手を合わせ念仏を唱える。

「遠野屋さん、この仏さんたち、たまたまここにいて、崖崩れに巻き込まれたんですかね」

「いや……そうではない気がします」

「て言いますと？」

「もしかしたら、守ろうとしたのかもしれません。もしかしたら、ですが」

「守る？　何をです」

「祠ですよ」

「祠を？　崖が崩れようかってときに、わざわざ祠を守りに、でやすか。それはちょっと……」

伊佐治がかぶりを振る。信じられないという顔つきだ。

「遠野屋の旦那。まだ、掘るかね」

「あぁ、もう少し」

「けどよ。日が暮れちまうで。山の中で一晩越すがだや」

「そのつもりで食《じき》も持って来ている。おまえがいれば、一晩ぐらい何とか越せるだろう」

四平の口元が緩んだ。

「まあな。山ってのは上手く付き合えば、これほどええ宿はねえで。まだ雪が降るまでには間があるしの。うらに任せておけば、だいじょうぶだ」

「頼もしいな、四平。その調子でもう少し手伝ってくれ」

「ええとも」

四平がまた作業に戻る。伊佐治も小平太も土掘りを続けた。

そして、さらに一刻近くが過ぎる。

様々な形状の骨が土の中から掘り出され、陽の下にさらされる。欠片でない限り、四平はそれが人の身体のどこの骨かを言い当てた。

これは喉仏でねえか。これは太股の骨だ。こっちは尻だで。

しかし、清之介が求めているのは骨ではなかった。

おれの見込みどおりであれば、ここにあるはずだ。見込みどおりであれば……。

陽は中天を過ぎ、谷間は既に暮れ方の気配が漂う。

「遠野屋さん」

伊佐治が身を起こし、清之介を呼ぶ。顔も手も泥に塗れていた。

「これは……」

伊佐治の手のひらに、子どものこぶしほどの石が載っている。瑠璃色の光が鈍く煌めいた。

清之介は石を受け取り、淡い夕暮れの光にかざしてみた。

翡翠《ひすい》に似た碧《みどり》色の地に金色の縞《しま》が走る。

紛れもない瑠璃の原鉱だった。

「おい、ここが瑠璃の山なのか」

小平太がやはり泥に汚れた顔を振る。武者震いのようだった。

「違います」

「なぜ、違う。おぬしの手にあるのは何だ。原鉱だろう。それこそが証ではないのか」

「伊豆さま。ごらんください」

清之介から瑠璃を渡され、小平太は口元を強く引き結んだ。

「よく目を凝らしていただきたい。人の手によって細工された跡がございましょう」

伊佐治も肩越しに小平太の手元を覗き込む。

「これは……女の顔でやすかね」

石には、半ば目を伏した女の顔が彫り込んであった。光にかざせば、なおはっきりと浮き出る。

「被り物をしてやすね。なんだか……異国の女のようで……」

「マリア像でしょう」

「マリア像!」

伊佐治と小平太の声が重なる。

「そうです。聖母マリア像の頭の部分だと思われます。瑠璃の原鉱からとれる青の顔料は、異国では聖の色として、マリアの衣を描くのに使われたとか。とすれば、切支丹《きりしたん》が原鉱にマリア像を彫りつけ信仰のよすがとしていたとは考えられませぬか」

「切支丹……ここに、隠れ切支丹が住んでいたわけか」

小平太が喉の奥でくぐもった音をたてる。

「はい。おそらく、山重の里人全てがそうであったと思います。何時のころからかは、わかりませぬが……他の領地より逃げてきた切支丹たちが山奥深いこの地に住みつき、ひっそりと信仰を守って来たのかもしれません。そのときから、瑠璃の原鉱に彫りつけられたマリア像を一族の宝として守り通してきた。そして、一族の女たちは代々、聖母像の欠片を己の守り神として伝えてきたのです。クルスの代りとして」

「では、すげさんも……」

「ええ。切支丹への信仰を心根に抱いていた女だったのでしょう」

「そのことを、昔から知っていなすったので」

「いいえ、考えてもいませんでした。ただ、瑠璃のことを考えるにつけ、すげの言葉や眼差しを思い出すことが多くなりました。わたしなりに大きな信仰のようなものを感じたのです。それが、瑠璃の色、聖母の碧色と重なったとき、もしやと気付いたのです」

「隠れ切支丹か……」

小平太が手の中のマリアを凝視する。

「山が崩れ、祠ごとマリア像も土中に埋まった。守ろうとした信者たちも犠牲となったわけです。山重の住人たちがそれで死に絶えたのか、生き残った者たちがこの地を捨ててしまったのか、それはわかりません。その後の幾度か繰り返された崩れによって、粉々になったマリア像の欠片が、この沢を伝い千剛に流れ出た。それが、真実ではありますまいか」

四平がふわりと欠伸をもらす。

「日が暮れるで。うら、夜越しの用意をしてくるでな」

そう言うと、藪の中に消えた。

「では、ここを掘れば瑠璃の欠片はまだ出てくるわけでやすか」

「欠片は出てくるかもしれません。けれど、頭の部分から見て、さほど大きな像ではありますまい。沢に流れた分を考えると、どれほど残っているやら。わざわざ、掘り返すまでもないでしょう。この遺骨も全て元通りに埋めてやりたいと思います。山重の住人にとって、この場所こそが安息の地なのでしょうから」

「ではなぜ、おぬしはこれを探し出そうとしたのだ。わざわざ江戸を離れてまで、なぜこれに執着した」

小平太が瑠璃を差し出す。

清之介はその重みを手のひらで、受け取った。

「今井さまと兄者を説得する証が欲しかったのです。どうしても……像の頭部が手に入るとは思いませんでしたが。これを信仰者なら、神の導きと言うのでしょうか」

伊佐治がため息を吐いた。

その音は、枯野を巡る風音によく似ていた。秋の終りと冬の到来を告げる風の音だ。

焚き火が燃える。

火の傍に伊佐治と四平、小平太が横たわり寝息を立てている。

四平は柴を集め、手際良く夜の用意をすませた。兎まで捕ってきて、串刺しの炙り肉を拵えた。

狼の遠吠《とおぼ》えが聞える。

火を絶やさぬために、清之介は寝ずの番を引き受けた。明け方には四平が代るという。

柴を炎の中に投げ入れる。

焰《ほのお》が立つ。

すげ。

焰に呼びかける。

すげ、おまえの里に、おれは来たぞ。おまえのいるところから、おれが見えるか。

見ていてくれ、すげ。おれがどう生きていくか、そこから、おりんと一緒に見ていてくれ。

清弥さま。

すげの声が聞えた。

「清弥どの」

背後で低く名を呼ばれる。現の声だった。

「源庵。ずい分と長くそこにうずくまっていたな」

「みなが本当に寝入っているかどうか、様子を、窺っておりました」

「調べはついたか」

「千剛の地形については今少し、時間がかかりましょう。瑠璃の発見場所と経緯については、調べ上げました。全部で三箇所。漁師の網にひっかかったものが二つ、洗濯女が拾ったものが一つ。内の一つが江戸の主馬さまの許に運ばれたようです。残り二つにつきましては行方はまだ、つきとめられませぬ」

「はっ」

「そうか。ご苦労だった。瑠璃については、それで十分だ。残りの調べを続けてくれ」

「金は足りるか」

「十分に……」

源庵の口吻《こうふん》が僅かだが揺らいだ。

「みな、暮らしが逼迫しておりましたゆえ、清弥どのからの報奨をありがたく思うております」

「働けば、その働きに見合っただけのことはする。改めて、みなに伝えろ」

「はっ」

「源庵。もう一つ、命じることがある」

「なんなりと」

「明後日、おれは今井家老の屋敷に向かう。おれのことは放っておいていい。連れの者の命を陰ながら守ってもらいたい」

「命を守る……」

「そうだ。生きて今井の屋敷から出られるよう、守り通せ」

「心得ましてございます」

「頼む」

風が吹いた。

焔が揺れる。

すげの面影も、源庵の気配も風と共に消えた。

狼はまだ、鳴いている。


「隠れ切支丹」

今井の顔が俄かに緊張した。

頬が微かに震え続ける。

嵯波藩筆頭家老、今井福之丞義孝は五十を越えているとは思えない若々しい顔容の持ち主だった。上背のある体軀を江戸小紋の小袖に包み、藩政の中枢に座る者の貫禄と不遜をいかんなく発揮していた。

その今井の顔色が清之介の話を聞き終えたとたん、変わった。

「藩内に隠れ切支丹の集落があったわけか」

「そのようです。それもはるか古《むかし》より」

「まさか……」

「大変なことですな、ご家老。こんなことがご公儀の耳に入れば、わが藩はお取り潰しを免れませぬぞ」

小平太が無遠慮な大声を出す。玄関口に大小を置いてきたせいか、腰のあたりが淋しげに見えた。

伊佐治が隣で身を縮めた。

今井の屋敷の奥まった一室は一切の装飾を排したような、質素な造りだった。行灯の脚に蒔絵《まきえ》が使われているのだけが、人の目を引く。内密な用件は全てこの室で行うのだと、開口一番、今井は言った。

「伊豆はわしを嚇《おど》かしているのか」

「まさか。事実を申し述べておるだけでござる」

「ふふん。藩が取り潰されれば、困惑するはおまえの主も同じであろうに」

「今井さま。瑠璃の鉱山が幻であったことをご納得していただきたい。いや、あなたさまには、既にわかっていたのではありませぬか」

今井は否みも認めもしなかった。マリア像の一部を無表情で見詰めている。

「瑠璃は幻。幻をいつまでも追うていても詮無いこと。ですから、これからは現の話をいたします。現に巨万の富が動く話をお聞かせしたいのです」

「巨万の富……とな」

「はい。これを」

清之介は懐から小さな紙包みを取り出し、今井の前に置いた。今井は一瞬、息を詰めた。傍らに控えていた側近が、包みを開く。

「これは……種か」

「はい。紅花の種でございます」

「紅花？　紅花とは、あの、染料になる花か」

「染料にも紅の原料にも生薬《しょうやく》にもなります。油もとれます」

「これがどうした」

「紅花を藩内の新しい産業といたしませぬか。及ばずながら、この遠野屋が力をお貸しいたします」

「紅花を……」

今井の口が半ば、開いた。

「これでわが藩に新たな産業を起こせと言うか」

「はい。当初の作付は、千剛の川にそった荒れ地を開墾すれば十分です。紅花はよほど寒冷、酷暑でない限り育ちます。まことに勝手ながら、紅花の作付に詳しい者にあのあたりの土壌を調べさせました。地質だけでなく、水はけ、日当たり、土の肥え具合、紅花には向いているとのことです。ただ、問題は水運」

今度は今井の前に地図を広げる。

今井の身体が引きずられるように前に傾いだ。

「今、紅花の最大の産地は出羽最上《でわもがみ》です。出羽の気候風土が紅花に合っていたことより、最上川を使っての水運、舟運《しゆううん》により紅花を京、大坂に運び込めたことが大きいかと存じます。最上には及ばずながら、嵯波には千剛という大河がございます。これを使わぬ手はありません」

「船を使って、紅花を運ぶというわけか」

「そうです。最上の大石田《おおいしだ》のような中継地を作り、荷駄《にだ》を運びだすのです。『最上千駄』に負けぬ賑わいを嵯波に呼び込むのですよ、今井さま」

「それは、無理だ。千剛は水運には向かぬ川だ。幅はあるが底が浅い。船が底を破られて、転覆してしまう」

清之介は朱墨で地図の上に × を記した。

「千剛の全てが船の行き来に不都合と言うわけではありません。まだ一部ですが、わたしが調べたところでは今のところ、この二箇所だけが川底が盛り上がっているのです」

「二箇所であろうと、三箇所であろうと、これは堰《せき》のようなものだ。船は通れまい」

「通れるようにすればいいのです。つまり、船の行き来ができるほどに川底を削ればよいでしょう」

今井が顔を上げ、初めてまじまじと清之介を見やった。

「そんなことが、できるのか」

「できます。時はかかりましょうが、それができる技術を持った者がこの国にはおりますから。今井さまさえ、了承してくだされればわたしが国中から集めてみせます」

「莫大な金がかかるぞ。我が藩には、それだけの蓄えはない」

「お貸しします」

伊佐治が息を吸い、小平太が唸った。

「この遠野屋と吉井屋さんで掛かる費用の全てを、無利子でお貸しいたします」

今井の喉が上下する。半開きになった口から、荒い息が吐き出された。

「遠野屋とやら、そなた、宮原の異母弟であったな」

「はい」

「何を企んでおる。これは、わしを追い落とす罠《わな》か」

「今井さま、わたしが拘わりたいと望んでいるのは、商いの途のみです。兄とあなたさまとの政争など、正直、どう転んでもよいのです」

「ふふ、言うものだの。聞けば、そなた、相当の手練《てだ》れであるとな。宮原がそれだけの腕を遊ばしておくとは思えん。商人の形をしていても一皮むけば、狼の面が現れるのではないか」

「わたしは商人でございます。それを信じるか疑うかは、今井さまのお心一つ。お好きなようになさいませ。もう一度だけ、申し上げます。開墾、水路の整備に掛かる費用はお貸しいたします。利子はいただきません」

「見返りは」

「紅花の栽培と出荷が事よく進んだあかつきには、その売買を向こう十年と期限を区切って、遠野屋と吉井屋にお許し願いたいのです。嵯波の紅花を全て、我らに任せていただきたい」

沈黙が訪れる。

「紅花とはそれほどの益をもたらすものか」

今井の声が掠れた。表情に老いが滲みでる。

「わたしは小間物問屋でございますが、わたしどもの扱う紅は、質の良い紅花から僅かしかとれません。紅一匁《もんめ》が金一匁に相当すると言われております。少なくとも、幻の瑠璃を追いかけるより、ずっと物にはなりましょう」

今井は腕を組み、目を閉じた。

「今井さま、藩の財政はかなり逼迫しておるのではありませんか。家中のみなさまの扶持の一部を、藩が借り上げねばならぬほどに。だからこそ、瑠璃に飛びついた。もし、瑠璃を産出できれば、藩庫は瞬く間に豊かになると、誰でも考えましょうから。紅花の価値はその瑠璃に匹敵いたします。決して大言壮語ではございません。むろん、栽培と出荷が上手く回ってこそですが」

今井からの返答はない。目をとじたまま微動だにしない執政に向かい、清之介は言葉を続けた。

「このままでは藩の財政はいずれ行き詰まりましょう。それを手をこまねいて放っておくか、思い切った手をうつか。もし、今井さまが遠野屋を信じきれないと言うのであれば、この話はお忘れ下さい。わたしは明日にでも、江戸に向けて出立いたします」

「……わしが、そなたの話に乗れば、本当に費用の全てを負担するのだな」

「いたします。ただ、もう一つだけ条件をお呑み下さい」

「条件？」

清之介は居住まいを正し、筆頭家老を見据えた。

「嵯峨の紅花の行く末にある程度の目処《めど》がついたそのとき、執政から退いていただきたいのです」

「なにっ」

声を上げたのは今井ではなく、その側近だった。片膝を立て、柄に手をかける。

「殿に対し、無礼であるぞ」

今井が天井を仰ぎ、哄笑する。

「ははは、語るに落ちたな、遠野屋。わしを執政の座から引きずり降ろそうとするは、やはり、宮原の差し金か」

「あなたも兄も、政を私利私欲の道具としか考えていない。政争にあけくれ、本気で政に向かい合おうとしなかった。その結果が、今日の有り様、財政の窮乏に繫がったのです。兄の追い落としを画策する半分でも、藩内の民に心を向けたことがおありか。兄もまた、然《し》り。今井さまも兄も、執政としての資格はない。一日も早く致仕《ちし》し、新しき藩政を布かなければ新しい産業は起こせません。もう少し広い度量を持った方を、民百姓に至るまで心を配れる方を執政の要に据えて、一から始めるのです。今井さま、そのお覚悟のうえで、わたしどもと交渉していただきたい」

「黙れ、口が過ぎるぞ」

側近の叫びが合図だったのか、襖が大きく開いた。袖をしぼった侍たちが刀を手にずらりと立っていた。

小平太が腰をあげる。

「おれたちは丸腰だぞ。丸腰の者を襲うというか。おまえたち、武士の名が泣くぞ」

「黙れ、黙れ。殿を愚弄するとは赦せん。この場で斬って捨てる」

側近が抜刀する。後ろの侍たちもそれに続いた。

「くそっ、卑怯者め。遠野屋、どうする」

「なるようにしかなりません」

「馬鹿。暢気にすましている場合か」

廊下に面した障子戸が開く。短刀が空を飛び、一人の侍の肩に深々と突き刺さった。侍は悲鳴をあげて膝をついた。

ほとんど同時に、小平太の大小が部屋に投げ入れられた。声をあげ、小平太が拾い上げる。

隻腕《せきわん》の男の影が、廊下を走り、闇に消えた。

侍たちが一斉に、刀を構える。

「止《や》めろ」

今井が立ち上がった。

「刀を引け。わしの命ぞ、刀を引け」

侍たちが一歩、退く。

「遠野屋」

「はい」

「借入金のこと、利子のこと、二言はあるまいな」

「ございません」

「そなたの言うておるのは、ことごとくが絵空事やもしれん。紅花の栽培そのものが上手くいく保証は、どこにもない」

「仰《おお》せの通りにございます」

「それでも、我が藩に金を貸すか」

「はい」

「身代が危うなるぞ、遠野屋」

「今井さま、この度の申し出、わたしにとって一世一代の勝負にございます。お武家なら、負けるとわかっている戦にも出向かねばならぬ場合がございましょう。けれど、商人はそうはまいりません。大勝負であればあるほど勝つ見込みを立てて、見込みが立つからこそ、臨みます」

今井が口の中で何か呟いた。ぎりっと歯の軋る音がする。

「わかった。条件は全て呑もう」

「殿！」

側近が目を剝く。

「そなたの言うとおりだ。このままだと、わが藩の財政が立ち行かなくなるのは火を見るより明らかである。新しい産業が必要だった……。しかし、それが紅花とは思いも及ばなんだ。遠野屋」

「はい」

「わしからも条件がある」

「お聞かせいただきましょう」

「まず、紅花が産業として成り立たぬ限り、我が藩は一切の返済を免除される。次に、産業として成り立ったとしても、そなたたちに売買の利権を預ける十年間は、返済を猶予される。この二点を呑んでもらいたい。ただし、十年の後も、遠野屋と吉井屋から申し出があれば売買の独占権をさらに三年、引き延ばす」

清之介は顎を引いた。

今井福之丞という男、我欲《がよく》、権力欲だけの者ではないらしい。為政者としての手強《てごわ》さもまた、備えているのだ。

「よろしゅうございます。全てお受けいたしましょう」

「もう一つ、伝えることがある」

今井が立ち上がる。

「わしが藩政から身を引くのなら、宮原もいっしょだ。決して返り咲きなどさせぬ」

唇がめくれ、醜悪な笑みが浮かんだ。その笑みのまま今井は清之介に背を向けた。部屋から出て行く。

「殿」

側近も侍たちもその後を追った。部屋から、瞬く間に人がいなくなる。短刀に傷ついた男の血だけが点々と散らばっていた。

小平太が深く息を吐き出した。

「やれやれ、肝が冷えたぞ」

清之介は身体の向きをかえ、伊佐治と向き合った。

「親分さん、江戸に帰りましょう」

「帰りやすか」

「はい、江戸でやらねばならないことが、どっさりとできましたから」

伊佐治が首肯《しゅこう》する。

「これから、忙しくなりそうですね、遠野屋さん」

「ええ、忙しくなります」

視界の隅で碧色の光が滲んだ。

畳の上に瑠璃の原鉱が転がっている。今井はもう、この石に目もくれなかった。清之介は拾い上げ、懐深くに仕舞いこむ。

おこまにいつか、すげとおりんのことを話してやろう。命をかけて、おとっつぁんを守り通してくれたのだと、話してやろう。

おこまが、おしのが、遠野屋の店が、待っている。

江戸へ帰ろう。

耳を澄ませば遠く、遠野屋のざわめきが聞えてくる。

「うちの旦那が首を長くして待ってますぜ」

伊佐治が肩を竦め、さも楽しげに笑った。

雪が舞った。

さらりと乾いた雪が石灯籠の上を滑って行く。

風は凪ぎ、雪は傾ぐことなくほぼ真っ直ぐに地に降り積もっていた。宮原主馬は廊下に立ったまま、白く変わっていく庭を見詰めていた。

「紅花か……」

独り言のように呟く。

独り言であったのかもしれない。

「あやつ、そんなことを考えていたのか」

主馬が振り向く。

小平太は深く低頭した。

「伊豆」

「はっ」

「そなた、どう思うか」

「わかりませぬ」

正直に答えた。

「それがしには、紅花とやらの栽培もそれを藩財政の基とすることも、まるで夢物語としか思えませぬ」

「そうか、夢か」

「しかし」

小平太は顔を上げ、冬の空気を吸い込んだ。

「遠野屋清之介という商人には、それがしにとって夢でしかないものを現のものに変える力があると存じます。さらに言えば、夢で終るしかないものに、決して己をかけたりはしない男です」

「ほう……ずい分と、あれを買い被るのだな、伊豆」

「遠野屋を見縊《みくび》ってはなりませぬぞ、殿」

「見縊ればどうなる」

「我らは破滅いたします」

主馬の頬の傷が微かに痙攣した。

「殿。遠野屋と手をお結びあれ。あの男は、いずれ嵯波の地に巨万の益をもたらしましょう。遠野屋と手を組むことで、殿のお立場を盤石なものとなさいませ」

それが可能だろうか。

小平太は考える。

遠野屋は新しい執政者を望んでいた。今井も己の兄も、切って捨てようとしている。新たな産業と生まれ変わった政を結びつけようとしていた。

遠野屋は情で動く人間ではない。

遠野屋にとって今井福之丞も宮原主馬も、旧弊な為政者として消え去るべき存在でしかないのだ。

まさに、刺客だ。

一太刀で息の根を止める。

身震いを必死で堪《こら》える。遠野屋に懐に飛び込まれたときの怖れがよみがえる。

逃さぬ。

声ではない声を確かに聞いた。

「殿……」

今井はいずれ執政の職を退きましょう。殿はどうなさるのか。遠野屋に従うのか。それとも、戦うのか。

「伊豆」

「はっ」

「明日は雪景色であろうかの」

主馬が静かに、雪雲に覆われた空を見上げた。

「雪だぜ」

信次郎が茶をすすり、言った。

遠野屋が障子戸に目をやる。

「戸を閉めておりますのに、わかるのですか」

「わかるさ。音が聞えるからな」

「雪の降る音が聞えますか」

「聞える」

火鉢の中で炭がはぜる。

遠野屋の座敷は温かく、伊佐治はさっきから微かな眠気に襲われている。長旅の疲れがまだ、抜けきっていないのかもしれない。

「それで、どうだ、遠野屋。今の気持ちは」

「今の気持ちと言われますと？」

「政というものを商いの力で変える。それこそが、おぬしの目論んだことだろうが。それが上手くいった。おぬしは勝ったわけだ。勝者の気持ちとやらはどうだと尋ねたのよ」

「これからでございますよ、木暮さま」

遠野屋がゆるりと微笑んだ。

「始まったばかりです。わたしどもの戦はこれからです」

「上手くいけば、おぬしの許へは莫大な金が転がり込んでくる。その金を基にして、遠野屋」

信次郎がにやりと笑った。

「今度は、公儀にでも戦を仕掛けるかい」

「それもようございますな」

遠野屋も笑う。

この二人が声を合わせて笑う場面を伊佐治は初めて、目にした。眠気が吹き飛ぶ。

「おもしれえ。つくづくおもしれえ男だな」

「木暮さまは、いかがでございます」

「おれ？　おれがどうだって？」

「木暮さまは、誰にどのような戦を仕掛けるのです。わたしは」

遠野屋は湯呑みを手に、もう一度、薄く笑んだ。

「木暮さまの戦の行く末をこの目で確かめたいと思っております。いえ、ぜひに見せていただきますよ。木暮さまは、わたしにとって」

笑みながら遠野屋が続けた。

「おもしろうてならぬお方でございますから」

信次郎が目を細める。

無言のまま、遠野屋を見詰める。

炭がはぜる。

雪の音を伊佐治も聞いた。

刀の触れあう音に似ている。

江戸の冬が深まろうとしていた。


嵯波藩内における紅花栽培のための開墾と千剛川の改修は、十年近い年月を経て完遂した。

翌年、水無月《みなづき》。

収穫した紅花を積み込んだ一番船が千剛川を下っていった。

これ以後、嵯波の紅花は量こそ最上紅花には及ばぬものの、質の高さでは決して劣ることがなかったと、嵯波藩史は誇らしく書きとめている。

紅花は明治中期に至るまで栽培され、嵯波藩はこれによって経済的な基盤を確かなものにできた。しかし、嵯波紅花の陰に、江戸商人たちの活躍と尽力があったことは、なぜかどの文献にも記されていない。

解説

高橋《たかはし》 敏夫《としお》
（文芸評論家・早稲田大学文学部教授）

これまで見たことがない。

会ったことがない。

しかも、一人ではないのだ。

季節がめぐり日はめぐる江戸の街を背景に、尋常ならざる人びとが次つぎにうかびあがる。

周囲に容易に溶けこまぬ物、型にはまらぬ異質な者にひたすら惹きつけられる北定町廻り同心、木暮信次郎。

小奇麗な小間物をあつかう問屋遠野屋の若き主にして、その禍々《まがまが》しい暗黒の過去がいざなうかのごとく、出来事を、災厄を、人の死をひきよせてしまう清之介。

「人ってのはつくづくおもしれえもんだな」が口癖の、老練な岡っ引き、伊佐治。

物語展開のトリガーとなる三人である。

見知らぬ者のようでいて、しかし、いつかどこかで見た、会った。たしかに会った、見たと思える。従来の物語のなかでというより、わたしたちのこころのなかで。

不思議ななつかしさをいっぱいに湛《たた》え、なにが出来《しゅったい》するかわからぬ視界わずか数センチの謎めく世界が、あるいは斬死体の臓物から七宝《しっぽう》のひとつ青の瑠璃《るり》をとりだし、あるいは人と人とを執拗に激突させ、あるいは街にちらばる多くの夢をたばねる。

物語のはてに人びとが直面するのは、はたして闇か、光か、さらなる漆黒の闇か。

――あさのあつこの時代小説『東雲《しののめ》の途《みち》』である。

『弥勒《みろく》の月』（二〇〇六年）にはじまった「弥勒」シリーズの四作目、シリーズが最初の頂点に達し、底流する思想を顕在化した記念すべき作品である。第一作からの愛読者の満足はもとより、本書から読む者はもっとも高い峰に直接とどく僥倖《ぎょうこう》に浴するにちがいない。

時代小説といえば、厳《おごそ》かであれ軽妙であれ、わかりやすさと安定感を特徴とする。読者は好みに応じて、戦国武将ものを、剣客ものを、料理人ものを、捕物を、お家騒動ものを、妖怪ものなどをえらび、わずかな意外さと驚きを不可欠のスパイスとしたそれぞれ定型の物語を心地よく滑走する。一気読みのおもしろさがうたい文句の時代小説はいま、月に数十冊のオーダーで刊行される文庫書き下ろし時代小説（ほとんどが延々とつづくシリーズもの）として、空前のブームをむかえている。

それらが時代小説なら、あさのあつこの『東雲の途』は、時代小説ではない。

物語をつむぐ一語、一語が重い。登場人物一人ひとりの言葉と感情の一つひとつ、一挙手一投足のことごとくがずっしりと重い。そんな行為と感情の持ち主がはげしく交叉し、驚異の展開が連続する物語は、読者に一気読みを許さず、逆に、他では得難い「じっくり読み」、反復読み体験の充実感をもたらしてくれる。

『東雲の途』は、一つのものにのみ閉じこめる分類も拒む。捕物タイプのミステリーであり、江戸をステージにしたホラーであり、ふつうの人の日々の生をとらえる市井ものであり、闇を奔《はし》る邪剣ものであり、生死をめぐる対話劇であり、性愛の狂熱にふれるロマンであり、感情と心理の生成追跡であり、人と人との関係の物語であり、人と社会のありかたを問う思想のドラマであり、あるいは……。「全体小説」にならえば、「全体時代小説」か。

あさのあつこの時代小説は、ブームの一気読み時代小説から遠くはなれたところで、静かに炸裂しつづける時代小説の異端、怪物なのである。

ただし、型を破る異端や怪物の出現によってのみ、ジャンルが幅と深さと未来を獲得するのだとしたら、あさのあつこの時代小説は、ブームのなかで時代小説がいわば単色の無葛藤体《むかっとうたい》となって衰退するのを阻み、時代小説の未来にたしかなあかりをともす、まことに数少ない、創造的な時代小説といわねばならない。

＊

周知のとおり、あさのあつこは、現代児童文学の金字塔と讃えられる『バッテリー』（一九九六年〜二〇〇五年、全六冊）の作者である。最初に単行本、ついで文庫版が刊行され、延べで一〇〇〇万部を超える大ベストセラーとなった『バッテリー』こそ、部数での怪物となる前に、児童文学の創造的な異端であり怪物であった。

あさのあつこは書いている。「自分を信じ、結果のすべてを引き受ける。そういう生き方しかできない少年をこの手で、書ききってみたかった。そういう少年を学校体育という場に放り込んでみたかった。大人やチームメイトや仲間やかけがえのない相手によって変化し生き延びるのではなく、周りと抗いそれを変化させ、押し付けられた定型の枠を食い破って生きる不羈の魂を一つ、書きたかったのだ。（中略）彼は、他者の押し付ける物語を拒否する。友情の物語、成長の物語、闘争の物語、あらゆる予定調和の物語を拒んで、マウンドという場所に立つ」（角川文庫版『バッテリー』の「あとがきにかえて」）。

「書きたい」欲求を全開にするこの作者によって、「投げたい」と「受けたい」とが他のすべてを退けて交わる、ピッチャー原田巧とキャッチャー永倉豪の稀有《けう》なバッテリーが可能になった。

時代と社会が強制する物語の「定型」を破砕した『バッテリー』は、従来の予定調和型児童文学の「定型」に叛《そむ》き書きあげられた児童文学の怪物といってよい。

こうした児童文学の怪物を書き継ぐ最中、すでに時代小説が作者のこころに宿っていたのは、はなはだ興味深い。エッセイ集『うふふな日々』の「疼きとともに」で書く。「児童文学の書き手として出発し、少年や少女に惹かれて、彼ら、彼女らの物語を書きながら、わたしの心のどこかは、お江戸の町を仰ぎ見ていた。五感がうずうずする。この風の感触、この土の匂い、この闇の深さ、この地虫の声はきっとお江戸に通じていると、何の根拠もないのに、百パーセント信じられた」。

直接のきっかけは、藤沢周平の『橋ものがたり』を読んだことだった。そして、まもなく、最初の時代小説を書きあげた。『弥勒の月』(の原型) である。

わたしのみるところ、藤沢周平の作品から時代小説に入ったあさのあつこは、たちまち藤沢周平の「定型」をも食い破ってしまう。『橋ものがたり』は、人の暗黒面を「負のロマン」と名づけてえがいてきた藤沢周平が、「橋」で切れてつながる人の生を連作形式でとらえ、不幸な生がにぶくかがやく独特な市井ものの型を確立した作品だった。あさのあつこの関心は、『橋ものがたり』を入り口にして、「負のロマン」へと錐《きり》をもむように遡行《そこう》。さらには藤沢周平の暗く端正なロマンにもとどまれずほりすすみ、社会の下方と人の下方で葛藤する「きわみ」にとことんこだわった山本周五郎世界に近いところで、特異な物語世界を発見したように思われる。しばしば藤沢周平は淡彩のチェーホフに、山本周五郎はどぎついまでに濃彩のドストエフスキーにかさねられる。これに従えば、あさのあつこはあきらかに、チェーホフではなくドストエフスキーである。

型破りの児童文学を書いたあさのあつこは、ほぼ連続して、異形にして破調の時代小説を書きだしたのである。

*

『弥勒の月』からはじまった「弥勒」シリーズは、『夜叉桜』(二〇〇七年)、『木練柿《こねりがき》』(二〇〇九年)、本書『東雲の途』(二〇一二年)、『冬天《とうてん》の昴《すばる》』(二〇一四年)と、現在までのところ五冊を数える。ただし、どの作品にも「弥勒」シリーズという言葉はない。シリーズであることをはっきりと掲げ従来の読者を囲いこむおなじみの手法をとっていない。五冊はゆるやかにつながりながら、一冊一冊独立した作品であることを、作者は意識しているのだろう。

あさのあつこは、最初からはっきりとしたプランをたて、その型をはみでぬよう慎重に書きすすめるといった抑制型の作家ではない。むしろ、最初のプランが次つぎに裏切られ、新たなものが出来するのを待ち望み、それを快楽とする作家である。社会の定型に叛く作家は、自分の定型にも叛いて書きつづけるのだ。一冊一冊が独特な風貌をもつ前に、一場面一場面、一語一語がそうにちがいない。

そんなスリリングな営みが登場人物を生成させるのだとしたら、最初から役割がきまったわかりやすく分類可能な「キャラクター」など成りたちようがない。出来事に臨む遠野屋清之介、木暮信次郎、伊佐治は、はげしく執拗に衝突をすることでそれぞれ変化、自己が他者であり他者が自己である深刻な内面的対話をくぐったのち、新たなステージでふたたび衝突、対立、共感をくりかえすのだ。こうしたありかたは、児童文学以上に「生きた人間の息吹と熱のある時代小説」（「疼きとともに」）である「弥勒」シリーズ、とりわけ『東雲の途』に顕著といってよい。

西国の小藩嵯波で政治改革を暴力的におしすすめる用人宮原中左衛門忠邦は、三男の清弥（後の清之介）にはやくから白刃を握らせた。闇に慣れ身体を鍛え技を磨いた清弥は、十五歳のとき父の命ずるままに、母代りの使用人すげを斬った。それをきっかけに、次つぎと暗殺を決行。が、兄の主馬を斬るのを命じられた清弥は、実行を迫り襲いかかる父を斬り、「もう一度、最初から人として生き直せ」という主馬の言葉に従い藩を出奔、江戸にでた。

江戸で清弥を生へとみちびいたのは、遠野屋の一人娘おりんである。清弥にとっておりんは「弥勒」そのものだった。おりんと結ばれた清弥は清之介と名を換えた。そんな弥勒の謎の死からはじまる『弥勒の月』に、人嫌いで異様な事件だけが生きがいの木暮信次郎が意図された乱暴な振る舞いと大声で乱入、老練で沈着だが、ときにいちじるしく脱線もする岡っ引きの伊佐治がかかわり、かくしてシリーズは幕をあけたのだった。

『東雲の途』では、ずっと記憶のなかの影絵だった兄が実際に登場、国元で権勢をふるう筆頭家老の暗殺を清弥に命じる。信次郎、伊佐治、清之介のつかず離れずのやりとりを経て、秘策をいだいた清之介は伊佐治と嵯波藩へとおもむく――。

殺すことから生かすことへ。

垂直的な侍の世から水平的な庶民の世へ。

権謀術数にあけくれる愚劣な政治から、生活をゆたかにする日々の営みの創造へ。

もはや変わらぬとする絶望から、これから変えられる、自分が変えるという希望へ。

清弥から清之介への転換は、信次郎、伊佐治との共感をばねに、かくしてシリーズの思想を鮮明にした。「今度は、公儀にでも戦を仕掛けるかい」との信次郎のうながしに、「それもようございますな」と清之介がうけ、伊佐治は「おもしれえ」と思う。

『東雲の途』の「小説宝石」連載は、二〇一一年三月号から、十二月号まで。物語後半における思想の加速度的な鮮明化には、三・一一原発震災後の政治の混乱、退廃への、あさのあつこのつよい対峙の思いがこめられていたのではあるまいか。

社会に叛き自分に叛く稀有な作家あさのあつこの極上の時代小説『東雲の途』が、この度文庫化される。昨今大流行の平板で紋切り型の時代小説は、読む者から自由に想像し考えることを奪う。本書がより多くの人にとどき、時代小説の悪しき現状に叛く読者をうみだすことを、創造的かつ変革的な時代小説の可能性を信じるわたしは、いささかも疑わない。

「小説宝石」二〇一一年三月号〜一二月号
二〇一二年二月　光文社刊

光文社文庫　光文社

長編時代小説
東雲《しののめ》の途《みち》
著　者　あさのあつこ

2014年8月20日　初版1刷発行
2025年6月15日　14刷発行

発行者　三　宅　貴　久
印　刷　新　藤　慶　昌　堂
製　本　ナショナル製本

発行所　株式会社　光　文　社
〒112-8011　東京都文京区音羽1-16-6
電話（03）5395-8149　編　集　部
8116　書籍販売部
8125　制　作　部

© Atsuko Asano 2014
落丁本・乱丁本は制作部にご連絡くだされば、お取替えいたします。
ISBN978-4-334-76780-8　Printed in Japan

R　<日本複製権センター委託出版物>
本書の無断複写複製（コピー）は著作権法上での例外を除き禁じられています。本書をコピーされる場合は、そのつど事前に、日本複製権センター（☎03-6809-1281、e-mail : jrrc_info@jrrc.or.jp）の許諾を得てください。

組版　萩原印刷

本書の電子化は私的使用に限り、著作権法上認められています。ただし代行業者等の第三者による電子データ化及び電子書籍化は、いかなる場合も認められておりません。